中國出了紅太陽

巴山草民——著

前言

中國一九四九年至一九七六年，是個史無前例的苦難時代。那個時代的幾億苦難經歷者，有的當時慘死，有的後來作古，有的如今已白髮，而中共至今不准書寫那個時代。眼看那些曠世奇苦、那段真實歷史，將要永久埋沒，無人知曉，我便拿起弱筆，記錄眼見耳聞，於是有了這本《中國出了紅太陽》。但是我在那個時代尚未長成，生活範圍狹小，眼見耳聞有限，因此比起全中國的苦難來，此書所記真如滄海一粟。

中國那個時代真實的宏觀歷史，偶有專家學者躲開中共管控，做了一些論述，但是那個時代的底層百姓的具體生活情景，海外華人和年輕讀者知之甚少，這便是《中國出了紅太陽》存在的理由和價值。

《中國出了紅太陽》不是小說，而是紀實，書中每個人物行動，每句人物語言，都囿於實錄，沒有發揮，雖然有些典型事件和生動細節像小說，那是生活本身的典型和生動，作者只是實錄生活而已。

書中〈大師〉、〈坐牢〉和〈農村老頭耍小姐〉寫的是改革開放以後的生活，〈屈原劍〉是根據歷史資料整理而成，而附錄一和附錄二，是難得的歷史資料原文。

作者言於二〇二〇年八月二十七日

目次

前言 003
第一章 三天 009
第二章 辦食堂 017
第三章 搜身 022
第四章 孤兒管教院 026
第五章 忠誠 030
第六章 蘇友善 034
第七章 新婚 042
第八章 偷紅苕 046
第九章 配種 050
第十章 分牛肉 053

第十一章　乞食　056
第十二章　捉賊　062
第十三章　神偷　066
第十四章　王家四人記　070
第十五章　兩個小學教師　076
第十六章　還鄉記　079
第十七章　我的母親　087
第十八章　何家碧　091
第十九章　梁造孽　094
第二十章　抓特務　114
第二十一章　野孩子　119
第二十二章　嚴小華　125
第二十三章　祈禱　138
第二十四章　孤塚　142
第二十五章　只為說了一句話　147
第二十六章　捉姦　149
第二十七章　趕場　152

第二十八章　盜麥　155
第二十九章　知青　159
第三十章　送禮　165
第三十一章　保祖墳　170
第三十二章　寇學書　173
第三十三章　大師　186
第三十四章　坐牢　192
第三十五章　農村老頭耍小姐　203
第三十六章　屈原劍　207
附錄一　關於路憲文在「信陽事件」中所犯罪惡的處分決定（草稿）　215
附錄二　信陽地區商城縣公安局長王志剛的認罪書　223

第一章
三天

第一節　一九五七年的一天

全縣所有機關單位的人員集中在縣城大鳴大放，給黨提意見。整個縣城根據行業系統分為十幾個分會場，大溝區的幾百名教師的會場是縣城第二小學。

上午開會前，各校校長根據上級指示，找自己學校的教師個別談話，鼓動他們會上積極給黨提意見。小堡完小校長張怡顏專揀有歷史問題的教師、思想右傾的教師以及平時他看不順眼的教師鼓動。

鼓動完了就開會。小堡公社幾十名教師的開會地點是三年級一班的教室，張怡顏和會議記錄人坐在講臺上，他的開場白要求人人給黨提意見，但是教師們都不敢給黨提意見，在心裡叮囑自己管好嘴巴。

張怡顏一次又一次催發言，會場仍然沒人說話，他便點名叫韓綏遠發言。一九四九年新政權鎮壓大量民國教師，學校別說教師質量，連數量都不夠，因此留用部分民國教師，民國教師韓綏遠就在新政權教書了。他知道自己來自舊政權，黨和群眾監督他，他時時小心，處處謹慎，見人就笑臉相迎，贈送好話，當面背地從來不說任何人一句壞話。現在他見躲不脫，就大勢講說共產黨的偉大和國民黨的壞處，最後總結說：「黨的恩情比山高，比海深，黨這麼英明，這麼偉大，我們有啥意見？我想提都提不出來！」

張怡顏說：「那麼你總該給我們領導提點意見。你要響應黨的號召，大鳴大放，暢所欲言。」韓綏遠說：「看來今天不得不提了。其實我對我們張校長早就有意見……」會場頓時鴉雀無聲，所有人都想聽聽他這從民國過來的偽教師敢給領導提什麼意見。只聽韓綏遠接著說：「我們學校張校長，不注意勞逸結合，經常工作到深夜，有時我們一覺醒來解小便，看見他寢室還亮著燈。身體是革命的本錢，幹部是黨的財富，你不愛惜自己的身體，就是在損壞黨的寶貴財富，我們革命群眾堅決不答應！」他講完，一些人鼓掌，一些人竊笑，張怡顏心裡生出謙虛和慚愧，微笑著接受韓老師的意見，表示今後一定努力改正。

年輕教師王順民貧農出身，不怕領導，思想活躍，敢想敢說，張怡顏平時不喜歡他沒上沒下不守規矩、說話直白口無遮攔，現在他叫王順民接著發言。王順民認為給黨提意見是在響應黨的號召，說：「我們黨啥都好，只是比國民黨還獨裁。國民黨時代老百姓不滿，就大遊行、大罷工，我們今天誰敢上街遊行？誰敢組織罷工？國民黨時代民間可以辦報紙和期刊宣傳自己的思想，我們今天誰敢辦報辦刊宣傳自己的思想？別說辦報辦刊，連說一句話不符合黨的意見，都要遭抓進監獄……」他沒說完，許多教師一齊怒吼：「反革命！打死反革命！打死反革命！……」有個教師說：「我給黨提個意見！黨太講民主，太講寬容了，弄得壞人膽敢鑽出來，在光天化日之下公開反對黨！」張怡顏說：「毛主席教導我們說，『知無不言，言無不盡，言者無罪，聞者足戒』，大家讓王老師把話說完，王老師繼續講！」王順民接著說：「比如胡風，無非是寫文章發表自己對文藝創作的不同看法，其他又沒幹啥，就遭定為反黨集團，抓進監獄……」

下午，縣文教局派人和大溝區各校校長關門開會，根據各校發言紀錄劃右派。教師們到處三五成堆，低聲講說，有的說：「給黨提了意見的人，這回要背時！」有的說：「反正我沒提意見。」有的說：「不會背時，黨號召提意見！」有的說：「不會背時？我親家他們縣的反右運動搞得早，那些劃成右派的人，有的遭開除公職，有的遭押到勞改農場改造，有的在本單位受管制，挨批鬥。有個學校的批鬥會，把一個右派女教師打得屎尿流在褲襠頭，倒在地上起不來，積極分子們說她耍賴，幾棒斷氣打死！……」王順民非常不懂：「黨號召提意見呀？不提意見，領導再三鼓勵動員呀？不講道理啦？」有個跟領導關係好，聽到領導漏出風聲的教師說：「你是書呆子，不懂政治！這回大鳴大放是毛主席部署的，先『引蛇出洞』，讓你向黨倡狂進攻，然後『一網打盡』，『集中殲滅』！『引蛇出洞』、『一網打盡』、『集中殲滅』，都是毛主席說的……」教師們害怕了，有的一臉鐵青，有的兩腿發軟，就連那些大肆歌頌黨的豐功偉績的教師，也在擔憂遭誤傷，在心裡反覆檢查自己的發言。

王順民嚇得熱尿打濕了兩隻褲筒，他正要躲到無人處，這時一個教師跑來低聲講說聽到的右派名單，人們連忙圍住打聽。那些聽說自己劃為右派的，有的跳樓，有的跳水，有的喝煤油，有的用磚頭猛砸自己腦袋，磚上塗滿血紅的腦漿。王順民跑到大會廚房，抓起菜刀割脖子，做飯工人忙奪刀，他已倒在血泊裡。

第二節　一九六六年的一天

早飯後，小堡完小的學生正在學校到處跑玩，王順民左手拿著鬧鐘，右手拿著鐵棒，腦袋歪在右肩上，佝僂著瘦小的身子從寢室出來，去往學校大門外面的古榕下，他的喉結右邊橫臥一條拇指粗細的「肉蟲」。古榕巨枝吊著鐵鐘，他來到鐘下，右手舉鐵棒，左手舉鬧鐘，歪著脖子看秒針，等著秒針走到「12」，才一棒一棒打鐵鐘。學生們一齊跑往教室上課，王順民回到寢室放了鬧鐘和鐵棒，就去打掃老師廁所和學生廁所。

全校各班剛上課，縣城中學十幾個學生來了，個個臂上戴著紅袖套，上面印著「紅衛兵」。三個頭目來到張怡顏的寢室兼辦公室，張怡顏知道毛主席支持紅衛兵，不敢怠慢，連忙請坐。一個頭目說：「張校長，我們來發展紅衛兵。」張怡顏連忙說：「你們到各班去。」十幾個紅衛兵分赴各班，上課老師讓出講臺，退出教室，紅衛兵便叫願當毛主席的紅小兵的學生報名。小學生們歡呼跳躍，爭著報名，深怕當不上毛主席的紅小兵，成為落後分子，遭人輕視恥笑，於是人人當上了紅小兵。

張怡顏前天進城，看見無產階級文化大革命轟轟烈烈，各單位都在批鬥當權派，許多當權派被打死，現在他深怕落後挨打，馬上安排幾個男教師去供銷社買白紙、毛筆和墨汁，發到各班叫學生給老師寫大字報，又安排三個女教師在教工食堂煮麵糊，以供學生黏貼大字報。學校養了一頭豬，儘管不到一百斤，他不敢再養，怕是資本主義，連忙派人請來屠子宰殺，今天中午招待紅衛兵，教工們也可跟著吃一頓。

學校到處貼滿大字報，連廁所內外也滿了。學生們亂寫亂畫，為所欲為，有的寫：「打倒江青峰偷野老公莊子棟！」有的寫：「打倒莊子棟大壞蛋愛打學生！」有的畫女老師的乳房，有的畫男老師的下體，有的用墨汁打仗，潑得敵人滿臉滿身黑，有的用麵糊打仗，掃帚戳了麵糊滿天灑……

江青峰煮完麵糊回寢室，見學生用大字報封了她的寢室門，她不敢開門，到處轉悠。她見黃芳蘭坐在操場乒乓臺上閒看學生打玩，便去與她並肩同坐，低聲聊天：「門上貼滿大字報，身上來了，又不敢開門……」黃芳蘭說：「我剛剛乾淨了，你用我的……」二人正要動身，背後有個男生飛上臺，扳倒江青峰摸奶子。黃芳蘭正要怒打那男生，男生跑了老遠，別的學生都大笑。毆打紅小兵是破壞文化大革命，二人不敢追男生，而回黃芳蘭的寢室去了。

中午食堂要吃肉，教師們有的帶信，有的回家，都要叫來老婆孩子沾油葷。王順民也要回家叫妻兒，就寫了請假條，來到張怡顏跟前畢恭畢敬交給他。張怡顏擔心自己挨批鬥，一下變得和善了，對他不再呵斥刁難，拿筆批假一小時。王順民快步回家，告訴老婆：「今天中午我們要吃肉，你和黑娃快點來。」說完匆匆回學校。

炊事員給十幾個紅衛兵分了乾飯和回鍋肉，然後才是教師們。教師們大碗小碗端回寢室，又來食堂分菜湯。炊事員說：「菜湯自己舀！」菜湯是用煮肉水加上蔬菜做成，頗有一些油星子，大家深怕舀完，都擠在灶頭周圍候勺子。王順民沒有湯碗，就拿食堂水瓢裝湯，他的妻兒整年沒沾油，他禁不起油星子的誘惑，就比別人多舀一勺子，炊事員一把奪了水瓢倒在鍋裡：「右派分子，哪有資格吃飯!?」

黑娃吃肉多幸福，雖然遠遠沒吃夠，總比平時好許多。他飯後高興出門，加入一群教師孩子玩耍，有個孩子說：「滾！我們不跟右派兒子耍！……」黑娃回屋告狀，他爹把門緊緊關了，他娘說：「娃兒，你爹是右派，你沒事不出門，就在屋裡耍。要當軟人，不要爭強，凡事要忍讓，見人要嘴甜……」

正說著，門外有人輕輕敲門就走了。王順民知道是另外一個右派教師提醒他去挨打，就連忙貼身穿了棉馬甲，然後穿上面衣，端起大碗喝水。頭上汗水不斷滴在碗裡，滴在地上，老婆低聲說：「太陽大，多喝點。」王順民又強著喝進一大碗，才開門出去了。他剛走，黑娃問：「媽，爹去幹啥？」他娘說：「去挨打。」黑娃問：「為啥？」他娘說：「不為啥，為時間到了，為這是制度規定。每逢初一、十一、二十一，公社都要集訓地、富、反、壞、右和臺屬，管你聽話不聽話，管你有錯沒錯，都要跪倒挨打。」黑娃說：「我去幫爹挨打！」他娘說：「你！你禁不起一棒。」

小堡場外通往縣城的泥土公路上，挨打的人們在午後的烈日下跪了里多長，個個低頭弓腰，人人滿身大汗，齊聲背誦《毛主席語錄》和「五要八不准」。背誦完了，公社武裝部長拿著木棒教訓每個壞人，一個一個打背脊，從這頭打到那頭，從那頭打到這頭……

第三節　一九七九年的一天

小堡完小校門外，四個教師站在古榕樹下閒聊。一個老教師問：「文教局兩個人來幹啥？」一個中年教師說：「來給右派摘帽子。」又一個中年教師說：「現在像他媽的啥話喲，地主富農的帽子摘了，反革命的帽子摘了，壞分子的帽子摘了，右派的帽子摘了，把牛鬼蛇神全部放出來！」年輕教師莊學文說：「早就該摘！地富反壞右裡有好人，貧下中農裡有壞人……」老教師不滿說：「你說這話呀，如果在過去，早就把你打死！」莊學文非常氣憤：「過去是壞人打好人！」一個中年教師說：「還說文化大革命不該搞，我說該再來一次！現在各種壞人都出來了，敢公開替地富反壞右說話！」老教師說：「還是毛主席那陣好，把壞人打得規規矩矩的！」莊學文正要反駁，王順民走來歪著腦袋說：「那當然囉，毛主席的威信前無古人後無來者！毛主席那陣，國家四平八穩的，全國哪個敢亂說亂動？」剛說完，學校廣播通知全體教工到會議室開會，五個教師連忙去了。

張怡顏陪著文教局李股長和張股長走進會議室，教工們連忙站起來，把巴掌拍得山響，每個人都想蓋過別人，讓兩位股長聽到自己的掌聲。莊學文坐在前排，既不站起來，也不拍巴掌，甚至臉上露出幾分鄙夷。李股長、張股長和張怡顏走上講臺坐下了，教工們這才停了掌聲坐下去。張怡顏做了開場白，然後請李股長講話。李股長宣讀巴西縣文教局〈關於取消王順民等九十三位同志右派分子帽子的通知〉，告訴兩個右派教師，從此取消單位管制，可以跟別的教師一樣了，然後東拉西扯，扯到年輕教師：「我聽張校長講，你們學校有的年輕教師天天喊民主，喊自由，喊平等。哪來那麼多民主、自由、平等⁉有的年輕教師妄評毛主席，妄議黨中央，但是連起碼的規矩禮貌都不懂！比如剛才，有個年輕教師看到領導來了，連屁股都不抬一下！我建議張校長，要對年輕教師加強教育，如果屢教不改，放到村小！」

兩個股長講完話，張怡顏正要宣佈散會，王順民舉手要發言。張怡顏同意了，王順民站起來歪著腦袋說：「尊敬的各位領導，尊敬的各位老師，我非常非常擁護李股長和張股長的講話，我舉雙手贊成！如果我有萬隻手，我舉萬隻手贊成！現在的年輕人確實不像話，點都不尊敬領導，點都不怕領導，哪像我們那陣，領導叫左轉，我們不敢右轉，領導叫跪倒，我們不敢站著……」他見莊學文在鄙視地暗笑，說：「你不信⁉公社陳部長曉得嘛，每次集訓地富反壞右和臺屬，我不等陳部長吼，一走攏就自覺跪倒，結果少挨兩棒。俗話說，『橫牛遭棍打』，這話一點不假！張校長可以作證嘛，有一次我說了錯話，張校長打我一耳光，我不但沒跟張校長強嘴，還連忙回寢室寫了檢討交去，感謝領導的教育。現在的年輕人，哪個像這樣？所以我認為，還是毛主席那陣好！」

散會後兩個股長回城了，王順民回到寢室，拿了昨天寫的認罪書，去到張怡顏屋裡畢恭畢敬交了，站在面前等教訓。張怡顏坐在木圈椅上，瞟了一眼還給他：「你已經摘了帽子，可以不寫認罪書了。」王順民感到碰壁，久久站著不離開。張怡顏褲襠裡面有跳蚤，說：「你可以走了。」王順民這才快快離開。

王順民回到寢室，記起該買牙膏，就工工整整寫了一張請假條，又來到張怡顏屋裡畢恭畢敬交了，站在面前等批准。張怡顏坐在木圈椅上，瞟了一眼還給他：「你已經摘了帽子，和其他老師一樣了，上街可以不請假。」王順民感到碰壁，久久站著不離開。張怡顏要去廁所，說：「你可以走了。」王順民這才快快離開。

王順民去街上買牙膏，碰到幾個地富反壞右和臺屬，他狠打一巴掌不中用的腦袋，心裡說：「今天是集訓日，差點忘啦！」他牙膏也不買，連忙去場外公路跪下，低頭弓腰，等著挨打。一會兒，另有幾個壞人陸續來跪下，也低頭弓腰，等著挨打。跪了一陣，王順民低著腦袋，斜瞟左右，見路上稀稀拉拉跪了幾個人，心裡說：「管他的，打死不關我的事，反正我是來了的。」

幾個壞人跪到天黑，見武裝部長還不來打，有那膽大的慢慢起來，打算回家，別的壞人也慢慢起來，打算回家。幾個壞人走完了，路上只剩王順民，王順民低頭弓腰，等著挨打，久久跪著不起來。

第二章 辦食堂

第一節　友善從縣上開會回來

蘇家壩生產小隊的隊長蘇友善在縣上開完五級擴幹大會，背著鋪蓋卷和別的幹部一路步行回家。背上的鋪蓋卷是開會幹部的標誌，背著走在路上多麼光榮啊，他真希望天天在縣上開會，可惜每年難得一兩次。

友善回到蘇家壩，天色快要黑下來，他背著鋪蓋卷到處走走看看，檢查生產，檢查完了，才回家去。老婆端出飯來，友善狼吞虎嚥，老婆問：「開會說的啥？」友善說：「辦共產主義大食堂。」老婆說：「哪有開鍋糧？」友善說：「在各家搜糧。」老婆說：「我們家裡有十斤大米，五斤麵條，一斤多臘肉。」友善說：「趕緊吃完，二十八號要搜家。」

縣上要求每個小隊的公共食堂二十八號準時開鍋，友善吃完夜飯，召集小隊幹部和積極分子開會研究辦食堂。他們決定把蘇家壩供奉祖先神位的大堂屋連同左右耳房來做食堂，決定住在左耳房的祥壽全家搬到成林老漢房裡去住，決定住在右耳房的杜大兒全家搬到金狗房裡去住。接著友善又安排積極分子們明天有的去小堡供銷社買回大鍋和水泥，有的打通大堂屋和左右耳房之間的牆壁，有的在食堂西北角壘大灶，有的去拆金鼎山千年古廟來做食堂的柴火。

開完小隊幹部和積極分子會議，友善就去把隊裡的搬家決定通知四家人。他一點兒也不擔心四家人有意見，自從打土豪分田地以來，黨的歷次運動早就把人整怕了，上級命令一下來，沒有哪個敢不聽！

第二節　公社萬人大會

這天早晨，天還沒亮，我睡得正香，我媽進屋，拉我起來穿衣裳。我很不情願，我媽一面穿我一面悄悄說：「穿起吃好飯！你哥哥姊姊和妹妹都起床了，快些，他們給你吃完啦！……」

我睡意矇矓，來到飯桌，我爺、我婆、我爹、我么叔、我哥哥、我姊姊和我妹妹每人吃著一碗白米乾稀飯，飯裡煮有臘豬油，老遠就能聞到香。我家半年難吃一頓米，整年難吃一頓肉，我不知道今天為啥突然吃好飯，我的睡意頓時減去大半，跪在板凳上閉著眼睛邊吃邊聽家裡大人說話。我爹說：「今天公社大會開過，明天可能要搜家，把糧搜去吃大鍋飯！」我爺對我婆很不滿：「前天我就叫把米麵和豬油全部吃完，你不聽，捨不得，這下好哇，搜去大家吃！」我婆非常後悔，一言不發。

吃過早早飯，每戶人家男女老少都去公社開大會。我們來到小堡場，戲樓壩子已經站滿萬多人，一些大孩子跑來跑去尋找高地方，小孩子們拉著自家大人站在人叢裡，除了四周的屁股和腿桿，什麼也看不到。我在大人叢中站了一陣嫌屁臭，我爹舉起我來，讓我騎在他的脖子上。我看到幾個男人抱著三角旗在會場散發，旗桿長短粗細像篾筷，旗幟是用彩紙裁成，戲樓上有個男人拿著鐵皮話筒向臺下群眾高聲講話：「今天二十七號是全公社社會主義結束的日子，明天二十八號進入共產主義！從明天起，一切用共產主義方式來辦……」他剛講完，臺上另外一個男人拿著口號單舉拳高呼：「人民公社萬歲！」臺下群眾舉著三角旗跟著高呼：「人民公社萬歲！」那人又舉拳高呼：「公共食堂萬歲！」臺下群眾舉著三角旗跟著高呼：「公共食堂萬歲！」……

從公社開會回來，友善又召集小隊幹部和積極分子們開會，安排明天的搜家行動。最後他說：「哦，還有一件事我差點忘了，公社要求搜去各家鐵器煉鋼鐵，明天搜糧，連鐵器一起搜。」

第三節　搜家

第二天早飯，我家照樣吃好的，恨不能把糧全部吃完。我爹對全家說：「快吃，馬上要來搜家了，不然人家看到啦！」正說著，南院那邊人聲噪雜，叮叮咚咚，搜家隊已在祥清大漢家裡翻箱倒櫃，有人吼：「你們快來看，半鍋乾飯沒吃完！」有人說：「給他端啦，這是鐵證！」我爹說：「快！快點把鍋裡舀了藏著吃！」於是全家舀完鍋裡飯，有的跑到河邊吃，有的端到竹林吃，有的藏在柴房草堆裡吃，有的蹲在臭烘烘的茅廁假裝解便吃……

搜家隊搜完我家搜別家，我家經過一陣狂風暴雨不再熱鬧，我跟著我哥跑去村東頭看祥清大漢。祥清大漢被人捆在樹上，面前擺著半鍋白米乾飯，一群孩子在圍觀，指指戳戳真想吃。不遠處的地上有一堆鐵鍋、鐵鎖、毛鐵、斧頭、秤砣、火鉗、鍋鏟、菜刀、柴刀等等，還有婦女頭上的鐵髮夾，幾個小夥子一面看著這些鐵器，一面興高采烈講說共產主義社會「點燈不用油，耕地不用牛」，「樓上樓下，電燈電話」，「吃飯不要錢，穿衣不要錢，人人拿碗舀飯吃」。有個小夥子說：「共產主義社會，庫房堆著很多吃的、穿的和用的，天天不鎖門，要啥就去拿，反正拿不完……」

搜家隊搜完各家，就來放了祥清大漢，勒令他去幹活，然後把大大小小的鐵鍋背去鎖在保管室，把其餘鐵器背到公社煉鐵場。村東頭頓時冷寞無聊，我們跑去看新辦的公共食堂。只見食堂大門前，村小教師站在凳子上，描著兩根柱子上那些筆劃肥胖的大字。我哥一字一頓，吃力唸讀：「公共食堂真正好，人人都吃共產飯。」我們又進食堂看，食堂密密搭著各家搬來的飯桌和板凳，西北角是大灶，鍋的直徑足五尺，鍋邊與地面齊平，圍著圓筒狀的鍋圈，筒壁三尺高，一尺厚，石頭做骨，水泥做皮，加了鍋圈的大鍋能煮兩百多人的稀飯，而灶前是六尺多深的燒火坑，幾步石梯，供人上下。

今天中午食堂吃開鍋飯。啞巴從河裡挑來一擔又一擔渾水倒在大鍋裡，炊事組長蘇成根把搜家隊搜來的五斤大米、十斤紅苕、幾斤乾酸菜全部倒下鍋，幾個老太婆正用兩尺多長的菜刀砍細幾大筐紅蘿蔔纓子和蓮花白老葉。成根正要下到灶前深坑燒火，這時青周提著一隻母雞跑來：「吃雞，今天中午吃雞！」成根問：「哪來的？」青周說：「建庭老漢的！共產主義了，有飯同吃，有衣同穿。」成根簡單拔了雞毛，洗了腸子，連骨帶肉剁成末，全部丟到熱氣騰騰的大鍋裡。

第四節　分飯

中午，人們來到食堂，落坐自家桌旁，各家分飯代表拿著裝飯器具圍住大灶，等候分飯。

成根要給各家舀飯，這才記起沒有舀飯瓢，他忙去糞坑邊上拿來長柄糞瓢簡單洗了，放到鍋裡攪稀乾。大家都怕糞瓢長眼睛，看到隊長、會計、積極分子和成根的親好來分飯，就在鍋底撈乾的，看到沒臉沒面和軟弱善良來分飯，就在上面舀稀湯，因此都竭力主張推舉一人專門攪飯。成根與樹根關係好，於是推舉樹根攪飯，大家害怕得罪樹根，連忙爭著贊成。樹根跑去拿來一把船槳，爬上鍋圈，蹲在上面，雙手握槳，不停攪飯，熱熱鍋圈燙得他不停挪腳，騰騰熱氣蒸得他滿面汗流。

成根剛剛舀飯，這時友善來了，威嚴說道：「成根，今天中午不給祥清分飯！」成根說：「嗯。」友善說：「還要扣他家裡兩碗飯！」成根說：「嗯。」友善轉身，對著濟濟一堂威嚴說：「祥清出來跪倒！」幾個積極分子有的跟著喝令祥清大漢出來跪倒，有的拿來二寸寬的窄板凳搭在食堂空闊處。祥清大漢磨磨蹭蹭，終於出來跪在窄板凳上，友善簡單幾句講話後，人們你一言，我一語，憤怒譴責祥清自私自利，聽到要搜家，連忙吃完糧。

我媽提著木桶去分飯，我跟在身後，來到灶旁。我站在一塊石頭上，雙手扳著大鍋圈，踮腳引頸看鍋裡，只見砍得很細的紅蘿蔔纓子和蓮花白老葉夾著少許米粒和雜末，隨著樹根手裡船槳的攪動，不斷翻上來又沉下去，沉下去又翻上來。輪到我家分飯，我怕吃虧，多麼希望樹根用力攪，多麼希望成根舀鍋底，然而樹根停下攪飯揩汗水，成根偏在上面舀。我非常不滿，大聲喊道：「舀乾的！」成根惡狠，大喝一聲：「滾開！提起丟你媽到鍋裡燙死！……」

第三章 搜身

公共食堂時期，共產主義消滅私人經濟，全國沒有私人養豬，只有集體養豬，有的地區是每個生產小隊安排專人飼養一、兩隻豬，有的地區是每個生產大隊辦起一個養豬場飼養十幾隻豬，有的地區是每個公社辦起一個養豬場飼養二、三十隻豬，養出豬來運往大城市供應特權階級，農民連豬毛也要不成。我有一個同宗餓瘋了，受人慫恿殺了一隻架子豬，被判十五年有期徒刑，第二年就死在監獄裡。二〇〇四年我受聘巴西縣法院寫院誌，在檔案室偶然翻到他的判決書，罪狀是「違反國家規定，私殺集體生豬」。

大佛公社的蕭家灣生產小隊餓死一隻皮包骨頭、其醜無比的老母豬，隊長跑到公社去彙報，公社書記較仁慈，批准他們自己吃。蕭家灣男女老少欣喜若狂，小隊連忙把保管室僅有的十幾斤大米全部舂成米粉，做出蒸肉分給各家救命，人們很久沒沾肉，全隊一百多人，就有五十幾人害著水腫病，其中十幾個嚴重者危在旦夕。

陳老太婆從食堂分回蒸肉，忍著飢餓把全家的股份分出一半留給她的大女和兩個外孫。她的大女嫁在小堡公社蘇家壩，小堡公社去年把糧全部交國家，全公社每個食堂都沒一顆糧，隊裡每天安排二、三十個婦女漫山遍野找野菜，挖草根，採樹葉，拿回食堂來下鍋。大佛公社雖然也餓死人，但是比起小堡公社好一些，陳老太婆怕大女和兩個外孫餓死，所以忍餓留肉給他們，託人帶信叫大女馬上回娘家。

蕭大女正和別的婦女找野菜，聽得對河山上有人扯開嗓子叫喊她，說她老媽生重病，叫她馬上回娘家，她連午飯也不吃，連忙請假就上路。她的小腳急急走了三十里，回到娘家卻見老媽正在地裡找野菜，她頓時高興，忙去地裡跟媽說話。母女回到屋裡，陳老太婆拿出蒸肉讓大女吃了一點，剩下的留給兩個外孫。兩個外孫瘦得像猴子，她非常痛心，叮嚀大女說：「你回去不要打他們呀，再不聽話都不要打呀！」

第二天早飯後，陳老太婆摘來桐葉將蒸肉包了，從席子下面抽出兩根墊鋪的稻草捆好裝在布袋裡，讓大女給兩個外孫拿回去。蕭大女一路想蒸肉：蒸肉好稀罕好寶貴，她拿回家去，不能馬上給兩個孩子吃了，要多放一會兒，等到晚上丈夫從衛星隊回來好生看一看，然後跟兩個孩子一起吃，享受家庭的溫馨和幸福。她的公婆嫌棄她，多年來她叫他們，他們一直不搭理，現在他們餓得快死了，她要給他們分一口，讓他們屈服於蒸肉，改變對她的態度。她回到蘇家壩，成忠老漢牽著黃牛在路邊吃草，她走過他身邊，成忠說：「咦，蕭大女今天不對頭呢！你身上啷個這麼蒸肉香呢？」蕭大女深怕他知道，忙說：「哪有蒸肉香？你鼻子有問題啊！」說著急急走了。成忠老漢相信自己的鼻子沒問題，黃牛還在吃草，他強牽硬拉，追著蕭大女聞肉香。追到蕭大女房前，他才牽牛去圈裡拴了，拿著分飯器具到食堂。

食堂已經聚著大人、孩子許多人，都在等待分午飯。玉林老漢兒子、媳婦、孫子和老伴都餓死了，他全身水腫，左手抱著烏瓦盆，右手杵根破竹杖，搖搖擺擺來分飯，走到石梯那兒，啪地一聲倒在地上不動了，瓦盆摔成幾碎片，竹杖臥在石梯旁。人們一齊攏來，有的圍著看熱鬧，有的連忙要扶他，可是摸他鼻子，沒有氣了。大家都說把他抬回床上躺著，吃過午飯隊裡安排勞力掩埋，但是都怕死人，無人動手。會計說：「哪兩個抬，每人獎勵一碗飯！」話音剛落，兩個男人連忙動手抬死人。

死人剛被抬走，成忠老漢來了，說：「蕭大女在娘家拿有蒸肉回來！」共產主義社會有飯同吃、有衣同穿、財物不分你我，幾個男人有的說：「走，去給她沒收啦，放在鍋裡大家吃！」有的說：「馬上去！」於是幾個男人衝往蕭大女的房子，後面跟著一群大小孩子。蕭大女打開蒸肉包，給她的寶娃和芳兒每人吃了胡豆大小一團米粉，然後包好說：「等到晚上你們爹回來一起吃。」正說著，聽得房外許多腳步聲，知道大事不好，忙把蒸肉裝進布袋藏到褲襠裡——那時女人褲襠都很大。

人們進門就大嚷，有的說：「把蒸肉拿出來！」有的說：「老實點，拿出來放到鍋裡大家吃！」蕭大女說：「哪有蒸肉？連野菜都沒有，哪有蒸肉？不信你們就搜。」幾個男人翻箱倒櫃到處搜，搜了很久沒搜到，樹根聞到蒸肉香，轉身向著蕭大女：「可能在你身上！」其他男人一齊說：「自己拿出來，免得我們搜你身！」蕭大女怎麼捨得把蒸肉拿出來讓別人吃啊，她想硬撐下去，僥倖過關，嚇得渾身打抖說：「老輩子些，確實沒有啊，我哄你們幹啥呀！……」樹根在她身上摸一陣，一把扯下褲子拿出口袋說：「這裡頭不是蒸肉是啥！」那時男女都沒內褲穿，蕭大女非常害羞，連忙拉起褲子，滿臉通紅到耳根。

樹根拿著蒸肉跑回食堂，一群大人、孩子跟著他，狗兒這年十五歲，一路笑到食堂說：「光胯襠子沒長毛！……光胯襠子沒長毛！……」食堂男女老少都來看蒸肉，成忠老漢擠進人群說：「過開，讓我看看，好幾年沒有見過蒸肉啦！」樹根等到大家過夠眼癮，在眾目睽睽之中把肉放在案板上亂刀剁細，然後丟進大鍋裡，大鍋不停翻滾著砍得很細的河藻、野菜、草根和樹葉。

人們走後，蕭大女坐在屋裡流眼淚，寶娃和芳兒守在她身邊。蕭大女不停說：「我才該剛拿回來就給你們吃了啊！……我才該剛拿回來就給你們吃了啊！……」芳兒說：「媽，去分飯，食堂在分午飯了！……媽，去分飯，等會兒沒飯了！……」這樣說了好幾次，蕭大女才頑強起身，提起小桶，帶著兩個孩子去食堂。

狗兒少年不識愁滋味，儘管天天餓得快要死，還是欺侮弱小，用來作樂，他一見寶娃就說笑：「你媽沒長毛！你媽沒長毛！……」寶娃非常難受，非常憤怒，可是罵不贏、打不贏，只好躲他，狗兒窮追不捨：「你媽沒長毛！你媽沒長毛！……」

有一天，他把寶娃追到石橋上，寶娃咬傷他的手指，他提起寶娃的雙腳，把頭戳到河水裡，讓他很是喝了幾口水，才丟在橋上走了。蕭大女收工回來到處找寶娃，見兒子躺在石橋板上仰天大哭，連忙拉起他來問哭啥，寶娃用手背揩著眼淚邊哭邊告狀：「狗兒說你……說你……說你沒長敖！……」

第四章 孤兒管教院

菊花在院子旁邊的石磨上支起三個石塊，放上一張瓦片，然後捧來泥土說：「妹妹，不要哭，我給你做乾飯，我給你下麵條，我給你煮雞蛋，我給你蒸豬肉……」可是她的三歲妹妹桂花，渾身赤裸坐在地上，仍然大哭不止。菊花停了「做飯」，來抱妹妹，桂花更加大哭，菊花乾脆丟下不管，跑去生產隊的莊稼地裡自個找吃去了。桂花側身睡在地上，繼續大哭不止，屁股縫裡夾著鴨蛋大小一團直腸，直腸充血很紅，沾滿泥土和草節。

桂花正哭著，她媽從梁家壩衛星隊回來了。全國層層定出高產計畫，有的計劃畝產三萬斤，有的計劃畝產十萬斤，大幹快上比高產，看誰放的衛星高，各地抽調精壯者，成立高產衛星隊。桂花爹和桂花媽都被幹部選為衛星隊員，調到十幾里外的梁家壩衛星隊晝夜幹活，一月兩月不能回家，家裡留下菊花和桂花。今天下午，桂花媽請假回來看孩子，見桂花又脫肛，她抱起輕得像影子一樣的女兒，把她橫放在自己懷裡，用水輕輕洗去直腸上的泥沙和草節。桂花哭叫，像豬遭殺，桂花媽說：「你忍住，我給你洗啦！」她洗完，用指頭把直腸輕輕塞進肛門，桂花更加大哭。馬大婆說：「有點芝麻油塗上就好了。」桂花媽說：「哪有芝麻油哇。」馬大爺說：「芝麻斷種囉，從農業合作化以來，就沒有種過芝麻啦。」桂花媽塞進直腸，才一手抱著桂花，一手提起飯桶，帶著菊花去食堂，給兩個孩子分晚飯。

那時除了睡在床上起不來的水腫病人，除了像桂花這樣尚無偷盜能力的小孩，沒有誰不偷東西。生產隊地裡莊稼還未成熟，人們就白天黑夜偷，有的當時就生吃，有的偷回家去半夜燒了吃。比如麥收季節，家家戶戶半夜起床抱了地裡或者曬壩裡的麥捆回家，燒了麥穗用手搓，然後吹去烏灰，放進嘴裡，很香地咀嚼，第二天早上起來，你看我滿臉烏灰，我看你滿臉烏灰。有的孩子還沒嚼細就吞了，第二天蹲在地上拉稀屎，一場大雨過後，地上留下一攤麥粒和蛔蟲，麥粒被水泡脹，非常飽滿。如果有誰偷糧被抓住，除了扣飯，還要挨批鬥挨毒打，地位頓時落千丈，大人、孩子都欺侮，因此那些膽小本分的，就少偷，就餓死。

小堡公社整家死絕百多戶，許多人家大人餓死只剩孩子，孤兒們無人照管，餓得到處偷吃的，紅苕在土裡只有手指粗細一點筋筋，就刨出來生吃，玉米剛冒鬚子，就扳來連芯啃嚼，有的抱了地裡的麥捆，跑到山上燒了吃，有的大白天把生產隊保管室牆壁割個洞，鑽進屋裡偷公糧，有的甚至跑到街上去，搶奪別人的飯碗……。梁家大院餓死只剩兩家人，公社把這兩家人遷到別處住，將院子圍了高牆，安了鐵門，辦起孤兒管教院，每個孤兒每天供應六兩糧，各個生產隊把那些愛盜竊的孤兒送去天天關在院子裡。管教院的院長是公社王書記的大哥，他和兩個管教員兼炊事員苛扣孩子們的糧食，三人不但自己吃飽，還要分糧半夜背回家。孤兒們每頓只有半碗稀糊糊，冷暖病痛無人管，許多孤兒餓死、病死後，就被扔到管教院附近的乾水池，每扔一個填些土，以免屍臭散老遠，不久乾池填平了，如今已成小墳山。

桂花不是孤兒，又無能力偷東西，不屬管教對象，但是桂花媽想把孩子送到孤兒管教院，那裡每頓都有半碗稀糊糊，桂花與其在生產隊的公共食堂頓頓吃野菜樹葉粗糠湯餓死，不如到孤兒管教院喝幾天糊糊死。桂花媽想了整夜，第二天一早起床找隊長，求他跟王院長說情，把桂花弄到孤兒管教院。隊長答應後，她連忙回家給桂花穿上乾淨的單衣和開襠褲，抱著女兒跟在隊長後面，來到孤兒管教院。孤兒管教院幾十個孩子剛起床，大的十幾歲，小的才幾歲，有的坐在地上大哭，有的跑去糞坑屙尿，有的跑到大門抓住鐵棍用力搖，有的赤身裸體怔怔站在門內看著外面的來人，肚子像個湯罐，肋骨歷歷可數，腿桿細得像柴棍。隊長叫喊王院長，王院長開門出來，二人跟他求情，講說孩子可憐。王院長終於同意了，桂花媽交了孩子，忙忙趕去梁家壩衛星隊。

大溝區獸醫站的王騸匠是國家財政供養人員，負責閹割全區養豬場的仔豬，他除了吃國家供應，還吃十幾個養豬場的公豬卵子，有時碰到養豬場的豬食熟了，自己拿來水瓢或大碗，滿滿舀了紅苕吃，因此他點兒也沒挨餓，經常思著淫欲。這天，他在小堡公社養豬場騸了豬，用幾片桐葉包了豬卵放進他的騸具箱，搭著箱子路過孤兒管教院，見桂花在鐵柵門內的石梯旁邊捉螞蟻，就喊王院長開門聊天玩耍。來到屋裡，王院長說：「騸豬匠，把豬卵子拿出來喝酒搭平夥。」王騸匠放下騸具箱說：「好吧，今天懶得回，就在你這裡睡。」說著拿出豬卵交給王院長。

許多生產隊的紅苕種儲存不善，爛掉很多，全縣唯一的那家小酒廠無糧釀酒，收去爛紅苕釀出酒來定量分配，酒裡滿是爛紅苕的氣味和毒素，小堡場上只有這種劣質酒，此外再無其他酒，而且由供銷社獨家專賣。王院長去場上打酒剛走，王騸匠來到石梯旁，從衣袋拿出一個水果糖交給桂花，然後抱她來到王院長屋裡，坐在木圈椅上跟她玩耍。逗玩一陣，他把桂花兩腿分開放在他的大腿上，從自己褲子的「窗口」拿出那東西，去戳她的開襠處。桂花不停吭吭叫，王騸匠又從衣袋拿出一個水果糖塞進她的嘴裡，然後繼續戳她開襠處。

正戳著，王院長打酒回來碰見，王騸匠連忙放了孩子，叫她去屋外玩耍。王院長砰地把門關上，說：「畜牲，你給老子跪倒！」王騙匠想抵賴，但是桂花褲子上有他射的稀漿糊，他怕事情鬧出去，坐牢丟臉、丟公職，因此嚇得渾身打抖，連忙跪下。王院長喝問：「啷個說!?」王騙匠低聲說：「以後每次騸豬，我把豬卵子全部送給你……」

第五章
忠誠

第一節　床下搜出小鼎鍋

搜家隊在忠誠家裡搜到一個秤砣、兩把鐵鎖和五顆鐵釘，就到別處搜家去了。

忠誠從公社煉鐵場回來，要拿家裡的木板、木條去做燃料。他蹲在床邊，低頭尋找床下，床下塞滿各種有用無用的東西，以及幾隻黴臭的爛鞋，都滿是老垢，遍蒙陳灰。他拿出幾張木板，發現床下有個小鼎鍋，知是老婆藏的，他非常氣憤，要拿去丟進土高爐。

忠誠背著木板，拿著鼎鍋，剛出門來，碰到老婆，老婆背三兒奪了鼎鍋吵道：「你見啥都往集體拿！公共食堂餓死人，這鍋留著，煮點啥子要不得？你看兩個娃兒乾得像猴子！……」忠誠認為，大家都自私自利，共產主義怎能實現？因此大怒，按倒老婆就打：「狗日[1]婆娘！大煉鋼鐵是毛主席的偉大號召，你敢阻攔！老子打死你個自私自利的愚婆娘！老子打死你個自私自利的愚婆娘！……」

---

1 作者注：日就是肏的意思。

第二節　農藥陶罐煮豌豆

這天下午生產隊種豌豆，蘇友善把豌豆種從保管室拿到自己家裡拌農藥，拿出幾斤交給老婆，就用大糞和六六粉拌了豌豆種，然後到處高聲宣佈：「豌豆種拌了農藥的哈，龜兒些偷回去吃了，毒死該背時！」接著安排成林老漢耕地，胥三兒她們三個婦女丟種下肥。

婦女們腰上拴著圍腰，肩上掛著糞篼，圍腰的大兜裝著豌豆種，腰間的糞篼裝滿細土糞，跟在成林老漢後面，左手丟種，右手丟糞。天黑收工，成林老漢扛著犁頭，牽著耕牛，前頭走了，地裡只剩三個婦女。食堂頓頓挨餓，生產隊無人不偷，胥三兒見背篼裡剩著一些豌豆種，低聲說：「趙大媽，吳么嫂，我們分了拿回去！」趙大媽和吳么嫂非常贊同，於是三個女人將豌豆種分了裝在圍腰兜裡偷回家。

國家從德國進口劇毒農藥「一六〇五」，用陶罐分裝了賣到全國各地。胥三兒家裡無鍋煮豌豆，回家路過大水坑，見坑裡浮著個「一六〇五」陶罐，就去撿來洗了拿回家。友善常常夜裡巡邏，看見哪家房頂冒煙，料定偷了隊裡糧食在煮吃，馬上破門而入，抓住人贓。胥三兒洗了豌豆，等到夜深人靜，等到房前屋後沒有友善的身影和腳步聲，才用石頭支起陶罐煮。忠誠問：「哪來的？」胥三兒告訴了豌豆的來歷，忠誠認為這是對黨不忠，但是他的忠心敵不過殘酷飢餓，也就不再追問了。

胥三兒煮好豌豆，叫醒兩個孩子，把豌豆全部讓給丈夫和孩子吃了，自己忍著飢餓，只是喝湯。不一會兒，全家有的倒在床上，有的倒在地上，這裡哎喲哎呀，那裡喊爹叫媽，鄰居家家餓得半死，沒有一人來過問。天亮時，晨光從牛肋骨形狀的木條窗棍之間照進來，狹窄簡陋的屋子裡，胥三兒躺在木床的那頭，沒有聲響，沒有動彈，忠誠仰在木床的這頭呻吟喘氣，一會兒推開身上的破被子，一會兒抓來又蓋上，光著的上身肚子凹到背脊，肋骨歷歷可數，他們的兩個孩子坐在地上不停哭喊。

隊裡多來看熱鬧，屋裡到處擠滿人，何四婆站在床前：「忠誠，你們啷個的？你們啷個的？……」忠誠叫道：「哎喲，哎喲！……她用一六〇五罐子煮豌豆啊！……哎喲，哎喲！……」人們有的說：「嗨，天天你說我是賊，我說你是賊，這下賊就出來了呢！」有的說：「你就不是賊？沒有哪個不是賊！」有的說：「快點找人把胥三兒抬出去埋啦。」有的說：「哪個抬？連走路都沒勁呢，抬死人！」有的說：「派人去給忠誠和兩個娃兒請醫生！」有的說：「現在都沒死，就不會死啦，用不著請醫生。」

第三節　水腫病人的嘮嗑

忠誠身體終於康復，革命精神又充滿他的每個細胞。

這天，兩個水腫病人坐在山牆下烤著冬天的太陽。祥文說：「你看哇，我這大腿腫得比盆粗，褲筒都捲不起來。」祥武說：「我這身上一按一個窩，半天不還原。我找王醫生弄藥，王醫生在處方單上開了兩斤豬肉。在哪裡去找豬肉？三年沒見豬肉了。」祥文說：「毛主席啥都好，只是他老人家不該搞公共食堂。」祥武說：「就是！餓死好多人囉！……」

正說著，忠誠來了，轉過牆角，大喝一聲：「兩個反革命！膽敢反對毛主席！」就在牆邊抓來牛鼻索，將二人反剪雙手，押到公社。一路上，他拳打祥文，腳踢祥武，催他們走快，並且不斷振臂高呼：「公共食堂萬萬歲！」「誰敢反對公共食堂，就砸爛誰的狗頭！」「永遠忠於毛主席！」「永遠忠於共產黨！」……

第六章 蘇友善

第一節 偷布

民國三十八年，蘇友善和我姑父同在重慶裁縫鋪裡當學徒。

這天五更，友善輕輕起床穿衣裳，不想驚醒我姑父。我姑父還是醒了，輕聲說：「友善么公，這麼早？」友善壓住激動輕聲說：「不早！升燃爐子，水米下鍋，還要上街給師傅和師娘買油條……」我姑父說：「要我起來搭手不？」友善說：「不！你昨晚半夜才睡……」隔壁，師傅師娘的床鋪在「嘰咕——，嘰咕——」呻吟，兩個徒弟不再說話了。

友善經過鋪面，拉亮昏黃電燈，鋪面天花板上掛著幾件時髦考究的面衣和一些大人、孩子的內衣，全是師傅的作品，寬大的裁縫桌上鋪著面布，放著剪刀、尺子、畫石、熨斗等等，桌子橫頭是兩捲昂貴的布料。友善胸口跳得更厲害，他壓住粗重呼吸，猶豫一下，下定決心，連忙扛了兩捲布料開門就跑，身影很快消失在重慶街頭昏黃暗淡的路燈下。

天亮後師傅師娘起床，有的叫我姑父掃地、倒尿壺，有的叫我姑父端水、弄孩子。師傅突然發現兩捲布料不見了，他一邊叫喊師娘，一邊跑到灶房，見灶房沒人，驚叫道：「杜培元，蘇友善呢⁉」我姑父說：「買油條去了。」師傅說：「不對，爐子沒升火！」連忙跑去警察局報案。師娘出門跪在大街上，呼天搶地，嚎啕大哭：「遭天殺的呀！斷子斷孫的呀！……」

師傅帶來兩個員警，指著我姑父說：「他們是一路來的！」兩個員警審問我姑父，我姑父說：「我是巴西縣榆樹鄉杜家溝的人，他是巴西縣小堡鄉蘇家壩的人，我屋頭的[1]是蘇家壩的娘家，依照倫輩我們把他叫友善么公……」一個員警說：「少囉嗦，跟我們走！」我姑父急了：「我沒偷布，是他偷布！……」另一個員警說：「你們一路來的，你幫他坐牢！」說著就來扭我姑父。我姑父說：「你們不該抓我，該到巴西去抓他！……」兩個員警說：「共產黨馬上就要打到重慶來了，我們逃命都忙不贏，還到巴西去抓人⁉」就反剪雙手，把我姑父抓走了。

我姑父坐牢出來，不久到我家走親，路過友善房前，見他端飯站在門外吃，他想讓他慚愧，就叫友善么公，可是連叫幾聲，友善都不答應，轉身進屋去了。我姑父來到我家講說，我家人人不滿，個個氣憤，差點要找友善論理。我爹尤其憤氣，走路碰到友善，友善招呼他，他理也不理，從此二人結下氣。

第二節　鬥地主

友善用完兩捲布料錢，家裡又沒飯吃了，就給別人當長工。他當長工除了要看主家工錢多少，

---

1 作者注：屋頭的：方言，指妻子，因為舊時丈夫主外，妻子主內，因此把妻子叫「屋頭的」。

還要看主家飯菜好壞，他常說：「你在鍋裡哄，我在地裡哄，我們看哪個哄得贏！」因此他換了好多主家，最後換到馬從善，他才沒有再換了。

馬從善自幼信佛，規矩馴良，過門不久，丈夫死了，她認為自己前世有過，這世遭報，所以命舛。她甘願吃苦，彌補罪過，修造來生，便跟癱瘓多年的婆婆和一個養女守著婆家祖上留下來的十幾畝瘦田薄地過日子，許多人上門提親，她一概拒絕，如今已到四十歲。她家雖不富有，然而但凡遠方遊客、路上饑人，她必定施捨茶飯，或者近鄰缺糧、遠親斷炊，她都端去一瓢高粱，送去半升豌豆。

馬從善和養女鞋尖腳小，田裡地裡許多農活都靠友善。她不敢虧待友善，給他做飯，尤其捨得，每天早上白米稀飯煎一大碗油餅，中午三大碗米飯燜肉，晚上兩大碗麵條。她家糧食不廣，她和婆婆、養女無法跟友善同鍋吃飯，就另做一鍋，早上是紅苕煮白蘿蔔絲（為了哄自己，她把白蘿蔔絲切成米粒形狀），中午紅苕煮牛耳菜，晚上高粱麵稀粥煮牛耳菜。友善不僅幹活不好意思偷懶，而且常把自己的好飯倒在鍋裡，去舀主家的粗飯吃，馬從善和養女堅決不同意，經常在灶房跟他推攔或者奪勺子。

不久共產黨打到巴西，巴西開始「清匪反霸」，解放軍一個連隊駐在小堡。這天，友善正在馬從善的地裡幹活，青年積極分子蘇慶祥帶著一個佩戴手槍的陌生人來了，叫：「友善么公息會兒，蔡連長找你說話！」友善連忙到地邊，三人坐下說話。蔡連長說：「友善同志，毛主席已經在北京天安門城樓向全世界莊嚴宣佈中華人民共和國成立了，從此我們窮人翻身做主人，地主階級作威作福的日子一去不復返了！馬從善人口少，田地多，我們已經把她定為地主，你是她的長工，她靠剝削你而生活，你要積極揭發她的罪惡，爭取成為黨的培養對象……」友善又像他偷布時一樣心潮起伏，呼吸粗重，久久不能說話。他當牛做馬掙飯吃，沒有前途和希望，沒沒無聞一輩子，沒誰把他放眼裡，這就是他在國民黨社會的命運。現在共產黨來了，他看到前途和希望，他一定要抓住機遇，改變命運！他要積極檢舉馬從善，成為黨的培養對象，當上幹部，出人頭地！他在心裡努力尋找馬從善的罪惡，可是怎麼也找不出來，哪怕芝麻大一點兒。他多想成為黨的培養對象啊，他決定壓制良心，編造罪惡，說：「蔡連長，我在馬從善家裡苦大仇深啊！……」於是邊想邊說，生編硬造，編得連自己也不相信。

蔡連長回到小堡，根據友善的控訴，決定槍斃馬從善。他在槍斃審批表上簡單填寫了小堡鄉十幾個惡霸地主的姓名、性別、年歲、田畝和主要罪行等等，就派人送到共產黨巴西縣委，不久縣委如數批准槍斃。蔡連長接到批覆，第二天就在小堡鄉的戲樓壩子召開萬人大會批鬥惡霸地主，讓全鄉人民知道他們罪惡滔天，死有餘辜，然後才槍斃。馬從善和男地主們反剪雙手，低頭弓腰，跪在六尺高的戲臺邊，下面人山人海，何止萬人，連外鄉的小腳女人和老人孩子，也一早做飯，慌忙吃了，引伴呼朋，如過節日，步行幾十里來看殺人。

每個槍斃的地主，蔡連長都安排一人控訴罪惡。輪到馬從善，友善上臺怒指她：「馬從善！你家糧食堆成山，大米生黴，麵粉結塊，高粱用來鋪地板，為啥不給我吃⁉你每頓做兩鍋飯，你們吃一鍋，我吃一鍋：你們早上吃白米稀飯和油煎餅，中午吃米飯燜肉，晚上吃麵條；我早飯是紅苕煮白蘿蔔絲，午飯紅苕煮牛耳菜，晚飯高粱麵稀糊糊煮牛耳菜——你為了哄我，把白蘿蔔絲切成細顆當白米！我悄悄舀一碗你們的飯吃，你和養女給我奪了倒在鍋裡……」馬從善說：「蘇客人，頭上有青天……」她沒說完，一個士兵用槍托舂她背脊：「不准說！」蔡連長馬上舉拳呼口號：「打倒惡霸地主馬從善！」「共產黨萬歲！」「毛主席萬歲！」「中華人民共和國萬歲！」臺下群眾有的跟著高呼，深怕呼錯那些生疏的口號，有的嚶嚶嗡嗡，低聲講說馬從善的各種善行。

批鬥完了就槍斃，士兵們押著十幾個惡霸地主去河邊。人們擁擠奔跑，潮水般地向河邊跑去，馬從善的養女混在人群裡，哭得眼睛像桃子，幾步追上馬從善，在她跟前叫聲媽，馬從善說：「你的婆啊！……」就被士兵扭走了。來到河邊，惡霸地主們面朝河水跪下，蔡連長一個個親手槍斃，人們擁擠推搡，爭看惡霸地主一個個栽倒在水邊，爭看蔡連長的槍口冒出縷縷硝煙。

蔡連長剛剛打死馬從善，一個通訊員騎著戰馬從縣城方向飛奔而來，高呼「蔡連長，暫停！暫停！」隨即下馬，遞上急件。蔡連長打開一看，是巴西縣委書記〈撤銷槍斃馬從善的決定〉的手寫通知。原來：書記日夜工作，非常疲倦，在看全縣八十幾個鄉鎮報來的槍斃審批表時，看了馬從善的姓名，以為她是男人，沒看她的性別，就批准槍斃；今天上午他又翻開審批表，目光落到馬從善的性別欄，突然引起注意！他根據黨的「婦女從寬」的政策，連忙寫了緊急通知，叫人送來。

第三節　當幹部

慶祥當了金鼎山大隊的支書，友善當了蘇家壩小隊的隊長，二人經常參加黨的會議，開會回來，胸前戴著大紅花，腰間掛著搪瓷盅[2]，不管走到哪裡，都有人爭著招呼，爭著請坐，爭著奉承誇獎。但是友善經常記起他在重慶偷布，天天想著我爹不理他，他決心用他的幹部權威，把我們全

[2] 作者注：胸前戴著大紅花，腰間掛著搪瓷盅：毛澤東時代，模範幹部受表揚，上級在他胸前戴朵大紅花，腰間掛個搪瓷盅。

家打進十八層地獄。

各地辦起大食堂，全國餓死許多人。到了公共食堂後期，上面允許農民在集體正地之外的田邊地頭種雜糧，自己種的自己吃，彌補食堂之不足，於是家家搶先，人人恐後，你開巴掌大一片草地，我壘筲箕大一堆瘦土，你種三株玉米，我栽兩苗紅苕。友善也想搶著種，但是他認為這跟共產主義相矛盾，這跟集體生產相矛盾，他是黨的好幹部，他要搞好集體生產，不能跟著社員自私自利，因此他家一株也不種。到了秋天，人們收來自己種的雜糧，拿出藏起的砂鍋湯罐，你家煮幾根玉米棒子，我家攪半鍋高粱涼粉，友善非常眼紅，非常不滿。

這天中午收工，人們都來食堂吃飯，幾十張飯桌坐滿男女老小。友善坐在食堂正上方，見有些人家除了從食堂大鍋分來的野菜樹葉粗糠湯，還有小碗紅苕涼粉或者幾個玉米棒子，他頓時怒氣沖天：「大家聽到，我說幾句！今天我在公社開會回來，看到有些人幹活有氣無力，要死不活，但是收工幹自己的，氣力一下就鑽出來啦！集體生產大家都不出力，去吃啥！去吃你媽的吳三麻子的吊卵！……」

他正罵著，馮寡婦弓腰端去小碗兒沒有油鹽和任何香料的紅苕涼粉，說：「友善幺祖，嘗一口。」友善沒有搭理，繼續高聲大罵。他見我家桌上有涼粉，沒有端去敬獻他，他話鋒一轉，罵我爺爺：「你春兒老四，幹活梭邊邊，吃飯端大碗，天天吃得肥頭大耳，還不滿意大食堂！」我爺爺有氣無力說：「友善幺爸，我是水腫啊，不是肥頭大耳啊！……」友善說：「成根，今天夜飯扣春兒老四兩碗！」成根說：「嗯！」

下午，友善向小堡公社坐隊幹部黎海南反映我家仇視黨的領導，仇視公共食堂，集體勞動不積極，私人開荒很積極，要求批鬥我們全家。黎海南負責何家溝大隊和我們金鼎山大隊，人們幹活不展勁，糧食產量上不去，他正想批鬥兩個大隊的落後分子，對友善說：「你給慶祥支書帶個信，今天晚上兩個大隊在何家溝開大會，你們大隊在何家溝祠堂批鬥蘇海龍，何家溝大隊在祠堂隔壁的大院子批鬥何國安，叫慶祥支書通知各小隊的隊長，天黑之前吆喝各戶人家去開會！」傍晚，人們剛從食堂吃過晚飯回到家裡，正要摸黑睡覺，友善通知了各家開會，又來我家房外叫喊我爹：「海龍！把娃兒弄睡了，你們全家大人到何家溝祠堂開會！」

何家溝祠堂裡，黎海南和我們大隊的幾個幹部坐在方桌旁，桌上一盞昏黃的油燈，群眾對著他們坐在地上。大會開始，黎海南首先講話，喝令我爺、我婆、我爹、我媽站出來，於是積極分子們找來兩條窄板凳搭在方桌前面，我爺、我婆、我爹、我媽從人群走出來，面對群眾低頭站在窄板凳上，非常沒臉，非常低賤，非常擔心遭打死。黎海南講話完了，友善開始講話，批判我爺好吃懶做裝病害，天天吃得肥頭大耳，還不滿意黨的共產主義大食堂，揭發我家每天晚上兩把磨擦[3]磨紅苕，要抵幾座石磨子……

我爹等他講完，小心翼翼申請說：「黎書記，我可以說幾句不呢？」黎海南想了一下，批准說：「說嘛。」我爹說：「尊敬的各位幹部！尊敬的各位群眾！剛才友善么公說我爹好吃懶做裝病害，天天吃得肥頭大耳，你們照著油燈把我爹好生看一下，看究竟是肥頭大耳呢，還是水腫病呢？我爹沒有讀過一天書，五歲就下地幹活，一輩子沒有走出三十里，趕場只趕周圍四個場，他是不是

[3] 作者注：磨擦是一種能把紅苕磨細的小用具。用鐵釘把長方形的鐵皮密密打眼，鐵皮另一面就有許多尖齒，然後將鐵皮釘在一塊木板上（有尖齒的一面在外面），要吃紅苕涼粉的時候，就拿著紅苕在密密的鐵齒上面反覆磨擦，紅苕就成細末，然後濾出澱粉攪涼粉，紅苕渣用來另外做飯吃。現在紅苕多了，不再用磨擦磨紅苕，而用機器粉碎，效率很高，磨擦這種用具已經絕跡了。

好吃懶做的人，在座都是本大隊，你們評論！你們說！上面叫農民在田邊地頭種雜糧，家家戶戶都在種，我家才壘了五個土堆，栽了二十三苗紅苕，好不容易盼長大，還遭別人偷幾個，總共收了十幾斤。我爹天天念著吃涼粉，全家想他病成這樣子，讓他吃口涼粉才去見閻王，就用磨擦磨紅苕，每次攪了半碗涼粉，連四個娃兒都沒吃成一口。但是友善么公說我家兩把磨擦要抵幾座石磨，幾座石磨可以磨幾千斤幾萬斤紅苕，難道我家有幾千斤幾萬斤紅苕嗎？歡迎幹部群眾馬上去搜家……」

我爹腦子不笨，人品不差，平時除了友善，又跟所有幹部群眾關係好，現在他說完，整個會場鴉雀無聲，沒人呵斥，沒人喊打。過了老半天，只有五小隊的張光祥說：「全大隊加起來呢，都說不贏你蘇海龍啊。」又等了一陣，會場還是無人說話，黎海南威嚴說：「蘇海龍，你們下去好好反省！」我爺、我婆、我爹、我媽才下板凳。

這時隔壁大院裡，何家溝大隊的幹部和積極分子像打牛，正把何國安打得喊爹叫媽，鬼哭狼嚎，聲音不斷傳過來。

第七章 新婚

第一節 飼養員李大媽

蘇家壩生產小隊的公共食堂裡，人們吃罷晚飯，都回家裡摸黑睡覺去了，只剩炊事組長蘇成根和飼養員李大媽。成根站在大灶旁，拿著木瓢和刷把，腰肚伏在鍋圈上，腦袋伸進鍋圈裡，伸長兩臂在洗鍋，鍋圈上的燈盞昏黃地燃著，幾乎照不到鍋底。李大媽提著豬食桶等待洗鍋水，要去餵養生產隊那頭架子豬，她看著成根舀上來的洗鍋水說：「光水，豬快餓死了！」成根說：「有啥法？連人都餓死了呢！」

李大媽提回半桶洗鍋水，點燃油燈叫大女兒成英在後照亮，就往隔壁豬圈去。豬圈堆滿生產隊的乾麥草，成英邊走邊瞌睡，燈火燒燃乾麥草，李大媽大禍臨頭很慌亂，連忙滅火，不敢呼叫，她怕眾人埋怨，全隊譴責，罰跪挨打又扣飯，永世受氣不翻身。火勢越燒越大，衝上房頂，生產隊男女老少全來了，男人有的摸黑提水，有的上房拆料，老人、女人和孩子，有的喊天叫地，有的獻計獻策，有的怒聲叫罵李大媽。

生豬肥了交國家，用來供應幹部們，李大媽知道自己罪不小，她和三個女兒這回死定了！她趁著人們慌忙救火，慌忙呼兒叫母，慌忙把自家東西往外搬，沒有一人注意她，她連忙拉著三個嚇得不敢作聲的女兒跑進屋，死頂木門不出來。檁子、椽子和房瓦帶著火焰紛紛下落，砸在地上，砸在床上，砸在母女們的頭頂上。門外有人記起母女四人，吳大媽和張二嫂不停打門，不停叫喊李大媽快點出來：「你不想活命，給三個娃兒放條生路！」母女四人緊緊抱成一團，沒有點兒聲音。

大火燒死架子豬一隻、李大媽母女四人和勞改犯一個。這勞改犯是個規矩農民，因為請人降神避邪，大隊支書寫條子，派人把他送到縣上勞改兩年。他糊里糊塗犯了法，現在回來掙表現，爭先上房拆椽子，掉下房來被燒死。

第二節　謝大媽嫁女

謝大媽住在蕭家坳。她自從媒人上門，就為女兒蕭桂芳的婚姻反覆思量，儘管她餓得快死，腦力嚴重缺乏。

她一生沒有走出三十里，在這三十里內的世界，她的桂芳數第一，若不餓飯沒血色，完全可以配皇帝。但是女婿鼻子很塌，嘴巴很長，小額頭上橫臥兩條「黑毛蟲」，如果膚色再黑點，完全像隻大猩猩；去年謝大媽路過蘇家壩，媒人攔住說話，又把大猩猩叫來，大猩猩和謝大媽初次見面，既不叫人，也不說話，只是看著謝大媽傻笑，露出發達的牙齦和米大的黑牙。

蘇家壩公共食堂雖說也餓死人，但是比起謝大媽他們蕭家坳食堂要好些，蕭家坳連野菜樹葉粗糠湯也沒有，男女老少上山啃樹皮、挖草根，蘇家壩對謝大媽誘惑不小，她便有心嫁女去。她聽說蘇家壩生產隊昨晚燒死一隻幾十斤重的架子豬，架子豬皮包骨頭，上面不會收繳去，她不再猶豫，決定今天就嫁女，雖說婚姻是終身大事。女兒沒有過冬衣，謝大媽拿出自己民國十三年出嫁的新夾襖——現在早已破舊了——做嫁妝，裝進一個玫瑰紅布袋，交給桂芳說：「快點走，那邊今天要吃肉！」桂芳挎著布袋，獨自去了蘇家壩。

第三節　兩碗稀飯換新娘

蘇家壩公共食堂今天果然吃肉。上午，成根把架子豬的內臟、骨頭和燒黑的皮肉砍成豌豆大的小塊放鍋裡，連同野菜河藻一起煮。今天收工特別早，不到中午，各家分飯代表又站滿大灶周圍，孩子們又伏滿鍋圈。樹根照舊拿著船槳，趿雙爛鞋，蹲在鍋圈上面攪飯，成根照舊拿著長柄糞瓢在舀飯，全勞三碗，半勞兩碗，老人孩子和病人只一碗。

大猩猩代表他家來分飯。他剛把飯桶放在鍋圈上，正在等著成根舀飯，他爹拉著新娘氣喘吁吁跑來喊：「我家添人啦！我家添人啦！看，成根老弟看！看，你們大家看！……」樹根見新娘這麼俊俏，停下攪飯，揩把汗水甩鍋裡，對大猩猩他爹說：「老么，這下你倒得實在啊！」一個小夥子也玩笑：「這麼漂亮，不如老么你要算啦！」老么喘息未定：「餓成這樣子，你們還有勁說笑話。」成根沒有老婆，又餓飯不兇，見蕭桂芳站著低頭扣指甲，完全是個黃花女，對老么說：「你不要，交給我！」有個男人獻好心，提醒成根說：「新客到底是兒子的還是老子的？」大猩猩雖是壯年，但是快要餓死，陽物垂頭喪氣，現在俊俏媳婦擺面前，遠沒豬肉有誘惑，因此有氣無力說：「你們哪個要，算兩碗飯……」成根不怕別人爭，不慌不忙問他道：「是每頓兩碗還是這頓兩碗？

你說清楚呢！」語氣頗為鄙視。大猩猩怕每頓兩碗，交易不成，說：「這頓兩碗。」成根說：「一言為定！你多舀兩碗，我少舀兩碗！」說著多舀兩碗倒在大猩猩的飯桶裡。

第四節　成根喜得美妻

成根爹媽病在床，每頓由他端飯回。他家加上蕭桂芳，總共應該七碗飯，減去剛才的兩碗，這頓應該五碗飯。他給各家舀完飯，才將留在鍋底的乾貨舀到樹根和他的飯盆裡，提起半桶洗鍋水倒進大鍋，任由餘火沸煮，就端起飯盆，帶著新娘，快步回家報喜。

第八章 偷紅苕

聽老前輩講，我們蘇家壩的祖居是蘇家灣，後來家族繁衍，弟兄分家，才搬來蘇家壩居住，難怪至今蘇家壩還有許多人把蘇家灣叫「老房灣」。

一九五九年，公社和大隊決定撤銷我們蘇家壩小隊，將二十幾戶人家有的安在蘇家灣小隊的農戶房子裡，有的安在高家坪小隊的農戶房子裡，蘇家壩所有房子用來辦大隊養豬場。誰願搬出自己的房子，去住別人的房子啊？蘇家壩所有人都不願搬家，但是經過清「匪」、反「霸」和反右等等運動，他們親眼看到許多比自己能幹的人都被打死鬥死，誰敢不怕？誰敢不乖？因此幹部來通知，家家戶戶都答應。去別人地盤都生軟，蘇家壩除了三戶人家跟高家坪的隊長關係好，願意搬到高家坪，其餘人家都請求幹部把自己安到蘇家灣，心想依靠同宗，不受欺侮。高家坪和蘇家灣的農民同樣很聽話，幹部說安誰來就誰來，人們二話不說，連忙騰房。

誰知我們搬到蘇家灣非常受欺。我們去了後，生產隊分成三個階級：蘇家灣原籍的隊長呀、副隊長呀、會計呀、可以從保管室偷糧回家的保管員呀、掌握分飯大權的炊事組長呀、每頓拿著長長的木漿蹲在灶上攪稀乾的漢子呀、害怕吃虧就緊跟隊長的積極分子們呀、兇得起扯得起的男子們呀，連同他們的家人是上等階級（搬家後，蘇家壩先前的小隊長蘇友善當了蘇家灣和高家坪兩個小隊的聯隊長，自然也是上等階級），蘇家灣老實本分的人家為中等階級，我們蘇家壩除了蘇友善一家，所有人都是下等階級。上等階級在隊裡一言九鼎，不管什麼事情，都由他們當家，不管什麼便宜，都由他們占完；中等階級受著上等階級的欺壓，同時又欺壓下等階級；下等階級頭上壓著兩個階級，再聰明、再能幹都沒有說話的權利。蘇家灣的人，是他們方丈領地的王者，生產隊每隔幾天就有人餓死，他們哪裡顧得同宗，必須壓倒我們，奪得食物，才不餓死。

食堂每頓都是野菜河藻粗糠湯，到了中秋節這天，男女老少盼著吃好飯。炊事組摘來隊裡所有南瓜，又挖幾十斤紅苕，連同野菜、河藻用刀砍細煮午飯，人們非常高興，老早就來食堂等著過節。分飯時，炊事組長蘇大勝拿著長柄木瓢站在大灶邊，遇到上等階級家裡來分飯，就在鍋底撈乾的，遇到中等階級家裡來分飯，就不稀不乾舀中間，遇到下等階級家裡來分飯，就在上面舀稀湯，各家分飯代表有的高興，有的憤怒，有的企盼，有的叫罵。各家在大灶爭了乾稀，又在桌上爭乾稀，有的只在心裡鬥，有的卻在嘴上吵。蘇家壩的蘇元兩口子爭奪一陣勺子打起來，從席上打到飯桌之間的空地上，從飯桌之間的空地上打到自家飯桌的底下。蘇元騎在老婆肚子上，一手擒住她的兩爪，一手握緊拳頭打嘴巴：「狗日婆娘，你撈乾的，老子喝湯！老子打落你的狗牙齒！老子打落你的狗牙齒！……」老婆長髮散亂，掙扎叫罵，滿嘴鮮血從厤臉流到脖子上，流到地板上，她雙手被擒，無法亂抓，就抬起頭來咬老公，蘇元把她長髮拴在桌腿上又打。食堂幾十家人坐著默默吃飯，無人隔空勸說，無人上前拉架，蘇元兩歲多的兒子跪在板凳上，看著桌上碗裡的稀湯不停哭叫：「不要！不要！不要！……不要！不要！不要！……」

中秋節的晚飯不再有南瓜和紅苕，地裡雖有紅苕，但是正在生長，中途挖來吃了太可惜，所以晚飯又是野菜河藻粗糠湯。那時家家戶戶沒有燈，全隊只有食堂一盞煤油燈，所以食堂每天天黑之前吃晚飯，人們吃了晚飯就睡覺。幾個上等階級男人餓得不想睡覺，很想瞞著蘇家壩的人們，挖些紅苕回來蒸了吃，他們知道應該等，但是肚子餓得忍不住，於是偷偷叫上另外幾個上等階級男人，趁著天沒完全黑，同去地裡挖了幾大筐回食堂，燒起大鍋蒸紅苕。我爹在大隊養豬場養豬，非常不滿蘇家灣人欺壓蘇家壩人，常想跟他們鬥爭。下午他侍候母豬下崽，抹去豬崽黏液，等到天黑，衣胞出來，他餵了母豬，墊了乾土，才關上圈門，拿著衣胞摸黑回家，要用罐子煮了救我命。他問我媽：「食堂啷個有亮呢？」我媽低聲說：「在蒸紅苕！」我爹問：「哪些人？」我媽一一告訴。我爹非常憤怒，問蘇家壩還有人曉得不，我媽說：「都曉得，就是沒人敢說。」我爹馬上要去捉賊，我媽一把拉住，低聲央求：「先人老子啊，我多叫你幾聲先人老子啊，你不去得罪他們呀！……」我爹不聽，甩開我媽，摸黑出門就走了。他摸到食堂外面，從牆縫看清上等階級們正在蒸紅苕，就連忙去找大隊支書告狀。

食堂燃著一盞油燈，大灶冒著騰騰熱氣，十幾個上等階級男人都從家裡拿來木飯桶或者烏瓦盆，有的圍在大灶周圍，有的蹲在鍋圈上面，不等紅苕蒸熟，就邊蒸邊吃，吃到完全蒸熟了，就分了拿回家去。成華老婆因為漂亮，公社坐隊幹部提拔她當大隊婦女主任，經常來蘇家灣找她研究工作。現在成華端著半盆紅苕摸黑回家，一推木門，卻才門著，他把耳朵貼在門上，聽得床上有聲音，他醋意大發，非常難受，真想猛地撞門進去痛打！但是他靠老婆的地位，才成蘇家灣的上等階級，少餓許多肚子，並且大鍋裡的紅苕分完第一輪還剩許多，他必須趕快回食堂。這樣想著，他壓住醋意，把半盆紅苕放在地上，背起門外一個背筐敲門說：「大芬，紅苕放在門口的！」說完連忙摸去食堂。

大隊支書聽得我爹講說，連忙拿了手電，叫上民兵連長他們幾個大隊積極分子，與我爹同到蘇家灣抓賊。快攏食堂，我爹叫支書他們堵大門，他去房後窗外蹲守，支書他們來到食堂大門外面，留了兩個民兵守住門口，其餘人跟著支書一齊進去。上等階級們圍著大灶正在分紅苕，支書喝道：「你們在幹啥⁉」上等階級有的端著瓦盆跳窗逃跑，有的呆呆站著接受支書的訓斥和叫罵。我爹蹲在房後窗外，見蘇完顏端著一盆紅苕跳窗而逃，大喝一聲抓住他，把他揪到食堂來。支書訓罵一陣說：「走，所有人到養豬場給我站通夜，我明天再理抹！把紅苕全部裝在水桶裡，挑到養豬場餵豬，完顏把你的盆端上！」說完就叫我爹把他們押到養豬場去，他和民兵連長他們回家睡覺去了。

上等階級們個個垂頭喪氣，在我爹的監督之下把紅苕裝了兩挑，我爹叫兩人挑著，十幾個人摸黑去往養豬場，蘇完顏端著一盆紅苕夾在隊伍中。上等階級們趁著黑夜邊走邊摸桶裡的紅苕吃，我爹一會兒跑前，一會兒跑後，跌跌撞撞，不停喝斥。蘇完顏故意掉在後面，端著烏盆大吃，吃了一陣，大便脹了，就蹲在路邊旋吃旋屙。走攏養豬場，我爹叫他們整整齊齊站成排，等候支書明天來理抹，就將紅苕全部倒進豬食缸。

第二天，我爹在養豬場對人大講他的勝利，這時我去玩耍，見豬食缸裡有紅苕，連忙撈了一個正要吃，我爹要在人前表現他的浩然正氣，一巴掌給我打落在地：「蘇秦餓死不吃貓兒飯，活人要有人格和志氣！」

第九章 配種

烏老二邊跑邊喊：「日牛架子抬來啦！日牛架子抬來啦！各家養牛戶，把牛牽到曬壩去！……」喊完幾套院子，就跑到曬壩看日牛，深怕遲了看不成。

曬壩是個土壩子，周圍樹下拴著幾頭瘦骨嶙峋的水牛、黃牛，壩子中央放著兩副結實的木頭架子，略像牛骨架，周圍站著公社坐隊幹部陳元龍、大隊支書蘇慶祥、公社獸醫陳興紅以及一些看稀奇的孩子，幹部和獸醫正在指揮幾個農民把一張水牛皮和一張黃牛皮穿在兩副架子上，又安上牛角和尾巴，然後在兩頭假牛的尾巴下面各塞一個熱水瓶。

一切準備就緒，有個養牛戶老太爺牽來一頭公水牛，公水牛來到「母水牛」屁股後，猛地抬起兩隻前蹄搭在「母水牛」背上，肚子伸出紅紅的鞭子，在「母水牛」屁股上到處亂戳，陳興紅趕緊上前，用手把鞭子順進熱水瓶，於是熱水瓶裡便有了白色液體。有個小女孩說：「媽呀，肚子上那根紅的是啥啊？」她的祖母痛痛打她一巴掌，低聲責備說：「姑娘家，不害羞！」

有個養牛戶老太婆牽來一頭長角母水牛，陳興紅拿著一根長長的玻璃吸管在熱水瓶裡吸了白色液體，然後插進長角母水牛的屁股，長角母水牛屁股猛地一擺，玻璃吸管斷在了牛肚子裡。人們都很著急，討論一陣，幾個男人用繩索把長角母水牛四蹄捆了放倒在地，陳興紅捲起袖子來到牛背後，手臂從尾巴下面伸進肚子，要想拿出半截玻璃吸管。他剛把手臂伸進去，長角母水牛捆著的兩隻後蹄猛地往後踢，陳興紅冒著危險拿了好幾次，才將半截玻璃吸管拿出來。

春山老漢牽著另外一頭公水牛來供陳興紅採精，公水牛走過張寡婦牽著的那頭斷尾巴母水牛旁邊，聞了聞斷尾巴下面，仰天翹鼻，咧嘴齜牙，幾次要爬母水牛，都被春山拉回來。春山見長角母水牛尾巴下面在流血，不滿說：「現在盡搞勞民傷財的事情！乾脆讓公牛爬母牛多簡單，要搞啥子人工授精！……」蘇慶祥馬上說：「你老上中農膽敢反對大躍進！」陳興紅說：「老漢，人工授精是先進發明，北京叫搞的！……」正說著，春山手裡牽著的公水牛猛地抬起兩隻前蹄，撲到張寡婦牽著的斷尾巴母水牛背上，春山放了牛鼻索讓牠快活，說：「你們看，你們看，就是這麼一下，母牛就懷上兒了，用得著抬架子背牛皮，勞神費時，搞啥人工授精？」陳元龍見春山公然反對大躍進，對蘇慶祥說：「今天晚上開大會，全大隊所有人參加！」蘇慶祥問：「要不要發動積極分子？」陳元龍說：「當然要！」

下午，蘇慶祥走遍十幾個小隊，通知每個小隊長，要他們收工後叫齊自己隊裡每戶人，在大隊小學參加批鬥大會。接著他又串聯幾個積極分子，叫他們每人準備一根棒，晚上在會上打壞人。積極分子們收工後，有的去坡上砍來酒杯粗細的柏樹條，有的在山牆下拿了結實的打牛棒，有的從門後拿了木杵子，有的取下板凳腿，就往大隊小學去。

大隊小學占用農民的房子，教室門外是半尺高的寬闊的臺階，臺階下面是院壩，站滿開會的群眾，臺階上搭著一張方桌，桌上燃著一盞煤油燈，陳元龍和蘇慶祥坐在方桌兩邊，春山老漢跪在桌旁，背後站著幾個拿棒的積極分子。陳元龍義憤填膺，聲音洪亮：「黨的民主集中制原則是『下級服從上級，全黨服從中央』，全國人民『一切行動聽指揮』，『黨叫幹啥就幹啥』，『黨指向哪裡，就衝向哪裡』，但是蘇春山在光天化日之下，大庭廣眾之中，膽敢破壞黨的民主集中制，膽敢不服從黨的領導，膽敢反對大躍進的新發明，大搞自然射精，破壞人工射精！……」

陳元龍和蘇慶祥講話剛完，幾個積極分子喝問春山為啥要反黨，為啥要反對人工射精，春山老漢剛開口，幾根木棒一齊打，打得他喊天叫地，鬼哭狼嚎，一句話也說不出來了。臺下群眾有的心裡憐憫，不敢表露絲毫，深怕自己也挨打，有的看人挨打是樂趣，高聲譴責積極分子沒有勁，輕棒輕棒沒打痛，大家看得不過癮，有的站在人叢裡，踮腳引頸看打人，無奈人頭遮視線，於是高聲建議說：「把他跪在板凳上打！把他跪在板凳上打！」

打石匠烏鮮兒腦袋小，四肢壯，別人叫他幹啥就幹啥，現在聽得身邊有人說：「鮮兒，你勁大，你去打！」他笑著跑上臺，一把奪過板凳腿：「過開！我來！」就鼓起圓眼睛，掄起板凳腿，像在石窠甩大錘，「嗨！」「嗨！」幾下就把春山老漢打死了。

第十章　分牛肉

幾個婦女把地裡枯老的豇豆藤背回來，曬在生產隊的泥土曬壩裡，以備食堂生火。

我到處找吃，來到曬壩，驚喜發現藤上有根半寸長的老豇豆，裡面鼓著一粒豇豆籽，我連忙摘了，跑去食堂，要在大灶前的深坑裡用炭火燒熟吃。可是坑裡擠著幾個大孩子，有的燒著五個蝸牛，有的燒著三隻蟋蟀，有的燒著兩個筍子蟲，還沒燒熟就在吃，我比他們年齡小，休想擠贏任何人。

我到處尋找篾絲，終於在食堂筲箕上偷偷折來一段穿了豇豆，跑到食堂房後的岩邊爬上瓦房，在煙囪上熏烤。煙囪熱氣一會兒小，一會兒大，幾次襲擊我的手，每次我都連忙縮回來。但是烤熟的豇豆多麼好吃啊，我忍痛又把豇豆拿到煙囪上，而且希望熱氣再大些，快點烤熟我的豇豆。突然一陣火光夾著柴煙與灰塵猛衝上來，炙痛我的整隻手，我連忙縮回，忘了豇豆，豇豆掉進了煙囪裡。

我非常懊惱，從房上下來，又去曬壩尋找，妄想再在那堆枯老的藤裡看到一根豇豆。我的祖父害著水腫病，坐在不遠處的石磨上望著蘇家壩，想著死後葬哪裡，見我在找豇豆，叫我去給他捶背。我哪有力氣捶背啊，壯著膽子不理他，一邊繼續尋找，一邊思念美食。這時烏老二在通往後頭院子的路上邊跑邊喊：「長角母水牛下兒啦！長角母水牛下兒啦！」身後跟著大小幾個孩子。我也想看牛下兒，童年的好奇心轉移了我的注意，我忘了飢餓，連忙跟著跑去了。

牛房裡，長角母水牛臥在地上難產，牠的周圍站著養牛老太婆和生產隊幾個男人，大家都很著急，卻又絲毫無法。等了一陣，牛胎還不出來，有個男人捲起袖子，手臂伸進牛肚子，抓住牛胎一條腿，猛地用力往外拉，牛胎「嘩啦」一聲出來了，兩條後腿之間多長一條腿。母牛流了許多血，蹬踢幾下就死了，五腿牛胎濕漉漉滑溜溜，沾著乾牛糞和斷草節，在地上也死了。大家既憐憫又高興，有的說：「多長一條腿，難怪難產。」有的說：「人工射精射多了。」有的說：「刮牛！刮牛！刮了分牛肉！……」

刮牛可以偷牛肉，這等好事蘇家灣的下等階級和中等階級休想沾邊，食堂吃過午飯，他們都去下地了，幾個上等階級的男人拿著索杠，去牛圈抬牛到草地刮皮。母牛抬出去了，一群孩子跟在後面看熱鬧，牛圈只剩烏老二和五腿牛胎。烏老二今年十五歲，常常仗著他爹當隊長，在隊裡明拿暗偷，現在他見四下無人，連忙扛著牛胎往家跑。有個男人抬了母牛，轉身回到牛圈拿牛胎，卻見牛胎不見了，他來到草地講說，大家非常不滿，都說馬上搜家。這時來了一個女人，說她剛才碰到烏老二扛著牛胎往家跑，大家頓時不說搜家了。一會兒烏老二來了，幾個刮牛的上等階級儘管怕隊長，但是牛胎這麼大的財富，隊長一家獨吞，大家都很眼紅，都很不滿，要烏老二交出牛胎來。烏老二說：「我沒有偷牛胎！」眾人威脅他說：「有人親眼看見，你不拿出來，我們馬上搜家！」烏老二見眾怒難平，只好回家拿來牛胎，但是缺了一條腿。

草地上，幾個男人忙著刮牛，孩子、老人站在周圍觀看，人人是餓殍，個個像饕餮，都用盡心思，等待機會，準備搶點牛的啥，會計拿著木棒在守衛。刮到天黑，牛皮刮完，還沒剔骨，幾個刮牛的上等階級趁著暗色割了牛肉揣到衣袋或者袖筒裡，有的藉口回去拿火把，有的藉口回去屙泡尿，有的藉口回去拿籮筐裝肉，就都回家去了。他們剛走，老人、孩子有的搶牛尾，有的搶牛蹄，有的搶牛耳，有的搶牛角，會計揮著木棒打了這個打那個，追了東邊追西邊，自己趁機抓了牛心塞進褲袋裡。我哥扛著一隻牛角跑回家，一進門就報喜：「媽，我搶到一隻牛角！」我媽笑著說：「牛角有你媽的啥子肉？搶根牛尾巴麼，用罐子燉口鮮湯全家喝哇。」我哥天黑前清楚看見牛角根部有塊指甲大小的牛皮，說：「有肉！明天我用鋤頭割下來，拿到食堂大灶下面燒了吃！」

無邊的黑夜裡，火把燃出一片昏黃的光亮，幾個男人忙著剔骨，全隊兩百多個男女老少站在周圍觀看。骨頭剔完了，人們正要把牛肉、牛雜、牛胎和牛骨拿到食堂煮，這時友善來了，說：「不忙下鍋！公社帶信來說，牛肉全部挑到公社幹部食堂，牛皮交到供銷社。」人們頓時失望，但是無人不滿，因為「下級服從上級」理所當然，「一切行動聽指揮」已成習慣。全隊兩百多人無人思考：公社幹部全由老百姓供養，天天吃供應，月月領工資，本該為我們服務，憑什麼還要白吃我們的牛肉？也無人想到：假如供銷社集體偷吃牛皮，不上繳國家呢？大家都認為上面吃我們的牛肉多麼應該，多麼天經地義，因此別說有人思考，別說有人抗令，就連隱瞞牛肉，少給公社拿一點，也沒一人想到這主意。

友善安排勞力挑牛肉、抬牛皮，幾個男人把牛肉全部裝進籮筐，把牛皮捆在一根槓子上，然後挑起牛肉，抬著牛皮，打著火把去公社。這裡，火把下面的瘦草地上，只剩一堆牛骨、一堆內臟、一個缺腿牛胎、一些浸進土裡的血水，以及一群快要餓死的人們。

食堂亮著一盞昏黃的油燈，幾個上等階級男子煮熟牛胎、牛雜和牛骨，撈起來一邊剔骨一邊往嘴巴裡丟，一邊切牛雜一邊往褲袋裡揣，兩百多個男女老少站在周圍嚥口水，沒誰敢說一句話。

人們等到深夜，全隊每人分了二錢肉。

第十一章 乞食

第一節 公社死了一隻羊

小堡公社的放羊場在蘇家大山遠離人煙的山坪上，一間破瓦房是放羊人何國龍的住處，旁邊的垮草房是羊圈，圈裡關著十幾隻大大小小瘦骨嶙峋的山羊。

寒風在光禿禿的枝條上怪叫，在山嘴那尊巨石的尖角上怪叫，何國龍穿完所有衣裳仍然打抖，就從牆上取下蓑衣披上，用草繩緊緊捆了，才出門來。羊們在圈裡餓得聲聲慘叫，他來到圈外要開門，讓羊跑去坡上啃老草，卻從齊胸高的封火牆上望見圈裡餓死一隻皮包骨頭的母羊。小堡公社一百八十幾個公共食堂，已有一百二十幾個食堂因為沒有糧食下鍋而停火，社員們漫山遍野尋野菜，挖草根，剝樹皮，牛羊連老草也吃不飽。

他提出死羊，心裡高興，他很久沒有沾肉了，要煮燉出來，飽餐一頓，還要偷偷拿些回家，一家老小都吃點。但是這些山羊養出來，全部上繳給國家，供應縣委書記級別以上的大官，每個公社的山羊頭數，縣上都有檔案，他不能少掉一隻。公社養豬場瘟死一隻豬，飼養員梁莽子偷回家，被公社吊在樹上打死。他的高興沒有了，他不敢私自吃死羊，提到屋裡鎖上門，下山去找坐隊幹部李春林彙報。

公社幹部們每天只有六兩糧，其他供應全沒有，天天餓得到處找吃占便宜，現在大家聽得李春林向王書記彙報死了一隻羊，都說：「縣上不會要死羊，今天晚上我們吃羊肉。」王書記就叫李春林去把死羊湯了拿回來，李春林連忙返回蘇家大山。消息不慎走漏，很快傳開，糧站站長、副站長、供銷社主任、副主任、完小校長、醫院院長、獸防站站長等等場上的體面人物，還有一些聰明農民，十幾個人齊跑去，都想搶點羊的啥。

何國龍沒有大鍋燒水燙羊毛，李春林叫他點燃柴火燒羊毛，然後粗略刮去焦灰，就要扛回公社，這時單位頭頭們一齊跟他求情，都說：「就在這裡剖羊肚，我們拿點羊雜回家救病人。」完小校長懇求說：「李部長，羊肉我們不敢要，你全部拿回公社，但是羊雜分給我們一點！」供銷社馬主任說：「我家睡倒三個水腫病人，今天就是開除我，也要拿點羊雜去救命！」李春林抵不住眾人軟纏硬要，叫何國龍拿來菜刀和盆子，他剖開羊肚掏內臟。李春林每次剛把內臟丟到何國龍洗臉的木盆裡，就有人馬上搶走，何國龍見單位頭頭們有的搶羊肝，有的搶羊肺，有的搶羊心，有的搶羊腰，有的搶羊肚，最後只剩羊腸子，他想自己辛辛苦苦養一陣，連忙抓了羊腸就進屋。有個農民端起木盆裡的一點血水就跑：「老何，木盆我明天給你拿來！」

傍晚，何國龍放羊回來，拿了羊腸去水坑翻洗，手指凍得活像紅蘿蔔。他拿回屋裡，點燃油燈，把羊腸切了放下鍋，就去地裡摸蘿蔔。生產隊不許私人種糧種菜，種了也要充公，還要挨批挨鬥遭打死，他在這遠離塵世的高山上偷偷種了一片蘿蔔，還是被人發現了，山下生產隊幾次動議來沒收，拿到公共食堂大家吃，他連忙跑到公社告狀，說他種了蘿蔔餵羊子，公社表態同意後，隊裡才沒來下手。那些漫山遍野挖草根、剝樹皮的老人孩子常來偷蘿蔔，他拿著鋤頭去追趕，方才守住這蘿蔔。

第二節　朱雲龍回家探親

朱雲龍十幾歲離開小堡，去成都讀中學、大學，大學畢業留校教書，不久國家支援大西北，他積極要求調到蘭州一所大學，一九五七年劃為右派，下放到甘肅夾邊溝右派勞改農場。他澈底丟掉教授的清高，常給農場監管人員洗衣掃地、端水拿鞋，因此他比別的右派少吃一些苦頭，多占一些便宜。

農場斷糧已經兩個月，右派們天天在寒冷的荒野到處找吃，很快餓死兩千多人。上級開始重視了，就在成都調集幾噸壓榨花生油剩下的箍餅，用來充當右派的口糧，農場要用貨車去裝運。朱雲龍熟悉成都，農場派他美差，叫他跟著兩名幹部與貨車司機去成都，一者當嚮導，二來做僕役。四人來到成都裝了半車箍餅，還有半車須等待，朱雲龍不知家裡老小餓死沒，很想回家去看看，就向兩個幹部請了假，用麻袋裝上兩個箍餅上路了。

朱雲龍一路步行，吃著箍餅，箍餅一半是花生殼，他想：「沒有花生殼多好吃啊，花生油又不會浸進花生殼裡造成浪費。為什麼要連花生仁、花生殼一起榨油呢？為什麼全國餓死這麼多人，還有特權階級享受花生油呢？……」他不敢再想，連忙懸崖勒馬，心裡警告自己：「我好危險，差點又像反右一樣，走上愛思考、愛說話的邪路！」

朱雲龍日夜兼程，這天回到小堡街上已是半下午。他打聽到小堡公社管理武裝和治安的幹部是李春林，就按照規定去報到：「請李部長對我實行監督和管制。」他來到公社，間間屋裡都沒人，人們全部聚在公社機關食堂分羊肉，十幾個幹部有的拿瓷碗和瓷盅，有的拿瓦罐和木盆，有的拿個大大的洗臉盆，圍在灶頭周圍盯著炊事員的勺子，等他一勺一勺把羊肉蘿蔔湯分到各人的器具裡，然後端到桌上救自己，然後忍饞留一些，然後拿回家去救家人。

朱雲龍在食堂門外等著李春林，一直等到他端著羊肉蘿蔔湯出來，才叫一聲李部長。李春林看他一眼沒搭理，端著羊肉蘿蔔湯回寢室，朱雲龍跟在後面，說自己來報到，聽候李部長的指示。李春林進屋放了羊肉湯，在木圈椅上仰坐了，兩腳平放凳子上，朱雲龍站在他面前像個小學生。李春林問了幾句情況，就叫朱雲龍背誦國家給地富反壞右和臺屬規定的〈五要八不准〉。朱雲龍背完，李春林訓誡幾句沒話了，說：「你走吧。」朱雲龍走到門外，李春林說：「轉來！」朱雲龍連忙轉來。李春林想了一陣，說：「算啦，你走。」朱雲龍就走了。

朱雲龍回到家裡，家裡一片漆黑，母親在床上奄奄一息，三個兒子睡在草堆裡。母親聽見兒子回來，心裡高興，吃力地說：「我不行了……我想看你……雲海有燈，你去借來……」雲龍問：「爹和娃兒他們媽呢？」母親說：「都餓死了……」雲龍要問詳情，母親再無力氣說話了。雲龍忍住悲痛，去往生產隊炊事組長朱雲海家裡，二人自幼要好，互相問詢，然後照著油燈來到雲龍母親床前。母親把兒子看了一陣又一陣，說她哪料還能見兒子，現在心滿意足，可以走了。雲海對雲龍說：「你舅舅給公社放羊，今天下午搶到一副羊腸子，想來這會兒正在燉，你趕緊去給你媽要一碗……」

第三節　乞討羊腸蘿蔔湯

朱雲龍提著瓦湯罐，趺趺撞撞，翻山越嶺，摸黑來到放羊場，距離舅舅不遠了。他越近越害羞，想著自己在乞食，真不知道見了舅舅怎麼說！他非常想讓母親吃碗羊腸湯再去世，於是不斷鼓勵自己：「我是為母親乞食！……我是向我親舅舅乞食！……」

儘管如此，他還是不好意思提著湯罐見舅舅，就把湯罐藏到一叢灌木下，空手摸到舅舅門外。他等了一下，輕輕敲門，叫喊舅舅，十分艱難。何國龍坐在灶前燒火，屋裡沒燃油燈，火光從灶孔出來，模糊照著瘦黃的老臉，鼎鍋裡的羊腸和蘿蔔，只有一點鹽巴，沒有任何香料，在黑暗的空氣裡散發著難聞的羊糞臭。他一邊燒火，一邊想著他的美食，忽然聽得叫舅舅，連忙點亮油燈來開門，驚訝說：「外甥啊，你回來啦？好久回來的？快些進來坐！快些進來坐！」

舅甥倆坐在灶前吸煙說話，等著羊腸蘿蔔燉熟。何國龍很想知道外甥的來意，又不便直問，二人東拉西扯說了很久，朱雲龍還是不好意思說來意。何國龍隱約猜到點，問：「姊姊好不啊？」朱雲龍連忙說：「餓得不行了，恐怕難熬幾天……我聽說舅舅今天下午弄到一副羊腸……」何國龍連忙責備：「你不早說！拿裝的來沒呀？我這裡除了一口碗，啥都沒有。」朱雲龍不好意思：「拿有一個湯罐。」何國龍忙問：「在哪裡？沒看到？」朱雲龍更加不好意思：「我放在灌木叢下的。」何國龍責備說：「你為啥不拿來？快些去拿來！」

朱雲龍拿來湯罐，何國龍忍住心痛，一邊用勺子在鍋裡給姊姊擇著那些指甲長短的羊腸節子，一邊說：「羊腸燉熟了，就沒有啥名堂。我把蘿蔔加得多，你曉得我那大屋人，個個都該嘗一點。

你舅母三年沒有見到肉，周身浮腫，走路風都吹得倒……」舀了半湯罐，雲龍叫算啦，何國龍忍痛又舀半勺子才算了，說：「外甥，我就不給你舀了。」雲龍說：「我吃啥喲，我要快些摸回去！」就告別舅舅出門去。何國龍站在門口：「又沒電筒，又沒火把，你要小心摔到岩下……」

朱雲龍一手抱著湯罐，一手摸著爬著回到家，這時快要天亮了。他進門叫媽，連喊幾聲都沒應，他知道情況不好，連忙放了湯罐，摸摸母親鼻孔，沒有點兒氣息。他大哭一陣，這時天已大亮，他叫醒三個兒子，把冰冷的羊腸蘿蔔湯叫他們每人一口輪流吃，自己想著母親的後事。他跟兩個監管幹部說好了，最遲二十八號晚上回到成都，他知道如果他沒按時回去，他們定會緊張，定會聯繫公安抓捕他，抓捕回去只有死。他計算行程，今天必須動身去成都，他沒有時間掩埋母親，只好出門請求鄰居和同宗幫他埋。

鄰居同宗答應後，雲龍回到屋裡，把花生箍餅分給三個孩子一些，最後再看一眼母親，就毅然出門上路了。

第十二章 捉賊

中午，蘇家灣生產小隊的公共食堂男女老少，人頭濟濟，都愁眉苦臉，默不作聲，埋頭喝著野菜樹葉河藻湯。

友善坐在食堂正上方沒吃飯，滿腔怒氣高聲罵：「龜兒些！出工幹活走多慢，要死不活，風都吹得倒；收工吃飯跑斷腿，精神多好，狗都把你們攆不到！天天只望過共產主義生活，共產主義不勞動，懶屍懶屌去吃嘛，吃你媽的吳三麻子的吊卵！……」他罵夠了，小隊長梁糟泥才安排農活：「今天下午在老鷹岩育苕種，男的擔大糞，女的有的刨渠子，有的安紅苕。」友善說：「糟泥隊長，收工時所有人一律由你搜身！」糟泥說：「嗯。」會計說：「糟泥隊長，祥清大漢死了沒人埋。」糟泥說：「那麼祥壽和周軍，你們兩個下午去埋祥清。」

老鷹岩下的地裡，男人女人育苕種。積極分子蘇成清在竹林岩的紅苕洞裡裝苕種，瞅著洞外無人，撿了兩個大紅苕揣進褲袋，然後把滿滿一背筐紅苕種背去地裡。他來到地邊，高聲叫道：「快些給我接下來，我在拉肚子！……」一個女人給他接下背筐，他連忙回家，拿出兩個紅苕藏好，等了一下，才去地裡幹活。地裡，人人都想偷紅苕，但是眾目睽睽，無法下手。楊么兒每安一個種紅苕，都要抬起頭來看一眼，見她六歲的兒子終於來了，鬼鬼祟祟藏在地坎下面假裝玩耍，她拿起一個大紅苕說：「又是他媽一個爛紅苕！」便遠遠扔到地坎下。孩子連忙撿起紅苕，揣到懷裡，一溜煙跑去河邊，然後繞路回家。黃玉華知道梁糟泥不好意思搜褲襠，出工前在她的大褲襠裡吊個布口袋，現在她蹲在地裡安紅苕，趁人不防，忙將一個大紅苕揣進褲襠。

祥壽和周軍拿著索杠來到祥清大漢屋裡，祥清大漢躺在床上一動不動，一隻老鼠正在啃吃手指，見二人來了，連忙逃到床下藏起來。祥壽說：「埋別人麼，還有幾句勞慰話哇，埋他，連一句勞慰話都沒有！」周軍說：「全家餓死完了，哪個給你說勞慰話？」二人磨蹭一陣，扔開床上又髒又臭的爛被子，將席子捲起來裹了大漢，攔腰拴了繩索抬往墳地，死人腿腳一路拖在地上。二人抬攏，挖了淺坑，放進屍體，然後壘土。祥壽說：「沒勁，吃口煙，息一下！」就坐在地上，從衣袋拿出竹管銜在沒有牙齒的癟嘴巴裡，又摸出茄葉捲了安在竹管上，然後用鐵鐮敲打火石，發出火星，點燃紙撚，再點燃茄葉。二人這樣邊埋邊息，終於壘起一個小土堆，天黑收工時，周軍回頭看一眼：「還有一隻腳露在外面的……」祥壽說：「管他媽的！」二人就走了。

吃過晚飯，樹根睡在床上，忍受著飢餓的煎熬，滿腦子想著那些埋在地裡的種紅苕。他等到夜深人靜，輕輕起來，輕輕開門，輕輕摸到隔壁成忠老漢的牆下，拿了他的牛糞撮箕，就朝老鷹岩摸去，要用手刨生產隊地裡的種紅苕。還未摸攏，見前面墳地有個黑影，他料定是錢萬元在割祥清大漢的屍肉！錢萬元經常偷割死人肉，用鹽醃在瓦缸裡，每天半夜煮燉吃，左鄰右舍都知道，只是無人抓現場。樹根心裡很憤恨：「這還是人嗎!?今天晚上我非把他抓住不可！」便輕輕丟下糞撮箕，輕輕摸到錢萬元背後，突然將他按倒在地，雙膝跪在他背上大叫：「捉賊啊！捉賊啊！」附近人家聽得喊聲，都連忙起床，摸黑跑到墳地，一齊扭住錢萬元，把他押往大院子。

人們鬧鬧嚷嚷來到大院子，幾個男人有的喊：「拿燈來！」有的喊：「拿索來！」人們點燃油燈，找來繩索，把錢萬元捆在食堂大門前面的柱子上，面前擺著菜刀、瓦盆和屍肉。這時一些婦女、兒童和老人起床看熱鬧，都向樹根他們打聽情況，圍著柱子叫罵錢萬元，有的吐他臉，有的踢他腿。錢萬元低著腦袋，無有話說，聽天安命。有個孩子說：「那盆裡是啥啊？」另一個孩子說：「死人肉！」陳二婆非常厭惡，連忙躲開：「還不拿遠點！」樹根說：「這是證據。」錢萬元的鄰居說：「經常半夜三更看到他屋裡有柴火，聞到他屋裡有怪味……」有個女人說：「媽呀，想起都要吐！我這人，餓死都吃不下去。」這時有人追問樹根怎麼碰到錢萬元偷屍的，樹根說：「我拉肚子，出來蹲坑口，看見有個黑影去了老鷹岩，我以為有人去偷地裡育的種紅苕，就偷偷跟去，跟到墳地邊，見黑影在墳地搞啥子，我料定在偷屍，就把他抓住……。夜深了，都回去睡，天亮再說！」人們陸續離開，掌燈男子說：「捆好沒有？」另一個男子說：「捆好的，跑不了！」掌燈男子不放心，掌著油燈回來看了繩索，才回家去睡覺了。

第二天吃早飯時，人們端著飯碗來到食堂門外，一邊吃飯一邊喝問錢萬元：「我們和你同吃一鍋飯，我們都沒吃人肉，你為啥要吃人肉？為啥要變畜牲！」喝問一陣，放下碗筷，解下錢萬元的繩索，叫他跪在二寸寬的窄板凳上，向大門上方的毛主席畫像請罪。錢萬元戰戰兢兢跪在窄板凳上，低頭對毛主席畫像說：「毛主席，您帶領我們過共產主義生活，我們吃飯不要錢，點燈不要錢，燒柴不要錢，收工回來拿碗舀飯吃，這多幸福，這多美好，但是我生在福中不知福，罪該萬死吃人肉，請您老人家饒了我的罪過！……」

請罪完了，人們一齊喊打，有的說：「不能把他輕鬆啦！」有的說：「把他打死！不然二天還要吃人肉……」於是那些祖父餓死遭他吃肉的、那些孩子餓死遭他吃肉的、那些媽媽餓死遭他吃肉的、那些丈夫餓死遭他吃肉的，有的就近取下板凳腿，有的回家拿來打牛棒，有的在食堂牆壁爛洞處抽來竹板，一陣亂棒把他打死在地上。

第十三章 神偷

生產隊好多人都餓死了，但是蘇代民很少挨餓，因為他的偷盜本領遠比時遷高。

這天生產隊的大人收麥，在路上掉了一個小麥穗，我連忙撿起，如發大財，跑去向我媽報喜。我媽一時也欣喜，誇我不錯，叫我吃了又去撿。我摳出穗裡三粒麥子吃了，又去路上尋找。

我正找著，突然看見幾人挑著一筐筐白麵饅頭來到我們生產隊，後面還有幾人提著豬肉、鯉魚和水果，我饞涎欲滴，連忙跑去，其他許多孩子和大人也圍攏來，跟著饅頭、豬肉、鯉魚和水果去了公共食堂。我聽別人說，今天有外國人要來我們生產隊考察公共食堂，我非常高興，多麼希望外國人天天來考察啊。

我們剛剛跟到食堂門口，就被幹部堵在外面不准進，只在門外和窗前看著他們把饅頭、豬肉、鯉魚和水果在食堂到處擺放，還把一些饅頭、水果扔地上，然後站在四周看守。我擠到食堂門口，又從別人胯下鑽到最裡面，撿起地上一個饅頭就要吃，突然我眼冒火星，耳朵嗡響，臉上狠狠挨了一巴掌，一隻大手奪了饅頭扔地上。一個善良的幹部對我說：「娃兒，這饅頭是有數的，連我們都吃不成一個。」

這時友善來到食堂門外大罵：「龜兒些好吃懶做，不下地幹活，跑來圍食堂！個個都光吃不幹，去吃你媽的吳三麻子的吊卵！」於是男女老少全散開，食堂只剩十幾個幹部看守饅頭、豬肉、鯉魚和水果。大人都下地幹活，我們孩子又到處跑玩，一會兒只見公社方向的路上，一夥人朝我們生產隊走來，是幾個中國人陪著一個外國老婆婆和一個外國姑娘，姑娘背上的布袋裡只有她們兩人的換洗衣裳。我們一幫孩子哪裡見過這稀奇，見他們去了生產隊的公共食堂，就遠遠在後面跟去。

來到食堂，一個好像有點級別的官員對外國老婆婆嚴正說：「共產主義是天堂，人民公社是金橋，我們中華人民共和國已經實現共產主義，到處吃飯不要錢，穿衣不要錢，治病不要錢，上學不要錢，人民需要什麼，自己到庫房去拿，要多少拿多少，庫房白天黑夜不關門。我們的果樹梨子、蘋果碰腦袋，農民幹活餓了，伸手就摘，我們的河裡各種魚類成群結隊，遊著遊著就飛到公共食堂的水缸裡！我們的公共食堂頓頓吃肉，你看，這不是？到處擺著肉！社員吃不完水果、饅頭到處扔，你看，遍地都是。我們中華人民共和國沒有窮人，你們美國人民生活在水深火熱之中，正在受苦受難，你把錢捐給自己國家的人民吧！」

外國老婆婆聽完翻譯，說了幾句什麼，翻譯又對官員說：「她說：『我們基督教的修女會救助了幾十個國家的窮人，不單是救助您們中華人民共和國的窮人。』」官員又嚴正說：「我們中華人民共和國在偉大領袖毛主席的英明領導下，共產主義事業正在欣欣向榮，蒸蒸日上，到處春暖花開，鶯歌燕舞，全國形勢一派大好，不是小好，我們強大的國家不需要萬惡的美帝國主義的陰謀幫助！」

外國老婆婆聽完翻譯，又說了幾句什麼，翻譯對官員說：「她說：『我們修女會不代表國家，只代表我們的主，因受我主囑託，才來救濟窮人。』」官員有點不耐煩：「我已經說過，我們國家沒有窮人，不需要你們的錢！你們美國人民正在水深火熱之中受苦受難，如果你們需要錢，我們國家可以給你們！」

外國老婆婆聽完翻譯，又說了幾句什麼，翻譯對官員說：「她說：『我想走訪幾家農戶，跟他們談談，到他們家裡看看，不知能否得到允許？』」官員更加嚴正說：「我們國家有規定，外國人不能隨便在我國到處亂走！並且，社員們正在地裡勞動，沒有時間接見你。」

幾個官員陪送兩個外國女人走了，幹部們收起豬肉、鯉魚、饅頭和水果，要全部拿回縣城去，這才發現少了一刀豬肉！食堂內外許多人，還有十幾個幹部專門盯著啊，是哪個神偷偷走了？一刀豬肉非同小可，這事必須立即查清！於是生產隊的搜家隊馬上到各家搜查。

搜家隊搜完各家都沒搜到那刀豬肉，大家正敗興，只見金鼎山的山洞裡冒出許多柴煙，成華說：「走，馬上去，肯定有人偷了東西在燒吃！」十幾個隊員連忙上山，來到洞口，見蘇代民正在燒吃那刀豬肉！大家好不高興，一齊上前抓住他，拿了燒得黑乎乎的豬肉，把他拳打腳踢，扭下山來。

蘇代民不僅偷集體，而且偷私人，只要能吃，就被他偷。我家糞池邊上有苗野菜，我媽經常澆糞水，我幾次拿著小雞雞澆熱尿，野菜長勢很好，我和妹妹常想吃，我媽堅決不准，企望多長幾片葉子，然後拿到食堂大鍋裡焯了，全家每人吃半口，可是儘管我們天天盯著，還是遭蘇代民偷了。馬大婆仗著兒子是會計，生產隊沒有沒收她門前那株酒杯粗細的桃樹，她天天不幹活，坐在門前守著樹上五個桃子，可是守著守著，不知什麼時候就被蘇代民偷去了。成華半夜起床，偷回生產隊地裡半筐玉米棒子放在屋裡，又摸黑去拿簷下柴草燒玉米，回到屋裡卻見半筐玉米棒子連同背筐沒有了。成華知道代民是神偷，第二天早上正要去他家裡拿背筐，不料背筐回來了……

中午，食堂幾十家人圍著自家飯桌吃飯，大灶旁邊的空闊處，蘇代民低頭弓腰跪在一條窄板凳上，周圍幾個男人端著飯碗，一邊吃飯一邊喝罵他，喝罵一陣放下碗，抽來食堂篾牆爛洞處的竹板痛打，那些坐著吃飯的女人、孩子和老人，有的扭過頭來喊打，有的離開桌子端著飯碗來喊打，連馬大婆在床上睡了好幾天，現在杵著木棒來到蘇代民跟前，用木棒指指戳戳叫罵也喊打。打了一陣，蘇代民栽到地上，大家喝他起來跪著又打。有個男人說：「把衣裳脫了打光背！」烏老二果然上前，一把抓了他的衣裳，人們就打蘇代民的光背。我那時痛恨蘇代民偷了我家野菜，也去抽根竹板狠打他。

蘇代民遍體鱗傷，人們還不解恨，有的說砍了他的手桿，有的說砍了他的腿桿，最後成華提議捆了他的手腳扔到河裡，這樣解恨又好看，大家一致贊同。於是幾個男人捆了蘇代民的雙腳雙手，有的提手臂，有的抱腿桿，有的抓頭髮，把他抬到河邊，後面跟著大群男女老少看熱鬧。

來到河邊，幾人一齊用勁，把他扔到河心，蘇代民腦袋、雙腿不停起伏，竟然遊到岸邊來。人們抬起他，又一齊用力，把他扔到河心，他又遊到岸邊來。成華說：「給他捆石頭！」一個男人連忙跑回院子，抱來一個小石磨，大家七手八腳捆磨子，蘇代民一口咬斷成華的手指。磨子終於捆在背上了，幾個男人抬起他，一齊用力扔河裡，蘇代民這次沒有浮起來。

人們看完熱鬧，都回家去，三爺說：「除了一害！」

第十四章 王家四人記

民國時代留下來的一座農家四合院裡設著大隊醫療點，五十幾個水腫病人有的坐在王醫生擺放的板凳上，有的坐在院裡住戶拿出來的木椅呀、竹椅呀、草墩呀等等坐具上，有的沒有坐處，就坐在門檻上、石梯上、石臼上、犁耙上。有個病人睡在一張背架上，背架只在背心墊著他，手腿和腦袋都在冰涼的地板上，身邊的竹杖差點把另一個過路的病人絆倒。

王醫生的診療室是院子上方一間小屋，室內不大的藥櫥，抽屜裝著他扯來曬乾的草藥，桌上醫藥箱裡是幾樣常見的西藥，以及一支注射器、一把醫用鉗、一點醫用棉。此刻他坐在桌前，把前來求他救命的水腫病人一個個望聞問切了，非常無奈，非常憤懣。他想了一陣，接連寫了五十幾張處方單，每張處方都是兩斤肉，然後走出門來發給每個病人：「拿去，我只能這樣開處方！請扁鵲來，都只能這樣開處方！水腫病無須吃藥，只須吃肉，連我屋頭的害了大半年水腫病，我都沒有給她吃過一次藥……」

病人之中有個蘇大成，民國時期做律師，縣長、省長都見過，共產黨建國後，全國沒有律師職業，他被遣送回家，管制勞動，每月向幹部彙報一次思想改造情況，請幹部對他訓戒、教育和指示，連孩子也知道他比別人低幾等。縣委張書記昨天來到小堡視察公社養豬場，今天下午要回縣上去，蘇大成拿著處方單，對五十幾個病人說：「走，我們到公社去找張書記，求他批准宰殺一頭豬……」沒等他說完，有個病人說：「你是異想天開！」另一個病人說：「養豬場的豬是供應當官的，把豬給你吃了，他們吃啥？」蘇大成說：「我們見到張書記，一齊給他跪倒磕頭，萬一他發善心呢？」第三個病人說：「縣委書記哪是你這些人能夠見到的啊。」蘇大成說：「公社只有那幾間房子，我們到處找，怎麼找不到。你們只是跟我同路，見了張書記，由我一個人說話！」第四個病人說：「我們走路要倒，連回家胯長一段路都走不動，哪能走到公社去。」蘇大成說：「我們不能坐地餓死，要自己救自己，再沒力氣都要去，就是爬，也要爬到公社！」

每個病人受著肉食強烈的誘惑，又加蘇大成鼓動，都喪失理智，有的拿起自己的木棍，有的拿起自己的木杵，有的拿起自己的吹火筒，有的拿起自己的擀麵杖，搖搖晃晃站起來，一步一杵去公社。他們三步一停頓，五步一休息，跟著蘇大成慢慢走在去往小堡公社的路上，走到油坊埡，有個病人倒地不起，大家摸他鼻子，知道死了，蘇大成說：「我們幾個人一班，輪流抬他，把他抬到公社大門口，讓張書記看！」眾人贊成，幾人一班輪流抬，可是抬了幾步，越抬越重，有個病人扔下死人說：「算啦！我們自己都走不動，還抬死人。」於是眾人將死者丟在路上，艱難吃力，慢慢去往公社。

小堡沒有汽車路，張書記乘坐的縣委那輛吉普車停在大溝區公所，他和祕書司機中午在公社幹部食堂每人吃了一碗紅燒肉，下午要步行三十里去大溝乘車回城。午飯後，公社王書記、吳書記、李書記送行，跟在張書記他們身後俯首貼耳，聽著張書記的工作指示。六人走出公社大門口，張書記指示說：「中央在催收農副產品，你們一定要辦好養豬場。」王書記、吳書記、李書記一齊說：「嗯！」張書記指示說：「人餓死，豬不能餓死！」王書記、吳書記、李書記一齊說：「嗯！」張書記指示說：「再給公社養豬場劃撥幾十畝土地，再從各個生產隊抽調強壯勞力，大量栽種紅苕、蘿蔔餵豬。」王書記、吳書記、李書記一齊說：「嗯！」張書記指示說：「還可辦起萬雞山，每個小隊完成國家公糧任務後，把餘糧交去餵雞。」王書記、吳書記、李書記一齊說：「嗯！」張書記一路指示，小堡街民全都躲在屋裡，有的站在門內，有的藏在窗邊，指指戳戳低聲說：「那是縣委書記！那是縣委書記！」「我這下看到了縣委書記，這一輩子沒有枉活！」

六人走出場口，正巧碰到蘇大成他們，五十幾個水腫病人一齊跪在張書記面前磕頭，蘇大成連忙拿出五十幾張處方單說：「張書記，我們是小堡公社四大隊的水腫病人，求您開恩，批准宰殺一隻豬，救救五十幾條人命呀，我們的水腫病只有油肉才能治呀！……」張書記接來蘇大成舉著的一摞處方單，一張張很快看完，蘇大成連忙杵著木棍站起來，捲起自己的褲子說：「張書記您看啊，腿桿腫得褲筒捲不起來，只能捲到小腿下面，身上一按一個窩，半天不還原……」張書記把處方單交給祕書收著，一言不發就走了，公社王書記對五十幾個病人說：「你們回，張書記曉得怎樣處理！」

張書記回到縣委，眼前時時浮現小堡公社四大隊五十幾個水腫病人的身影，他真想批准宰殺公社養豬場一頭豬，但是他想：「其他大隊的水腫病人怎麼辦？全縣的水腫病人怎麼辦？把所有養豬場的所有生豬殺完也不夠呢！況且全國沒有這樣的先例，把養豬場的生豬用來供應農民。」他必須站穩政治立場，不能違反黨的方針政策，不能為了良心冒風險！他以前不認識蘇大成，但是久聞其名，知道他是民國時期的訟棍，屬於共產黨的打壓對象，他夥同開處方的醫生煽動群眾對黨不滿，帶領五十幾個水腫病人攔截縣委書記，強烈要求宰殺公社養豬場的生豬，這是地地道道的聚眾鬧事，抹黑國家，妄圖推翻美好的社會主義制度，縣委必須堅決打壓，把惡性事件消滅於萌芽狀態，不然全縣水腫病人都來跪倒磕頭，要求殺豬，這如何得了？這樣想著，他打電話叫來縣公安局長，指示馬上抓捕王醫生和蘇大成。

王醫生每天在大隊醫療點上班，在家庭所在的小隊的食堂吃飯。他的兩個孩子都很小，老婆睡在床上起不來，每頓都是他去食堂分飯。這天，醫療點沒有病人，他早早下班回家。走到半路，碰到一隻受傷的麻雀，他緊走幾步抓住牠，扯了羽毛，去掉腸子，留下其他一切內臟，打算晚上偷來集體地裡的蘿蔔，連同麻雀煮出來，老婆孩子都吃點，這時他身後兩個帶槍的公安兵抓住他，把他反剪雙手牢牢捆了押去縣城。王醫生捏著麻雀不丟棄，走了不遠，碰到同隊王向榮，他見向榮遠遠躲避，不敢說話，便高聲叫他幫他把麻雀帶給老婆、孩子。王向榮攏來，怯怯徵得兩個公安兵的同意，才從他烏黑冰冷而腫脹的拳頭裡拿了麻雀，告誡他坦白交代，爭取寬大，好好改造，早日回來。

王醫生的老婆在床上聽得老公被抓，不幾天丟下兩個孩子就死了，王德賢每天抱著烏瓦盆去食堂分飯，端到桌上跟他的四歲妹妹同吃。這天中午，他端著半盆野菜樹葉粗糠湯一跤跌倒，兄妹倆湯都沒有喝成一口。下午，王德賢去野外偷吃地裡的生麥子，他的妹妹坐在地上聲聲長哭。那時桑樹是土種，桑葉不大，桑果很多，社員們幹活瞅到幹部走了，連忙停下農活瘋搶桑果，有的裝在提糞的撮箕裡，有的裝在背糞的背篼裡，有的裝在圍腰的大袋裡，收工帶回家去，捨不得馬上吃了，用簸箕篩子曬乾，存到快要餓死時，用來救命渡難關。小姑娘哭了一陣，起來到處找吃，大人出工去了，院裡空無一人，她把吳大媽曬的厚厚一篩子乾桑果吃得一顆不剩，然後跑到塘邊喝水，乾桑果在肚裡發展開來，活活把她脹死在路上。

麥子還在曬壩裡，公社幹部和糧站人員就來曬壩，逼著農民把糧背到糧站交公糧。食堂鍋裡沒有一顆糧，農民家家戶戶偷吃的，這天王德賢偷了生產隊一把麥子拿回家，路上碰到王大娃，王大娃說：「勞改犯的兒子又在偷麥子，沒收啦！」就一把奪了自己吃。王德賢非常憤恨，但是王大娃十八歲，他才六歲，他罵不贏，打不贏，就坐在地上大哭。哭了一陣，他的舅舅蘇永隆來了，說：「德賢，娃兒，在哭啥？來，到我家去，給我當兒子。」就拉起他來，把他帶去蘇家坪。王德賢改叫蘇德賢了，他常想他爹、他媽和妹妹，不知他爹在監獄死了還是活著，天天盼望他爹突然來到蘇家坪，接他回去王家壩，父子相依，永不分離，可是盼了好幾年，他爹沒來蘇家坪。

蘇德賢跟著舅舅和舅母長到十五歲，這天他和蘇花娃放學回家，花娃悄悄說：「我姊給我買的收音機，能夠收到臺灣的電臺，你不信就今晚拿去聽……」國家禁止聽敵臺，但是蘇德賢好奇，回到家裡去借花娃的收音機，花娃教他撥弄一陣，說：「半夜才能收到臺灣臺……」晚上睡覺，蘇德賢把收音機藏到被窩裡偷聽，果然收到臺灣電臺講說中共劣蹟，鼓勵大陸人民寫信聯繫，詳細告訴臺灣設在香港九龍的收信地址。蘇德賢想到爹媽和妹妹，想到自己吃的苦，幾年來心裡藏著許多話，很想對人傾訴而不敢，便偷偷寫了一封信，傾訴他家的遭遇。他寄往香港的信，在巴西縣郵電局被截留，巴西縣公安局馬上派人到學校調查，學校師生很新奇，幸災樂禍要看戲。蘇花娃連忙揭發蘇德賢，公安局見他配合調查，沒說謊話，對他免於追究，只把蘇德賢抓進監獄。消息傳開，人們無比興奮，無比驚詫：「還說沒有階級鬥爭，階級敵人就藏在我們眼皮底下！」

大半年後有一天，公安局把蘇德賢押回蘇家坪召開群眾大會批鬥，又給人們平淡的生活增加更大的新奇、熱鬧和快樂。蘇家坪曬壩周圍的樹幹上扯著長長的篾條，篾條掛滿「堅決鎮壓現行反革命罪犯蘇德賢！」、「無產階級專政萬萬歲！」等等白紙黑字大標語；臨時用石頭砌邊、土巴填平的檯子上，坐著公安局幾個威嚴的幹部和小堡公社的書記們，一張農家吃飯的方桌搭在他們面前，桌上講話筒的電線連著綁在樹上的高音喇叭；臺下的曬壩站滿近處遠處跑來看熱鬧的群眾，蘇德賢的舅母站在人叢外面流著眼淚跟幾個相好的老太婆低聲講說，一隻豬兒來曬壩找吃，牠的主人怕牠破壞無產階級專政，正用樹枝趕牠回圈。大會快要開始，兩個持槍的公安兵押著雙手反剪的蘇德賢，從曬壩旁邊的房後走上土臺，叫他跪在臺邊，臺下許多人擠到前面，圍著土臺，都要近距離看犯人。有個女人低聲說：「手都捆烏啦。」離她較近的那個公安兵本來不屑搭理，見她年輕漂亮，便笑著說：「你別小看這法繩，雖然只有筷子粗，捆綁的鬆緊，用力的勁道，都有許多技巧和學問，我稍微用點力，幾分鐘就能捆死犯人的神經，叫他兩臂終身癱瘓！」

公安局宣講完了蘇德賢的重大罪行和無產階級專政的威力，以警醒和教育群眾，之後把他押回縣城，等待法院判決。蘇德賢在看守所兩臂癱瘓，吊在兩肩甩來甩去像麵筋，每頓吃飯別的犯人端來給他放在牆角，他躺在地上用嘴在碗裡拱，用舌在碗裡舔，嘴巴、鼻子和臉膛滿是飯。他解便也要別的犯人幫助，這天他解了大便，沒人給他擦屁股，一個犯人說：「我給你擦，你每天給我舔雞巴！」便來到蘇德賢面前站著脫下褲子，洗也不洗就叫他舔咂。蘇德賢褲子掉在腿彎上，屁股縫裡夾著屎，只得忍住嘔吐，跪在地上，一下又一下艱難舔咂，舔咂完了，那犯人才給他擦屁股，拴褲帶。不久，那犯人轉到勞改農場，蘇德賢解便無人幫助，每次不是把屎尿屙在褲襠裡，就是扭動屁股在牆上擦，在鋪邊刮……

法院判決蘇德賢二十年有期徒刑，他從看守所轉到了勞改農場。監獄管教嫌他又髒又臭，還要叫人天天服侍他，因此望他早點死。同室犯人也嫌他，不是常常毆打，就是吃掉他的份飯。這天過節，監獄吃肉，領頭犯人說：「不給蘇德賢吃，把他餓死，免得吃了就屙，整得多髒！」說完就與幾個犯人蹲在地上，圍著肉碗夾肉吃。蘇德賢站在旁邊看一陣，飛起一腳把碗踢到牆上，幾個犯人一齊撲倒他，壓在他的胸上緊緊卡喉嚨，蘇德賢兩腿幾蹬就死了。

第十五章 兩個小學教師

郭平齊幼時家貧，已是知羞的大孩子了，還全身赤裸，沒有衣穿，天天躲在屋裡玩。有對夫妻小有田產，膝下無子，就抱他過門，送他讀書，並且給他娶了童養媳。

一九四九年郭平齊在縣城初中畢業，聽說共產黨來了富人要倒楣，連忙跟養父母斷絕關係，帶著妻兒回到生父母家裡當貧農，儘管養父母對他很好，他的良心頗難受。不久，養父母果然劃成小地主，田地、房子全沒了，還要天天跪著挨批鬥遭毒打，夫妻倆不堪其苦，同時上吊自殺了。

郭平齊當上教師了，分派在公子山教小學。公子山小學的校舍是山頂破舊的小廟，周圍長滿樹林，每天學生放學下山後，廟裡只他一人，甚是清靜，他常想：「這會兒多好談情說愛啊！」小廟漏雨，需要添瓦，這天中午學生回家吃飯，一個漂亮的地主姑娘受幹部安排背瓦來廟裡，郭平齊怦然心動，連忙幫她接背篼。姑娘雖然嫌他長著豬拱嘴，然而她是地主女兒，只能「降價出售」，便也有了意思。以後二人頻繁幽會，郭平齊離了童養媳妻子，把這地主姑娘先姦後娶了。

一九五九年，郭平齊調到我們大隊教小學。開學前一天，他背著鋪蓋、席子、盆子、鍋碗等等來我們大隊學校，一路想著新學校的情況。他聽說我們大隊小學還有一個教師叫張育，家庭地主成分，一直在這學校教書，他從來沒有見過張育，不知張育好不好對付。新社會，貧農階級地位高，地主階級地位低，他必須用階級成分壓倒張育，自己才不吃虧。這樣想著，他已來到學校前面大路上。這時，張育在學校打掃完了新教師的寢室，又在自己寢室點燃柴火燒開水，以備新教師走攏就有開水喝。他是地主成分，他要主動跟新教師搞好關係，今後才能相安處。

張育燒了開水出來，見路上一人背著東西遠遠來了，他知道是新來的教師，連忙快步去迎接：「你是郭老師吧？我幫你提東西！」說著拿過郭平齊手裡提的東西。郭平齊說：「我聽說你姓張？」張育說：「嗯。以後多多向郭老師請教啊！」郭平齊說：「你啥成分？」張育無法隱瞞：「地主。」郭平齊教導說：「地主要好好改造，重做新人啊！」二人說著，已到學校，張育把郭平齊帶到已經打掃乾淨的寢室。郭平齊放下東西，在學校到處走走看看，張育跟在後面給他介紹情況。郭平齊見張育的寢室比他剛才放東西的寢室寬大明亮，頓時不高興：「我倆把寢室調換一下！」張育沒有說話。郭平齊說：「你們地主階級從前騎在窮人頭上作威作福，現在黨和毛主席讓貧下中農翻身做主人，難道你還要繼續騎在貧農階級頭上作威作福!?」張育知道他和郭平齊鬥爭起來，事情鬧到上面去，上面肯定要認為這是階級鬥爭新動向，肯定要把他作為地主階級向貧農階級反攻倒算的典型來整，輕則大會小會批鬥，重則開除回家、管制勞動，因此軟軟說：「調換就調換吧，說那麼多幹啥嘛。」就動手把自己的東西搬到那間狹小陰暗的寢室去。

以後，郭平齊頤指氣使，當起領導和主人來：「張育，提桶水來！」「張育，把學生叫到教室上課！」「張育，把襪子給我洗了！」「張育，我寢室尿桶滿了，提去倒在坑裡！」雖然沒有誰人封他為領導和主人。他還不放心，怕張育反抗，來到學校不幾天，就在牆上寫起革命的紅字大標語：「毛主席說，不是東風壓倒西風，就是西風壓倒東風！」「貧下中農是黨的依靠對象，地主富農是黨的打擊對象！」「打倒地主階級！」「地主分子只能規規矩矩，不准亂說亂動！」……

那時公社要求大隊小學教師把國家供應的每天六兩大米交到學校附近的生產小隊的公共食堂，一日三餐跟農民同鍋吃飯。公共食堂沒有一顆糧，每頓都是野菜湯，教師太吃虧，有的每天只交一兩米，有的每天只交二兩米，剩下用來開小夥。郭平齊和張育各在自己的寢室支起小柴灶，從公共食堂吃飯回來，有時煮半碗稀飯，有時煮幾片野菜，有時煮點偷來的什麼。

學校廁所牆外露出的糞池口上自生自長一苗冬莧菜，一天比一天茁壯，郭平齊每天都要看三次。這天，張育餓急了，摘來冬莧菜四片大葉子，煮了半碗菜湯吃，郭平齊發現菜葉少了，回到自己屋裡坐在木圈椅上翹起二郎腿叫道：「張育，過來！」張育從隔壁過來了，端端正正站在他面前低頭不語，像個犯了錯誤的小學生。郭平齊說：「糞池口上的冬莧菜是你摘了的⁉」張育低聲說：「是。」郭平齊桌上一巴掌：「誰叫你摘的！」張育低頭站著，沒有言語。其時我讀一年級，張育啟蒙教我們，我們一群學生擠在郭平齊的門口笑看張育，張育覺得丟面子，扭過頭來批評說：「你們沒有見過挨修理麼？」我們一齊跑開，邊跑邊笑模仿他：「你們沒有見過挨修理麼？你們沒有見過挨修理麼？……」

我十幾歲漸漸醒世，有一天對我爹講到張育挨理抹，我爹說：「像張育他爹這些地主，一輩子連好飯都沒吃過一碗。過年呢，酸菜稀飯煮一兩片兒臘肉，就是他的好飯；趕場呢，連鍋盔都捨不得買一個，餓著肚子回家，路上尿脹了，忍回家去屙，多澆一苗菜！……那些大地主挨鬥、挨打、挨槍殺麼，過去還享受了幾天好生活哇，張育他爹這些小地主享受了啥？國民黨派糧、派錢，整個保甲他最重；共產黨來了，老兩口天天跪倒挨鬥挨打，兒孫都比別人低一等……」

第十六章　還鄉記

整夜中雨澆透了久旱的大地，給半夜醒來的人們帶來許多喜悅。

天還沒有大亮，徐家河生產小隊的隊長徐傑仁就在院裡催出工：「大院子的，起床栽紅苕！是啥季節了，生產隊還沒栽一苗紅苕，你們曉得著急不啊？錯過了這場雨，老天啥時又下啊!?」接著他安排哪些人割紅苕藤、哪些人背紅苕藤、哪些人栽紅苕藤，然後罵道：「何春華、張桂芳，你們又半天才出來！等會兒哪個來遲了，食堂把早飯扣完，讓你龜兒些湯都喝不成一口！」他罵完了，又去別的院子催出工。

社員們栽了一早晨紅苕回來，拿著分飯器具和碗筷，忙去食堂分飯吃飯。生產隊地裡的小麥不夠交國家，玉米還未成熟就被大人、孩子偷光了，因此早飯照樣是砍得很細的野菜、樹葉、豇豆、南瓜煮成的稀湯。大鍋裡的稀湯分完了，灶裡餘火還在燃燒，炊事組長提起半桶洗鍋水倒在大鍋裡，洗鍋水很快沸騰。人們出工收工一路搶野菜，每頓等到分完飯，從衣袋拿出野菜丟進大鍋焯熟後，撈起來在食堂案板上用刀切了，加在自己的稀湯裡。現在大灶周圍候著十幾個人焯野菜，趙玉瓊分飯到桌上，也去灶旁焯野菜。她拿回雞蛋大小一團焯熟的野菜剛剛加在飯盆裡，她的四歲小女兒鳳兒跪在板凳上，連忙拿起勺子撈乾的，她的六歲大女兒芳兒一把奪了勺子說：「讓媽吃乾的，媽要幹活！」趙玉瓊說：「管她的，讓她撈。」

徐傑仁趁著大家吃飯又安排幹活：「上午繼續栽紅苕，爭取今天把地栽完！害病的也要出來，走不動就坐在板凳上剪藤子……」這時大隊支書徐知明吃飯來了，壓住激動高聲說：「上午不栽紅苕，男女老少全部到蘇家埡修汽車路！……」人們茫然不解，怎麼蘇家埡突然修汽車路？大家既惋惜錯過栽紅苕的好天氣，今後更要餓肚子，又驚喜汽車路修到蘇家埡。蘇家埡距離徐家河只有幾里路，徐家河的人們要看汽車了，大家多麼高興啊，以前只是聽說汽車，從來沒有見過汽車。徐知明繼續激動說：「勇屠公公要回來，縣委決定修通縣城到烏龍場的汽車路，修路勞力在沿途公社徵調，十天之內必須修通，白天完不成任務，晚上打起燈籠火把幹！我們烏龍公社負責蘇家埡到烏龍街上這一段……」食堂大人、孩子忘掉飢餓，都興奮徐勇屠要回來，他從十五歲離開徐家河，從來沒有回來過，現在當了大官才回來，徐家河的人們要長多少見識啊！

早飯後，社員們拿著工具去往蘇家埡。趙玉瓊扛著鋤頭提著撮箕剛出門，她的鳳兒要攆去，趙玉瓊說：「路遠，不來，就在屋頭耍！」孩子不聽，繼續攆路，這時大隊保管員徐祥明迎面來了，趙玉瓊跟他打招呼，等他走過了，悄悄對鳳兒說：「你祥明伯伯要去保管室，你跟著去耍，趁他不注意，再偷一個皮片子回來，我們煮了吃。乖，聽話，我的鳳兒聰明狡猾！」大隊皮影戲班子共有師徒二人，師傅去年餓死了，徒弟今年害著水腫病，皮影戲無人演，也無人看，藝術原是人們吃飽以後的事情。演皮影戲的幕布、燈盞和鑼鼓不知哪兒去了，一堆皮片子丟在大隊保管室的角落裡，許多人都在打著皮片子的主意，千方百計偷出來，用水泡了煮燉吃，雖然這些皮片子經過石灰硝皮之後已經沒有營養，雖然皮片子染了紅紅綠綠的致癌化工顏料。

大隊保管室在徐家河，鳳兒昨天偷了一個皮片子回來，受到媽媽的誇讚，現在聽得又誇讚，轉身追著祥明跑去了。她邊跑邊叫，非常親熱：「祥明伯伯，你往哪裡去？同路，同路，祥明伯伯同路……」祥明見她嘴甜，等她同路，一同來到保管室。祥明開門拿東放西，裝這倒那，鳳兒跟在後面，前一聲「祥明伯伯」，後一聲「祥明伯伯」，不停問這問那，幫他幹活，眼睛卻瞅那堆皮片子。皮片子有人有馬，有刀有槍，有椅子，有桌子，還有劇情所需的種種，鳳兒趁著祥明轉身一瞬間，連忙揀了一個又大又厚的皮片子揣進腋窩，又繼續跟他說話，幫他幹活。

徐勇屠帶著夫人、幼子、廚師和一個警衛班住在巴西縣委招待所，等著修通還鄉路，縣委書記們天天雞鴨豬兔宴請他，他已吃厭這些菜。這天，縣委派人放乾全縣最大的水庫，捉來幾個野生鱉魚，廚師做了一大盤，擺在各色菜肴間。開宴時，徐勇屠夫妻和幾個縣委書記還沒動筷，徐勇屠的五歲兒子從椅子上站起來，長長伸著筷子去夾鱉魚肉，徐勇屠端來盤子全部倒在他碗裡：「吃夠，這是好東西，北京很少能吃到。」縣委書記們連忙笑著誇讚孩子聰明，都說再放兩個水庫，多捉幾個鱉魚。徐勇屠知道水庫澆農田，本來不想影響農業生產，但是他為百姓打江山，身上傷疤十幾處，他的功勞這麼大，他的官位這麼高，勝利之後享受點，百個、千個、萬個該，因此聽得縣委書記們決定再放兩個水庫捉鱉魚，他一言不發，算是默許。

公路還未修通，烏龍公社三個書記步行一百多里進城，向縣委彙報請示，說首長在徐家河老家只有一個姊姊和她的養子，首長姊姊的房屋、床鋪和鍋灶等等無法接待首長一行，是否可以由公社接待。縣委書記向徐勇屠彙報請示，徐勇屠同意在公社吃住，但是他要從烏龍步行到徐家河看看老房子，還要在徐家河各戶人家走一走。縣委書記們著急了，深怕徐勇屠知道巴西縣餓死大量人，縣委常委馬上開會做出如下四條決定：

一、縣委辦公室擬定徐家河群眾回答首長問話的標準答案，比如首長問：「餓死人沒有？」群眾答：「一個都沒有。」首長問：「每天吃些啥子飯？」群眾答：「稀飯、乾飯、麵條、炒菜，每天還有牛奶和雞蛋。」首長問：「用錢怎麼辦？」群眾答：「吃飯不要錢，穿衣不要錢，治病不要錢，上學不要錢，一切全由政府免費。」等等，叫烏龍公社三個書記前頭回去，在徐家河開會訓練群眾，不准群眾亂說話；

二、要做好首長姊姊和外甥的思想工作，讓他們不對首長講說農村真實情況，縣上每月給首長姊姊供應三十斤細糧，安排首長外甥來縣委守大門；

三、烏龍公社把徐家河的水腫病人暫時藏在別的生產隊，不讓他們接觸首長；

四、烏龍公社給徐家河公共食堂調撥幾百斤糧食，首長回徐家河那天，食堂吃乾飯和饅頭。

烏龍公社三個書記拿著縣委辦公室列印的一百多條標準答案回到烏龍，馬上在徐家河召集群眾開會，傳達縣委精神說：「要塑造我們烏龍公社的美好形象，塑造我們巴西縣的美好形象，塑造我們新中國的美好形象！如果哪個膽敢亂說話，給毛主席領導的新中國抹黑，公安機關馬上叫他嘗苦果子！」接著，幹部和那些有點文化的青年，天天教群眾背誦標準答案，人人考試，個個過關。書記們忙完蒙蔽工作，又忙接待工作：他們在公社收拾兩間大屋子，安好床鋪、蚊帳、桌椅等等，一間做首長一家三口的臥室，一間做客廳；又在街上唯一的旅館「烏龍綜合商店旅社」檢查安排，讓首長的廚師和警衛班住宿；又派人宰殺公社養豬場一頭豬，用來招待首長一行……

公路沿線農民白天黑夜加油幹，燈籠火把戰通宵，十天之後修通了，只等首長汽車過。這天，縣委書記們的吉普車在前開路，徐勇屠的轎車在中間，一輛有蓬的綠色軍用卡車載著十幾個警衛戰士在後面，三輛汽車從縣城出發，一路來到烏龍場。公路沿線農民成堆觀望，議論紛紛，都說平生第一次看到大官的汽車。烏龍場上人更多，人們一大早來到街上，等候在街道兩旁，要近距離看大官，水腫病人因為公社派人事先打招呼，有的睡在床上不起來，有的藏在自家窗內看。三輛汽車剛在公社大門外面停下，公社書記們連忙上前迎接首長和縣委書記，恭請他們進公社，十幾個警衛戰士馬上持槍從軍用卡車跳下來，有的跟在徐勇屠身邊，有的站在公社大門口，不准百姓進門去。看稀奇的人們無比興奮，無比光榮，有的說：「徐家河的風水好，出了兩個大官：一個是清朝的徐志強，跟著左宗棠打新疆，徐家河上那座石拱橋就是他修的；一個就是徐勇屠……」有的說：「他的女人官也不小，是省上的衛生廳長！」有的講著徐勇屠早先的歷史。

徐勇屠父母早亡，沒有讀過一天書，十五歲那年幫人放牛，趕著一頭大水牛上山，走到高岩窄路上，水牛不敢往前走，他在後面打一棒，水牛猛地往前跑，就被左邊石壁擠到右面岩下摔死了。他不敢回家，到處要飯，碰到紅軍，參加了二萬五千里長征。但是烏龍公社的人們不知道，紅軍長征吃皮帶這個舉世聞名的故事的主人公就是徐勇屠和他的班長。部隊走到若爾蓋草地，徐勇屠和班長掉隊了，二人沒有糧食吃，就吃野菜，吃蟲子，這天野菜、蟲子找不到，他們就煮皮帶吃。後來他們跟上部隊，這故事宣傳開去，就成了整個紅軍吃皮帶。

縣委書記們吃過公社的大宴回城了，公社書記們侍候了首長也退去，徐勇屠在臨時客廳跟姊姊和外甥說話。徐勇屠姊姊的養子要去縣委守大門，他壓住高興和激動，人勢講說農民天堂般的生活，徐勇屠的姊姊禁不住每月三十斤細糧的巨大誘惑，又想公社把她和養子請來一道吃大宴，也終於沒有對弟弟和弟媳講說農村真實情況。問到徐家河哪些人去世，哪些人健在，徐勇屠聽說徐畢成還活著，拿出手槍啪地拍在桌上：「老子槍斃他！」他姊姊說：「徐畢成水腫病害成那樣子，你不槍斃，他也活不了幾天。」徐勇屠又問：「他劃成地主沒有？」姊姊說：「他不劃成地主，徐家河哪個夠劃地主？」徐勇屠說：「算剝削帳！算他龜兒的剝削帳！」正說著，公社一把手李書記來請示：「是不是召開一個全公社的群眾大會，請首長在會上講講您在戰爭中的豐功偉績？」徐勇屠說：「把全公社的地富反壞右分子和子孫後代全部弄來跪倒！」

第二天，民國時期留下來的戲樓上，徐勇屠坐在一把木椅上，面前搭著一張桌子，桌上放著開水杯，他身後坐著他的夫人和公社書記們，十幾個警衛戰士荷槍實彈站在戲樓臺子的兩邊，臺下密密站著一萬多群眾，幾十個地富反壞右分子低頭跪在臺下最前邊，他們的子孫後代跪在他們左右兩邊的草地上。大會開始，徐勇屠講話了，他的戰爭生活何等豐富複雜和精彩，可是他東一句、西一句，沒有誰人聽懂他在講什麼，沒有誰人聽到一句內容話，但是所有人都不敢懷疑他的水準，都繼續聽他講話。講了一陣，徐勇屠站起來脫掉上衣，露出光肉：「張嘎子，來數我身上的傷疤！」一個警衛連忙上前，高聲點數：「一處，兩處，三處……」數完上身，徐勇屠又把褲筒捲到大腿根，警衛又點數：「十一處，十二處，十三處！」徐勇屠說：「褲襠裡頭還有兩處，一共十五處傷疤！」人們這下聽懂他的講話了，都一齊讚歎，一齊敬佩。

數完傷疤，徐勇屠坐下又東拉西扯，人們繼續聽不懂。一會兒，他突然厲聲喝道：「徐畢成來沒有!?把你的狗頭抬起來我看看！」徐畢成在幾十個低頭跪著的地富反壞右分子之中抬起他那水腫腦袋，徐勇屠說：「還是你媽那屄樣子！你說，你民國二十四年到南充讀書，叫我給你背書箱，我從徐家河背到南充兩百多里，走攏南充，你只才給我吃碗盡米乾飯，連湯都沒有買一碗，你剝削我多少血汗錢!?」徐畢成幾次要倒，雙手撐地：「你說多少錢，就是多少錢。」徐勇屠說：「我給你背書，來去滿滿走了四天，每天工錢至少應該兩個大洋，四天總共八個大洋，折合現在的人民幣大概八百元，你給我拿的工錢加上盡米乾飯錢，總共只有半個大洋，折合現在的人民幣大概五十元，八百元減去五十元，你剝削我七百五十元！你說，是不是!?」徐畢成說：「是。」徐勇屠說：

「把七百五十元交上來，我給徐家河每戶人家買把鐮刀送禮，鼓勵他們好好勞動！」國家不准私人做生意，農民在生產隊幹活沒有工資，徐畢成哪裡有錢啊，因此說：「我一分錢都沒有。」徐勇屠正要拔搶，會場群眾頓時怒吼：「地主分子賴帳不還，好話都沒一句！」「打！」「打！」「打死地主！」「打死地主！」人們邊喊邊擁到前面，排山倒海打地主，其他跪著的地富反壞右們怕遭踩死，連忙起來，有的躲到別處去跪下，有的終被踏倒在地上……

午飯後，徐勇屠的臨時客廳裡，公社李書記來陪坐。徐勇屠說：「你們公社階級鬥爭沒搞好，地主分子居然膽敢賴帳不還！」李書記笑著說：「他有他媽的啥子錢嘛！農民拿不出一分錢！……」他感到失言，連忙停住。徐勇屠問：「那吃飯啷個辦？」李書記靈機一動：「共產主義，吃飯不要錢！」徐勇屠問：「看病啷個辦？」李書記說：「共產主義，看病不要錢！」徐勇屠問：「上學啷個辦？」李書記說：「共產主義，上學不要錢！」徐勇屠問：「穿衣啷個辦？」李書記說：「共產主義，穿衣也由政府免費供給！」徐勇屠說：「農民過上天堂生活啦，跟我們高層幹部差不多，我們的熱血沒有白流！」

第三天，徐勇屠拿了自己的錢，叫警衛在烏龍供銷社買了幾十把鐮刀，他跟姊姊和外甥步行回到徐家河送給每戶人家，他們身後跟著十幾個警衛戰士。走攏後，徐勇屠把老房子裡裡外外看個夠，然後由姊姊陪同，到各戶人家送鐮刀，父老鄉親遠遠站著看大官，沒誰敢攏他跟前。他們來到趙玉瓊屋裡，趙玉瓊把鳳兒偷來的幾個皮片子燉了切了，母女三人站在案板跟前正要吃，見徐勇屠他們一行十幾人進來，頓時手腳無措，呆呆站著。徐勇屠姊姊從警衛懷裡拿出一把鐮刀笑著說：「趙大妹，勇屠來看望你們。他其他沒送啥，給你送把鐮刀……」趙玉瓊連忙接了千恩萬謝。徐勇屠姊姊問：「勇虎沒在家？」趙玉瓊說：「他昨天開會回來，就到衛星隊去了。」徐勇屠姊姊對徐勇屠說：「這是勇虎屋頭的。」徐勇屠說：「哦，勇虎我記得，他比我小兩歲。」便講起他和徐勇虎的童年往事來。

徐勇屠一邊講說，一邊盯著半碗皮片子，說：「這是牛皮帶？你們為啥吃牛皮帶？」趙玉瓊記得公社幹部的講話，忙說：「吃憶苦飯！」徐勇屠說：「好！你們要多憶解放前的苦，多思新中國的甜，知道你們今天的共產主義生活是我們用鮮血和生命換來的！」說著把皮片子端到每個警衛面前，「我們紅軍長征吃的就是這東西，你們嘗嘗，比較一下現在當兵的幸福！」警衛們各拈一塊丟進嘴裡嚼，很快就把母女三人救命的皮片子拈完了。

鹽井縣半年餓死幾萬人，縣委書記著急了，決定全縣機關單位人員的糧食供應由每人每天六兩糧扣減到每人每天半斤糧，扣減下來的糧食用來救濟快要餓死的水腫病人（其他病人沒有望），水腫病人憑著醫院證明，每月可到公社領取三斤細糧，雖然每月三斤細糧不能救命，可是縣委書記再無別的辦法。

糧食就是人命！鹽井縣安佛公社的救濟糧由公社黨委第一書記徐志高憑醫院證明批條子，由公社黨委第二書記我舅舅保管和稱秤。我外婆氣虛脫肛，直腸天天吊出來，走路幹活時，在褲襠磨得痛如刀割；我舅母三十幾歲就有氣管炎，天天在生產隊的食堂吃野菜樹葉湯，病情一天比一天嚴重；我舅舅每天半斤糧，舅母有時去公社趕飯，舅舅跟她共同吃，有一天舅舅拿著話筒去山頭通知群眾開會，餓得昏倒在地上。舅舅天天都想偷拿公社保管室的救濟糧，救濟糧雖然進出帳目很清楚，但是他可摳斤扣兩，把他偷拿之後的虧空補起來。舅舅想他是受人尊敬的公社書記，怎麼好意思當小偷啊，並且他怕徐志高，因此遲遲沒動手。可是他和家人實在經受不住殘酷飢餓的考驗，這天徐志高到縣上開會去了，公社只剩第三書記和另外幾個幹部，他大膽起來，睡到半夜起床，拿著手電，背著背筐，輕輕開門去保管室。

舅舅半夜背著二十斤連麩麵回到家裡，全家非常高興。我們巴西縣比外婆他們鹽井縣餓得更厲害，外婆掛念我母親，希望舅舅給我們拿點連麩麵，就帶信叫我母親回娘家。我母親回到娘家，但是我舅舅去了公社，不知好久才回來，我母親只好等他。外婆見我母親餓得說話沒聲音，就去房後石坡上摘了一個碗大的南瓜，還扳了兩棒沒有成熟的玉米（那時中央已經知道農村大量餓死人，劉、鄧一派糾左，中央允許農民在田邊地頭私自種點瓜菜雜糧，巴西縣委比中央還左，遲遲沒有執行這政策，鹽井縣執行較早，各戶農民已在田邊地頭搶種一窩南瓜、幾苗紅苕了），點燃柴灶煮了南瓜和玉米（這時鹽井縣已把先前沒收的大鍋小鍋還給農民了），可是第二天外婆再無南瓜、玉米煮，每頓和我母親喝著從食堂分回來的野菜樹葉粗糠湯。我母親等到第三天，再也等不住了，說：「媽，我要回。」外婆說：「再等一下，看國民今天回來不。」

果然，舅舅中午從公社回來了，問了我家餓飯情況，當著我母親吩咐我舅母：「姊姊回去的時候，你把連麩麵給姊姊拿兩斤。」舅母勉強答應。舅舅說：「姊姊，你等會兒慢慢去，我要到大院子跟人說事。」就去了大院子。舅舅走後，我母親要回，外婆說：「我去給你摘兩個南瓜。」就去房後石坡上。石坡壘著一堆瘦土，種著一窩南瓜，瓜苗枯黃，缺少肥水，外婆忍痛摘了兩個還很青嫩的南瓜拿回來裝在背筐裡，三番五次叮囑我母親不要捨不得，回家就給兩個娃兒煮了吃。我母親幾次辭行，可是遲遲不走，等著舅母給她拿連麩麵。舅母幾次說：「姊姊，你慢去。」然而就是不拿連麩麵。我母親再也無法不動身，跟我外婆和舅母最後一次辭行後，就背著背筐去大院子向我舅舅辭行。舅舅估計舅母沒拿連麩麵，說：「姊姊，你等我一下。」我母親就等我舅舅。舅舅跟人說完話，來把我母親背筐一看，見果然沒有連麩麵，就與我母親回到家裡，拿了兩斤連麩麵裝在布袋裡，叫我母親拿回家去給兩個娃兒燒饃饃。

我母親走到半路，摘來樹枝掩好背筐裡的南瓜和連麩麵，傍晚回到蘇家灣。半夜，她幾次起床開門去房前屋後看了，見沒有幹部檢查煙火，她摸出藏在床下的湯罐，很想點燃柴火煮糊糊，然後叫醒我和妹妹吃，但是貧窮使她產生畸形心理，她想這麼寶貴的東西，不吃在那兒，吃了就沒有，她捨不得馬上吃了，要多放幾天，多看幾天。這樣想著，她把湯罐放回床ト，忍住飢餓又睡覺。她每天幹活收工回來，都要打開木櫃，把兩個南瓜和兩斤連麩麵看上好一會兒，我和妹妹站在櫃跟前，雙手扳著木櫃邊，踮腳引頸朝裡看。

這天中午收工，人們來到食堂分飯，可是炊事組的幾個老太婆還在案板上砍著野菜、樹葉、金魚藻，而大鍋裡的白水剛冒煙，吃飯還要等很久。那時生產隊的糧食不夠交公糧，食堂大鍋裡的野菜樹葉粗糠湯點兒也不抵餓，家家戶戶就另外找吃的，比如半夜偷回生產隊地裡的糧食燒了吃呀，幹活撿桑果曬乾存在家裡，每天收工回去吃幾顆呀，冬天偷了養豬場的蘿蔔、白菜醃在缸裡，隔三岔五用來下飯呀等等。等飯的人們餓瘋了，都在心裡找吃的，有個男子說：「走，搜家，搜來倒在大鍋裡！」烏老二他們積極響應，十幾個男人一齊衝出食堂，跑去各家各戶翻箱倒櫃。

我母親提起小木桶，帶著我和妹妹正要去分飯，聽得院子那邊鬧鬧嚷嚷，知道在搜家，忙把櫃裡的兩個南瓜和連麩麵口袋裝進桶，提去藏在地邊的稭稈堆裡。她提著空桶剛回來，一夥男子來我家，翻箱倒櫃到處找，找了很久沒找到。烏老二靈機一動，跑到地邊拿來南瓜和連麩麵口袋，高興得發狂說：「你們看，這是啥⁉」眾人都說收穫不小，連忙拿到食堂，把兩個南瓜砍成米大的顆粒，連同兩斤連麩麵，還有在別家搜來的半罐辣醬、一罈鹽菜和兩斤乾桑果，全部倒在天翻地覆的大鍋裡。

我母親中午吃飯流淚，下午幹活流淚，晚上收工回來坐在灶門前的小板凳上也流淚（灶上自然沒有鍋，只有一個黑窟窿），我和妹妹偎在她身上，不停給她揩淚，叫她不哭。我父親在養豬場聽得我家南瓜、麥麵遭沒收，慪我母親太吝嗇，特地回來教訓她，他手裡拿著桑枝條，走攏就打我母親，罵她不把南瓜、麥麵早點吃，我母親只是流淚，沒有一句還嘴話。我父親罵了一陣還要打，我心痛母親骨瘦如柴，撿起地上一根樹枝打我父親，我父親才丟了桑枝去找大隊支書說道理。

大隊支書在大隊保管室拿東西，保管室的大木艎裡裝著幾十斤供應公社孤兒管教院的連麩麵。我父親來到保管室，向他講了情況，說：「又不是在生產隊偷的，是她娘家拿的……」大隊支書和我父親關係好，他想叫小隊歸還原物，但是小隊除了野菜、樹葉和粗糠什麼也沒有，便低聲說：「海龍哥，我給你拿點連麩麵。」說著隨手拿起一個戽水篼，裝了半篼連麩麵交給我父親，叫他偷偷拿回家。我父親藏著掖著拿回家，生氣對我母親說：「拿去！又存在哪兒不吃，讓人家來搜走！」就去了養豬場。

當天半夜，我母親點燃豆大燈火（油燈只有一兩油，是我舅舅給她的，我們平時不用燈，萬不得已才用燈，所以一兩煤油用了三年多），用湯罐煮了糊糊，自己舀了一碗喝，將就這碗又給我和妹妹舀了端到床上來，叫醒我們每人一口輪流喝。她坐在床邊等我們喝完，拿著空碗舔一周，然後彎起右手食指刮碗底，刮了放進嘴裡咂。她仔細刮完，碗底指甲大的淺疤藏著少許麵糊刮不盡，她捨不得洗碗，放到第二天來舀野菜樹葉粗糠湯。

好幾十年過去了，我的腦海至今還有我母親用指頭刮碗的印象。

第十八章 何家碧

何家碧身材高大，人很老實，她的男人調到十幾里外的衛星隊幹活去了，炊事組長欺她軟弱，每頓分飯別說乾的，連湯都不給她舀夠。食堂有的人家分飯回到自己桌上，把野菜、河藻、樹葉撈完吃了，剩下一碗兩碗烏湯，就問：「哪些要湯？」這時總有幾人去爭搶。何家碧人大飯量大，每頓不等別人吃完，就端著她家分飯的烏瓦盆，去這桌那桌問人把湯喝得完不。如果收到一碗半碗光湯，她回到自己桌上，懶得舀到碗裡，端著瓦盆喝個精光。

何家碧水腫病越來越嚴重，腦袋大得像磉墩，天天臥床不起，多麼希望有人給她端飯到床上啊，但是她家到食堂坡坡坎坎有段路，她的金兒才六歲，玉兒才四歲，無法分飯回來，她每頓只得拖著病軀去食堂。這天中午，左鄰右舍都去了食堂，何家碧在床上挨一陣，害怕食堂飯完了，只得硬撐起床，叫金兒抱瓦盆，玉兒抱碗筷，她帶著兩個孩子，扶著牆壁來到食堂。食堂坐著幾十家人，有的已在吃飯，有的等著自家分飯代表分回飯來，何家碧坐在自己桌旁不想動，就叫金兒去分飯，金兒端著瓦盆去了，她有氣無力叮嚀說：「好生的，不要端倒啦！……」

友善當上聯隊長，想把兩個小隊的工作抓起來，上級才會表揚他，可是社員幹活不展勁，糧食產量上不去。他最恨那些幹活不出力、拖住集體後腿的人，他心裡經常裝滿氣。現在他坐在食堂正上方，等到人來齊了，氣憤憤地高聲說：「大家都聽到，我把勞動講一下！生產隊吃飯的人多，幹活的人少，一個勞力要供他媽五個閒人吃飯！有些人長期裝病不勞動，吃了飯睡大覺，分飯時間一到，馬上就來了！特別是你何家碧，天天端起烏盆吃飯，吃得肥頭大耳，又白又胖！……」何家碧聲若蚊叫：「友善么公──，我有病啦！──」友善說：「你有啥病？你有好吃懶做病！你那麼大一根，如果是木頭，樓板都要解他媽一大堆！……」

友善正講著，金兒分飯回來，端著瓦盆一跤跌倒，瓦盆摔成碎片，飯湯濺得老遠，有個男人說：「喔嚄，湯都喝不成呢！」金兒哭著撿了碎片來到媽跟前，何家碧流著眼淚責備他，這時張大嫂端來自家的瓦盆，給她和兩個孩子每人舀了半碗，勸她說：「不吵他，他才那點大。」何家碧非常感激，更加流淚：「大嫂，我死了，下一世給你變豬變牛來還債……」張大嫂撈起圍腰擦眼淚：「姊妹，不說那些話，快吃……」

何家碧吃完半碗野菜河藻樹葉湯，帶著兩個孩子回到屋裡又上床。今天晚飯就沒器具分飯了，她的娘家只有三里遠，她媽有個多餘的小木桶，她對金兒說：「去跟外婆說，把那個小木桶交給我們分飯用。」家家戶戶都偷生產隊地裡的糧食，她睡在床上偷不回來，只靠兩個娃兒偷一點，昨天金兒、玉兒在地裡剝了兩把乾胡豆，她娘家藏著一個小鼎鍋生產隊沒有搜走，她叫金兒把胡豆裝在布袋裡，拿去叫外婆幫著炒熟，連同小桶提回來。

金兒提著布袋來到外婆房子不遠處，碰到他的堂舅舅，叫道：「家齊舅舅……」何家齊二十幾歲，是隊裡的青年積極分子，他的大爹也就是金兒的外公經常說些不滿公共食堂的落後話，大隊、小隊每次開會批鬥他，何家齊都是急先鋒，和別人一起把他大爹打得喊爹叫媽，鬼哭狼嚎。現在他見金兒提著布袋，懷疑袋裡有吃的，叫著堂姊的小名說：「這是碧娃的兒子嘛。我看你口袋頭是啥！」便奪了金兒的布袋一看：「嗨，偷生產隊的胡豆呢！沒收啦！」抓一把丟在口裡「噹噹」咬著，就提著布袋走了。

金兒坐在地上大哭，他外婆看見，拉他起來，問他哭啥。金兒向外婆告訴了，他外婆軟弱善良，性情和好，想去要回胡豆和布袋，但是估計要不回來，也就算了。她拉著外孫回到屋裡，金兒說：「我把盆打了，媽叫我來拿小木桶。」外婆從床下拿出一個積滿灰塵的小木桶洗了，又想給女兒和外孫拿點啥，可是屋裡啥也沒有，說：「你早點回，趕上分夜飯。」就把外孫送到路口。

金兒提著小木桶回到家裡，來到床前，哭著告訴媽媽胡豆遭家齊舅舅拿跑了，何家碧很是慪氣，流著眼淚說：「還是親房啊！……胡豆吃了麼，口袋該還啊！……」

幾天後，何家碧害水腫病死了。

第十九章　梁造孽

第一節　埋妻女

造孽本為佛家用語，意謂前世幹了壞事，後世遭報受苦，後來有些地方語言引申為「窮苦、可憐」的意思。蘇家灣生產小隊的隊長梁糟泥，因為自幼窮苦，幾近乞丐，人們便用諧音叫他梁造孽。

梁造孽的老婆對他很好，知道他當隊長既要操心，還要帶頭勞動，每頓從食堂分回飯來，都要給他撈乾的。前不久他的老婆餓死了，去年全民大煉鋼鐵，連幼樹也砍光，他沒棺材裝老婆，打算用篾席當棺材，但是老婆帶走篾席，他就只能睡在稻草和床簀上。他想了一陣，安排社員幹活之後，就去砍來隊裡的竹子，用篾絲編了兩個長長的背筐，合起來當棺材埋了老婆。

埋了老婆第三天，他十六歲的大女兒又餓死了。梁造孽沒有再編背筐埋女兒，把她放在門板上，找人同他抬出去，挖坑填土就埋了。他不是不痛女兒，而是砍竹、花篾、編筐和掩埋，需要整整一天時間，他整天不去地裡監督，社員們整天撐著鋤把聊天，或者整天躺在地裡睡，甚至偷偷跑回家裡睡，都說沒有力氣幹活。他自幼那麼窮，黨沒嫌棄他，讓他當了隊長，他一定要把黨交給他的工作幹好。

第二節　打擂臺

這天，食堂吃過晚飯，天色漸漸暗下來，家家戶戶都沒燈，趁著還能看得見，趕走帳裡的蚊子，放下帳門要睡覺。

別人家的蚊帳都是民國時期的舊物，梁造孽民國時期沒蚊帳，打土豪分田地，他家分了地主的瓦房和木床，沒有分到蚊帳，以後一直無錢添置，所以至今無蚊帳。生產隊的泥土曬壩有麥殼，他拿了背筐去曬壩，要背麥殼回來生煙熏蚊子。他的十五歲的兒子烏老二蛔蟲鑽膽，痛得在床上打滾嚎叫，大花蚊圍著他且舞且叫；他的四歲女兒翠花在門檻上默坐，不停用手揮打蚊子；他的兩歲女兒貴貴正發高燒，坐在地上聲聲長哭，身上個個蚊子如像熟透的櫻桃。

梁造孽背回麥殼倒在屋裡，挽了一把麥草去食堂，要在大灶包些餘火回來燃麥殼。他剛出門，碰到友善。友善說：「糟泥隊長，公社明天召開萬人大會打擂臺，每個大隊安排一個代表上臺發言表決心，看哪個計劃的糧食產量高。我們大隊決定你上臺，你今晚好好準備一下。」原來是這樣：中央八屆二中全會通過全民大躍進之後，省委為了掀起全省大躍進高潮，制定了全面躍進的第二個五年計畫，對各條戰線提出高指標，要求農業平均畝產兩萬斤，最高畝產三萬斤。縣委為了完成這計畫，召集全縣三級擴幹大會打擂臺，小堡公社王書記上臺打擂，決心小堡最高畝產三萬一千斤，比垮了烏龍公社的最高畝產三萬斤，馬上贏得臺上臺下一片喝彩，成為全縣明星書記。打擂結束，縣委一把手白書記把他叫到家裡，拿出茅臺和牛肉，連同縣委幾個副書記，邊喝邊吃邊決定，把小堡公社搞成全縣高產示範公社。王書記熱血沸騰，躊躇滿志，決心當好標兵往上爬！回到小堡後，他決定馬上召開萬人大會，讓各大隊也來打擂臺，當英雄，用以鼓足幹部和群眾的衝天幹勁。

梁造孽包回餘火，吹燃麥草，柴煙鑽進眼睛，淚水馬上出來，他流著淚水忙把吹燃的麥草埋進麥殼堆裡。濃煙瀰漫屋子，蚊子頓時少了，但是屋裡更加悶熱。烏老二抱著肚子起床，弓腰坐在門外石墩上呻喚，濃煙從門口湧出來，趕走他身邊的蚊子。貴貴哭得更響，梁造孽把她抱到床上，摸來牆上的爛草帽給她搧風，說：「翠花，睡覺了。」翠花一聲不吭，坐在門檻上打瞌睡。貴貴躺在梁造孽身邊，張著嘴巴喘息，半昏半睡不哭了，梁造孽繼續用草帽給她搧風，一邊開始準備明天的發言。他沒讀過一天書，不會臺上的講演，打算用順口溜發言，就通夜不眠，絞盡腦汁……

第二天吃過早飯，社員們都要去公社開大會。梁造孽天天打著光腳板，褲子破洞碗口大，屁股光肉露在外，平時在隊裡無所謂，今天不能穿這褲子上臺去。他從食堂回到屋裡，對烏老二說：「你肚子痛，不去開會，把褲子脫下來我穿。」烏老二上床脫了褲子，連忙拉來破被遮羞。梁造孽牛高馬大，穿上兒子的褲子，褲腳齊攏膝蓋，露著小腿。貴貴仍然高燒，仍然哭叫，她娘不死多好啊，現在家庭擔子全部壓在梁造孽肩上。翠花還小，烏老二肚子痛，都無法照料貴貴，梁造孽不能把貴貴丟在家裡，打算背著去開會。貴貴高燒一夜，口渴一夜（那時只有機關單位才有熱水瓶，農民誰家都沒有，平時口渴喝生水，生病口渴就忍著），早飯喝了許多湯，肚子脹得像湯罐。梁造孽從牆上取來蓑衣穿在背上，用背娃帶把貴貴捆在蓑衣外面，對翠花說：「在家裡跟哥哥好生耍。」就背著貴貴大步出門，高聲催促社員去開會。

擂臺是民國時期留下來的戲樓。樓臺約有兩米高，左右兩邊木柱上寫著大紅標語，都是當時報刊上廣泛宣傳的口號，左邊是：「總路線、大躍進、人民公社三面紅旗萬萬歲！」右邊是：「人有多大膽，地就多高產，跑步進入共產主義社會！」上面橫幅寫著「小堡公社打擂臺奪高產大會」。戲樓下面站著一萬多農民，樓上坐著公社幾個幹部，王書記拿著講稿站在前臺，正向群眾高聲講話。樓臺右邊搭著寬大結實的木梯供人上下，幾個孩子爬上去，坐在臺邊看群眾，有個四十幾歲的男人正在呵斥他們快下來。

王書記講：「現在，蘇聯修正主義向我們國家逼債，毛主席黨中央號召全國人民勒緊褲帶過日子，不惜代價爭贏氣，日夜奮戰奪高產，三年還清糧食債……」梁造孽背著貴貴站在木梯近旁，心裡背記他的順口溜，深怕上臺記不起。王書記講：「我們要用大兵團作戰方式，生活集體化，組織軍事化，勞動戰鬥化，在全縣率先進入共產主義社會……」貴貴發著高燒，不停哭叫，梁造孽一邊背記順口溜，一邊回頭哄孩子：「娃不哭，娃不哭，會開完了給娃買饃饃！」王書記講：「我們要把黑夜當白天，把月亮當太陽，白天紅旗招展，夜晚火把遍地，每天二十四小時不停奮戰……」貴貴臉蛋燒紅了，腦袋耷在她爹肩上，嘴巴不停吭吭叫，梁造孽一邊背記順口溜，一邊回頭哄孩子：「娃不哭，娃不哭，會開完了給娃買饃饃！」王書記講：「我們公社做了一面流動紅旗，哪個生產隊糧食產量最高，這面紅旗就插到哪個生產隊！我希望隊隊爭紅旗，人人當英雄……」貴貴嘴巴吹著熱氣，嗓子已經沙啞，梁造孽一邊背記順口溜，一邊回頭哄孩子：「娃不哭，娃不哭，會開完了給娃買饃饃！」

王書記講話完了，各個大隊的打擂代表上臺發言表決心，有的說保證水稻畝產一萬斤，有的說保證水稻畝產一萬三千斤，有的說保證水稻畝產一萬七千斤……。臺上臺下群情激奮，鬥志昂揚，掌聲一次比一次響，喝彩一次比一次高。人們無限佩服這些打擂英雄，許多人都在低聲講說他們的先進事蹟，誇讚他們的感人氣概。梁造孽聽著各個代表的發言，在心裡一次又一次提高自己生產隊的糧食產量。這時九大隊的打擂代表在熱烈的掌聲與喝彩聲中發言結束，正從臺邊的木梯走下來，大會主持人在臺上高聲宣佈：「現在由十大隊的梁糟泥同志上臺發言！」梁造孽背著孩子連忙走向木梯，來到臺上，背誦他的通夜傑作：「春雷一聲震天響[1]，你們聽我把話講……」這時貴貴在他背上又哭又撒尿，尿液從蓑衣流到他的小腿肚上，流到他的光腳板上，他回過頭去哄孩子：「娃不哭，娃不哭，會開完了給娃買饃饃！」接著回過頭來繼續背誦順口溜：「黨的號召我擁護，我們窮人把身翻，白天黑夜不睡覺，多打糧食奪高產！我們小隊有決心，水稻畝產三萬三！……」這時臺上臺下歡呼雷動，掌聲震天，會場氣氛達到高潮。貴貴被掌聲和歡呼聲嚇得更加大哭，梁造孽回過頭去哄孩子：「娃不哭，娃不哭，會開完了給娃買饃饃！」哄了孩子，他又回過頭來繼續背誦：「我們小隊有決心，不奪紅旗不眯眼[2]！」

大會結束，梁造孽背著孩子回家，經過公社衛生院，他怕孩子難過關，想找醫生救孩子，可是他一分錢也沒有。他猶豫一陣，打算賒帳，就去找到張醫生說好話。張醫生看了一下孩子，說：「這還有啥救？鼻孔氣都沒有了！趕緊抱回去埋啦！……」梁造孽背著蓑衣，抱著孩子，一路流著眼淚回去蘇家灣。

1 作者按：其時早已是夏天。
2 作者按：不眯眼就是不睡覺。

第三節　出夜工

王書記從《人民日報》看到全國許多地方出夜工，決定小堡也這樣。他想：小堡要做好全縣示範，實現最高畝產三萬三，就必須白天黑夜加油幹，把一天當十天，把一年當十年。打擂結束第二天，他叫來供銷社主任，要他供應每個小隊五十斤煤油，用以每天晚上出夜工。供銷社主任說：「每個小隊五十斤，全公社要一萬多斤煤油，你把我打死，我也弄不到這多煤油！每個小隊最多只能供應二十斤……」

王書記又召開公社、大隊、小隊三級幹部動員會，宣佈從明天開始，每天晚上出夜工，通宵達旦幹農活，十五歲以上、七十歲以下的人全部參加，煤油不夠就用稻草、麥稈等等打火把，公社每個幹部負責一個大隊，每天晚上到處監督檢查。幹部們大都「黨叫幹啥就幹啥」，「黨指向哪裡我們就衝向哪裡」，他們不須思考，只須聽從，對王書記的安排沒有絲毫異議，少數幾個有點頭腦的，認為白天黑夜疲勞戰，勞民傷財效率低，但是他們剛剛經過反右運動，親眼看見那些說真話的右派的下場，因此有的默不作聲，有的違心擁護王書記的決定。

小堡公社幾十平方公里的土地上，每天黑夜裡，漫山遍野都是星星點點的火光和喧鬧嘈雜的人聲。人們在收完麥子的地裡，有的在前一手提著玻璃罩子煤油燈一手牽著牛鼻索引路，有的在後跌跌撞撞扶犁打牛，有的一把接一把拿著燃燒的麥稈或者稻草給人照明，有的在忽明忽暗的火把光裡揮鋤挖刨紅苕棱。山下的水田裡，有的舉著燃燒煤油的鮮竹筒一步一步慢慢往後退，有的在昏黃的火光下彎腰弓背，稀一苗、密一苗忙著插秧……。這裡在喊隊長：「大水牛倒在地裡啦，再打都不起來！」那裡在喊社員：「草燃完啦，快點背來！」東邊在喊拔秧的：「秧完啦，快點拿秧來！」西邊在喊拿油的：「油完啦，快點拿油來！」公社、大隊和小隊的幹部們，這個地邊那個田頭到處指揮，到處檢查，到處督促，可是他們一走，社員們有的把玻璃罩子煤油燈掛在地裡的桑樹上，橫七豎八倒在樹下睡覺，有的丟掉手裡快要燃完的麥稈或稻草，偷偷溜回家裡睡覺，有的把燃燒煤油的鮮竹筒插在田邊，帶著滿身泥水倒在田埂上睡覺。

我的爺爺水腫病越來越嚴重，連續幾晚都沒出夜工。友善每天晚上跑遍高家坪和蘇家灣的田邊地頭，見我爺爺沒有出夜工，對梁造孽說：「海龍那一家人最狡猾，你要把他們盯嚴點！特別是春兒老四，人家七十歲都在出夜工，他才六十歲，天天晚上在家睡大覺！」民國時期我爹做生意賺了小錢，全家餓著肚子買田地，農忙人手不夠，就請梁造孽幫幹活。我們全家對他好，知道他家常斷炊，每天夜飯多做兩碗，吃了夜飯打著火把送他回家時，都要給他家裡大人、孩子端回兩碗，每到二、三月青黃不接的時候，儘管他沒幫我家幹活，我婆我爹都要給他拿點糧。因此我們從蘇家壩搬到蘇家灣，他對我家特別好，不僅沒有欺我家，夜裡檢查各家煙火時，看見我家房頂有柴煙，裝聾作瞎走開了。可是自從友善對他說了話，他的簡單頭腦受影響，認為我家男女老少板眼多，彎彎腸子不老實，他對我家變了臉，耍起隊長威風來，心裡說：「我是隊長，又不是你家的幫工，該我兇還是該你兇⁉」

這天晚上，我爺爺睡在床上，知道自己不行了，彷彿看見無常穿著白衣拿著鐵鍊進門來，要捆他去見閻王。這時梁造孽來房外厲聲叫道：「春兒老四！春兒老四！為啥不去出夜工⁉所有人都像你這樣裝病，紅苕畝產十萬斤、水稻畝產三萬三，啷個能夠實現！……」我爺爺眼裡的白衣無常一下不見了，拖著長聲說：「糟泥隊長——，我起不來呀！——」梁造孽摸進屋裡，來到床前：「起不來我拉你！」一把將我爺爺拉下床。我爺爺躺在地上抱床腳，抱桌腳，抱柱頭，梁造孽拉了一陣，回去自己家裡拿來一根粗篾打的毛大索，拴了活套套在我爺爺的脖子上，一路拖過石梯，拖過陽溝，拖過土坎，把他拖到野外，才去指揮督促別的社員。我爺爺早就沒氣了，躺在黑夜裡的地壟上一動不動，天亮才被發現。

第四節　假現場

蘇家灣地勢平坦，土質優良，又加上幹部催工催得緊，莊稼比別的小隊好一點。王書記決定全公社人力物力支援蘇家灣，把蘇家灣搞成畝產三萬三的示範隊，這樣縣上來檢查，外地來參觀，才有看頭。

那時農村沒有化肥，國家不准私人養豬，全公社集體養豬幾十頭，農民連野菜樹葉粗糠湯也吃不飽，人畜糞便不夠用，因此莊稼很缺肥。每個小隊都找肥源，在田邊地頭挖了綠肥坑，婦女們背著背篼漫山遍野割青草、勒樹葉，揀出能吃的嫩葉交給食堂下鍋，剩下全部倒進綠肥坑裡漚爛做肥料。紅苕栽上不久，老天略微乾旱，蘇家灣綠肥坑裡的烏水不夠澆灌紅苕，王書記指示我們大隊的支書，抽調其他小隊的勞力，挑著自己隊裡的綠肥水，簸簸浪浪走幾里，澆灌蘇家灣的紅苕地。蘇家灣小隊打著火把插秧薅秧，田裡沒有雜草，但是秧苗又稀又黃，王書記檢查生產看見後，馬上從其他大隊抽調勞力，把公社養豬場的大糞挑到蘇家灣施到田裡。挑糞男子意見大，挑著大糞一路罵，但是走攏蘇家灣，沒有一人敢再罵，都怕檢舉到公社，批鬥會上要挨打。

田裡水稻才抽穗，中央召開糧食工作會議，國務院副總理李先念講：「『先下手為強，後下手遭殃』，現在如果不抓緊時間徵購糧食，等到秋收後，群眾把糧吃光了，國家徵不到糧食，城市生活怎樣安排？各省要在早秋時候，群眾邊收割，你們邊徵購。」於是各省開展估產摸底工作，要求下面預報今年水稻產量，然後根據各地預報的產量，按照一定比例下達徵購任務[3]。

白書記召開全縣公社書記電話估產會，王書記預報小堡公社水稻平均畝產兩萬斤，其他公社書記知他在浮誇，但是大躍進左派浮誇冒進很走紅，右派實事求是都倒楣，許多公社書記怕當右派，違心跟著高估產。義興公社黨委書記馬志龍為首的幾個公社書記，擔心現在虛報產量，到時完不成徵糧任務，因此在電話會上說，水稻根本不可能平均畝產兩萬斤，只能平均畝產幾百斤。白書記要用高產顯政績，當上地委副書記，他在電話會上發脾氣，不認可平均畝產幾百斤，電話會在他雷霆震怒之後結束了。蘇家灣是小堡公社最為光鮮亮麗的地方，白書記幾次視察小堡，王書記都帶他到蘇家灣。蘇家灣水稻、紅苕長勢都不錯，電話估產會議結束後，白書記決定再到蘇家灣視察一次，然後帶領全縣公社、大隊、小隊幹部到蘇家灣看現場，用事實教育落後幹部，然後重新估產。

這天，白書記和兩個祕書由王書記陪同來到蘇家灣。我餓得想去地裡偷個紅苕吃，聽說縣委書記來了，嚇得飛跑回家，鑽進曬墊筒裡藏著不敢出來，中午吃飯我媽到處喊我，我聽見叫喊不答應，害怕縣委書記沒有走。幾人站在田邊，白書記見水稻難以實現最高畝產三萬三、平均畝產兩萬斤，既不能在報紙上放高產衛星，又不能在本縣起到示範教育的作用，他在心裡想辦法。有個祕書說：「昨天《人民日報》刊登，麻城建國一社早稻畝產三萬六千九百多斤，福建海星社花生畝產一

[3] 作者按：此段敘述的根據是路憲文的〈「信陽事件」的歷史、社會根源及經驗教訓〉一文。路憲文是中共原信陽地委書記，「信陽事件」的主要製造者之一，他在臨死前的一九九三年八月十一日寫定此文。

萬零五百多斤。」另一個祕書說：「《北京日報》上說，河北有個生產隊一個南瓜八百斤，農民一路敲鑼打鼓放鞭炮，用板車拉到北京獻給毛主席……」王書記遺憾說：「我們這水稻，當初栽得再密點，畝產三萬三保證沒問題，保證能夠登報放衛星！」白書記突然想到辦法，堅決說：「我們也能登報放衛星！」接著指示王書記：「可以搞移栽，把其他生產隊的稻穀移到蘇家灣來。」王書記豁然開朗，連聲贊同，大勢佩服白書記的英明，兩個祕書也都連忙奉承。

八月中旬，巴西一帶的稻穀葉子開始泛黃，穀穗也漸次勾下頭來。王書記親自上陣，與公社、大隊和小隊的幹部們一起，指揮全公社勞力把蘇家灣小隊的所有稻穀連根帶泥挖出來，一簇緊挨一簇移栽到一起，騰出大片大片的稻田，然後從周圍幾里遠的生產隊挖來稻穀，緊緊栽滿蘇家灣騰出來的稻田。那幾天蘇家灣到處是人，人們像螞蟻搬家，在狹窄的鄉間小路上來來回回，男人用糞桶挑著幾簇帶有田泥的穀苗，杵著木棒七歪八倒挑到蘇家灣的水田裡，女人用背筐背著幾簇帶有田泥的穀苗，泥水浸飽她們的胯襠。男人、女人褲子都捲到大腿，光腳板把田埂踩得溜光，腿上的稀泥塗滿路邊的雜草，火熱的太陽把他們烤得滿身大汗，皮肉烏黑。蘇家灣的路上田埂上到處落著金黃的穀粒，全公社甚至外公社的許多老人孩子都來撿，有的甚至瞅著近旁無人，在田邊偷偷勒幾把穀粒揣進衣袋裡，梁造孽揮著扁擔到處砍，抓住一些老人、孩子，拿出他們衣袋裡的穀粒遍地拋。

全縣要來蘇家灣看現場，蘇家灣的男女老少這多體面、這多自豪，都積極支持作假。梁造孽從王書記手上接過那面流動紅旗，拿回來做了旗桿，社員們每天扛著紅旗迎著朝陽出工，雖然太陽火熱，肚子飢餓，走路有氣無力，心裡倒是頗光榮。走攏田邊地壟，扛旗男子把旗一插，公社派的坐隊幹部領頭唱歌，大家一邊幹活一邊唱，頗有示範小隊的風貌。多數男女中氣不足，努力歡笑努力唱，唱得十分難聽，唱到後來，只剩幾個愛唱歌的姑娘、小夥展現他們的唱歌天賦。看現場的幹部明天就要參觀來了，蘇家灣男女老少齊動手，有的砍竹子，有的花篾條，有的折柏枝，有的紮紙花，在大路口搭起大大的彩門歡迎。大隊還買來彩紙，裁了許多三角旗，用漿糊黏在細繩上，牽扯在蘇家灣的房簷之間和這兒那兒的樹上，煞是好看。

全縣一千多幹部來蘇家灣看現場，幹部們在窄窄的田埂上走成很長的隊伍，梁造孽在前面帶路，他身後是縣上的帶隊領導。帶隊領導邊走邊向後面的參觀幹部高聲介紹和講說蘇家灣的高產田，幹部們邊走邊看，有的佩服和誇讚蘇家灣隊長的能幹，想著自己隊裡的工作如何才能追上人家，有的低聲說：「有些穀苗是萎的。」有的低聲問：「這麼密，啷個通風透光？」而絕大多數幹部默不作聲，把一切想法藏在心裡。來到水稻最好最密的河邊田，梁造孽站著不走，幹部們都站在田邊草地上，梁造孽跳上水稻做表演：「我們這稻子可以站人，腳不沾水！」義興公社黨委書記馬志龍問：「梁隊長，你們的稻子這麼密，啷個解決通風透光的？」梁造孽急中生智，想到一個新名詞：「我們用殼學的辦法解決……」有個大隊支書低聲說：「是科學，不是殼學。」有個小隊長低聲說：「把你的殼學辦法講講看？」但是他們都怕大會小會辯論，都怕辯論會上挨打，聲音低得只有自己能聽到。田邊草地擠滿幹部，後面還在絡繹不絕擠攏來，帶隊領導高聲說：「現在參觀完了，大家到曬壩，聽梁糟泥同志介紹先進經驗！」於是和梁造孽帶頭去曬壩。

蘇家灣的泥土曬壩裡，幹部們黑壓壓站了一大片，等著梁造孽傳經送寶。梁造孽平時隨便說話還正常，一在大庭廣眾正經講話，嘴巴就變笨了，現在他如上刀山、下火海，磨蹭一陣，走到前面，咳嗽一聲，清了嗓子，說：「春雷一聲震天響[4]，你們聽我把話講……」可是他肚子裡一句話

---

[4] 作者按：這時已是秋天。

也沒有，停下很久沒講話。他努力想啊想，實在想不出來：「我的話講完了！」連忙退到一旁去。

第五節　辯論會

小堡是一條幾十米長的獨街，除了民國時期的鄉公所現在做了公社機關，街道兩旁的房子都是過去的私人商鋪，建國初期沒收為國有，現在用作供銷社、綜合商店、糧站、完小、醫院幾個單位的住房。小堡只有一家飯店和一家旅店，飯店屬供銷社，旅店屬綜合商店，平時除了幹部開會，飯店天天熄火，除了上面來人，旅店日日關門。

參觀團上午看完現場回來小堡，下午要開辯論會，白書記在小堡綜合商店的旅店裡準備辯論會上的講話。王書記也沒有去蘇家灣看現場，他要操心參觀團一千多人的吃住問題。小堡供銷社飯店不大，他請示白書記以後，安排大隊支書和小隊長在供銷社飯店吃飯，每人每頓二兩白米乾飯，縣上領導、區上領導和公社書記們在小堡公社機關食堂吃飯，縣區領導坐一席，每人一碗白米乾飯，中間一盆回鍋肉和一盆冬瓜湯，公社書記們到處站著吃，每人三兩白米乾飯加一勺子回鍋肉，自己在鍋裡舀冬瓜湯。幾天前，王書記去小堡綜合商店打了招呼，旅店不僅把床單被子洗得乾乾淨淨，而且換了新蚊帳，參觀期間縣上區上領導住旅店，公社書記們睡在公社騰出來的兩間大屋裡，兩間大屋臨時用木條和木板搭了連鋪，上面鋪著稻草和席子，沒有被蓋，沒有蚊帳，大隊支書和小隊長們睡在街場附近農民臨時騰出來的潮濕陰暗的房子裡，地上只鋪稻草，沒有席子、被蓋和蚊帳。

參觀團看完現場回到小堡，街上頓時擠滿人。人們昨天下午來到小堡，就已知道自己的吃睡地點，現在都到各自的吃飯地點吃午飯，沒誰覺得不應該，沒誰心裡有感想，完全忘了我黨的初心，是為底層人民推翻等級制度的國民黨。吃完午飯，縣委龐祕書就在街上到處吆喝，叫幹部們到公社的大會堂開會，於是幹部們連忙向大會堂走去。公社大會堂是新近專為參觀團特地修建的，能容千多人開會；前面主席臺的牆上貼著毛主席巨幅畫像，畫像左邊畫著黨旗，右邊畫著國旗，主席臺搭著講話桌和椅子；臺下是一排排長木板，木板下面有的地方墊著石墩，有的地方支著木腿，一根根獨立的木腿支在凹凸不平的泥土地板上，有的著地，有的懸空，已有幾根脫離木板，掉在地上；會堂左右牆上寫滿「總路線、大躍進、人民公社三面紅旗萬萬歲！」、「黨要領導一切，一切一切要黨領導」等等革命口號。幹部們走進會堂，縣區領導坐臺上，公社書記們坐在臺下的前面，大隊支書們自覺坐在中間，小隊長們自覺坐到後面。

辯論大會首先由白書記講話。白書記講：「有些同志思想右傾，不擁護大躍進，不相信水稻平均畝產兩萬斤！今天你們到蘇家灣看了現場，鐵的事實擺在眼前，這下相信了吧？義興、青龍、車龍、關文、多扶、雙井，還有一些公社我就不一一點名了，為啥小堡公社水稻能夠平均畝產兩萬斤，你們公社不能平均畝產兩萬斤⁉義興公社的馬志龍站起來！」馬志龍臉上無光，連忙站起，白書記聲色俱厲：「你說，蘇家灣的水稻能不能平均畝產兩萬斤⁉」馬志龍馬上檢討：「尊敬的白書記，尊敬的縣區其他領導以及各公社、大隊和小隊的同志們：以前我思想保守，跟不上形勢，不相信水稻能夠平均畝產兩萬斤，今天看了蘇家灣的現場，思想才有了轉變。我今後一定要向小堡公社學習，我現在就請教小堡公社王書記：任何植物生長都需要充足的陽光，蘇家灣的水稻那麼密，你們是怎樣解決通風透光的？希望你傳經送寶，指點我們……」他沒說完，馬上就有幾個公社書記發言辯論他，有的說他根本不是在檢討，有的說他仍然不相信高產田，有的說他懷疑黨領導的大躍進等等，都叫他重做深刻檢討。

馬志龍仍然不做深刻檢討，白書記說：「今天的辯論會不嚴肅、不緊張，不像個鬥爭的樣子！」會場馬上激烈起來，公社書記們站起來指指戳戳怒喝馬志龍，臺上臺下許多聲音一齊喊：「把他站到前面去！把他站到前面去！」於是幾個公社書記推推搡搡，把馬志龍轟到主席臺下，叫他背對主席臺、面對廣大幹部，站在一條窄板凳上重新做檢討。馬志龍更加不滿，他的理智無法戰勝感情，不再偽裝檢討，乾脆赤裸裸說：「蘇家灣平均畝產兩萬斤，最高畝產三萬三千斤，三萬三千斤穀粒鋪在一畝面積的曬壩裡，起碼要鋪兩尺厚……」他沒說完，許多聲音齊喊打：「打！打死反賊！」「打！打死蛻化變質分子！」十幾個公社書記有的赤手空拳，有的撿起地上的木腿，一哄而上把馬志龍拉下板凳就亂打。打了一陣，眾人喝他起來跪在窄板凳上，馬志龍戰戰兢兢，起來跪在窄板凳上繼續挨批鬥。批鬥一陣，白書記當場宣佈免去馬志龍義興公社黨委第一書記職務，由義興公社第二書記莊情懷同志主持全面工作，任免檔由組織部事後補發。

接著白書記叫各公社重新估產，公社書記們鑑於前車，個個報了平均畝產兩萬斤。散會時，白書記說：「龐祕書，你給川報記者打電話，叫他們來小堡採訪，蘇家灣水稻平均畝產兩萬斤，最高畝產三萬三。」龐祕書連忙去搖公社安在牆上的手搖電話。

第六節　反瞞產

晴朗的初秋，天空萬里無雲，火辣辣的太陽幾天就把田裡的稻穀曬黃了。蘇家灣的稻穀比往年增加十幾倍，蘇家灣的勞力收不完這多稻子，曬壩曬不乾這多稻子，公社安排原來移栽稻穀的那些小隊每天到蘇家灣收稻子，將水穀背到小堡糧站曬乾過秤交公糧，蘇家灣的勞力收割的稻穀在蘇家灣曬壩曬乾，然後背到小堡糧站過秤交公糧。蘇家灣又熱鬧起來了，周圍十幾個小隊的男女每天麻麻亮就起床吃早飯，來到蘇家灣田裡收割稻穀，田野裡到處都是說話聲，到處都是穀把打在木艎上的叮咚聲。

蘇家灣的曬壩曬著厚厚的穀粒，梁造孽安排勞力每天下午把曬乾的穀子背去糧站，騰出曬壩來曬水穀子。稻穀快要收完了，這天吃過午飯，他去催人背穀到糧站，走到大院旁邊，保管員成發老漢叫住他說：「今年徵購任務這麼重，比往年多了一多半，把口糧和種子全部交去都不夠。」梁造孽說：「到處都在鬧交不夠。」成發老漢說：「你不要太老實，還是留著點，不要全部交完！」梁造孽說：「王書記在三級擴幹大會上講，一定要完成國家下達的徵購任務，小堡公社不能丟臉！全公社不准哪個生產隊留一顆穀子，要全部交完。」成發老漢說：「別說留口糧麼，要把種子留起嘛，不然明年去種啥？」梁造孽說：「王書記說，種子用返銷糧解決。」這時會計來了，說：「返銷糧靠不住！每年都說返銷糧，給農民返回一顆沒呀？」成發老漢說：「我們偷偷留糧，公社啷個曉得？」梁造孽說：「王書記在會上說了，公社要派民兵到各個生產隊搜查保管室！」成發老漢說：「用大缸裝了埋到地下……」會計也非常贊同，於是三人商量決定，今天下午把曬壩裡的穀子收進保管室，明天安排幾人在保管室挖坑埋穀子。

保管室有幾口大瓦缸，每口能裝百多斤，幾個男子挖坑放下瓦缸，每缸裝滿穀粒，蓋上石板，然後填土灑水，踩平踩緊。大家天天受著飢餓的殘酷折磨，都想多藏穀子，吃點好飯，有個男子說：「再藏他媽幾缸！」大家非常贊同，但是沒有瓦缸，那男子說：「到私人屋裡去拿！」大家茅塞頓開，都說哪些人家屋裡有瓦缸，反正都是空著的，於是幾人忙去各家屋裡搬拿。生產隊藏糧已是半公開的事實，蘇家灣許多人都知道，人們非常高興，積極支持，況且共產主義不分你我，生產隊可以隨便拿走私人的東西，因此幾個男人不管別人家裡有人無人，招呼也不打一聲，徑直進到別人家裡，抬了瓦缸就走。幾個男人又在保管室叮叮咚咚挖坑，放進新拿來的幾口大缸，這時糧站一個職工來看曬壩裡的穀子，路過保管室門外，見幾人正在埋糧，連忙回到小堡向王書記彙報。

全國各地許多生產隊都交不夠公糧，中央號召反瞞產，王書記參加縣委召開的反瞞產工作會議剛回來，聽得糧站工作人員彙報，馬上派人去抓梁造孽，通知大隊挖出埋藏的糧食。接著他又召開公社全體幹部會議，每個幹部負責一個大隊，明天同大隊支書一起，到每個小隊檢查保管室，一旦發現瞞產，抓來隊長審問。開會剛剛結束，武裝部長和兩個民兵反剪梁造孽雙手，把他抓到公社來了。王書記親自審問梁造孽，問他瞞了多少產，梁造孽說：「就才保管室埋那十幾缸穀子。」王書記桌上一巴掌：「肯定還埋有！說，埋在哪裡的⁉」一個副書記說：「不說就吊『鴨兒凫水』！」梁造孽再三說沒有，公社幾個幹部找來繩子拴在他反剪的雙腕上，把他吊在公社大門外面的黃葛樹巨枝下。梁造孽腦袋低垂，滿臉鐵青，汗水從鼻尖和額頭滴到地上，樹下圍觀的人們，有的心裡憐憫，嘴上不敢說出來，有的覺得好看，指指點點，又說又笑。這樣吊到天黑，王書記才叫把他放下來，捆在柱子上通夜餵蚊子。

小堡公社吊打十幾個生產隊長，搜出一萬多斤穀子，王書記連忙向縣上報喜。許多公社沒有反出瞞產，徵購任務沒完成，興隆公社黨委書記當面向白書記彙報，興隆秋收以後又餓死百多人，群眾連種子也交了公糧，白書記說他思想右傾，不看大躍進的偉大成績，專找大躍進的細小問題，馬上叫他停職反省，調去烏龍公社一個副書記接替他的工作。白書記要把小堡公社樹為反瞞產的典型，在小堡召開全縣五千人參加的反瞞產現場大會，要全縣各個公社、大隊和小隊向小堡學習。他又到小堡視察反瞞產工作，覺得反出一萬多斤瞞產不太多，不能起到教育作用，指示王書記增加幾個糧倉。王書記頓時明白，送走白書記以後，馬上叫來糧站站長，共同研究修糧倉。

修糧倉沒有一根木材，公社叫完小停學，學生用稻草和稀泥搓出成千上萬根泥條，工匠用泥條碼出圓筒狀的泥牆，泥牆裡外抹石灰，乾了之後再在上面蓋尖頂，糧倉像個大蘑菇。幾個糧倉修好了，王書記派人在倉裡填上稻草，上面鋪些穀子，然後鎖了泥牆進糧、出糧的門窗，號稱小堡公社反出八十幾萬斤瞞產，等待五千人大會來看現場。

第七節　吃人肉

梁造孽不再是蘇家灣小隊的隊長，高家坪和蘇家灣兩個小隊的聯隊長蘇友善兼了他的工作。

蘇家灣公共食堂頓頓都是砍細的老菜葉、金魚草和豌豆、胡豆大小的紅苕顆粒煮成的稀湯，紅苕顆粒非常少，夾在菜葉和水藻中，偶爾才能碰到一個。這樣過了一冬，到了第二年二、三月，隊裡紅苕早就完了，老菜連很高的菜苔也被吃光，河裡再也撈不到水藻，食堂只得停火，隊裡把先前沒收的鐵鍋還給各家，各家大人、孩子漫山遍野挖草根、剝樹皮。城市糧食供應緊缺，巴西縣城一些吃國家供應的人家跑到鄉下找野菜，連北京也有高級知識分子得水腫病[5]，國家返銷糧一顆也沒有，農民沒有穀種下田，又加走路怕遭風吹倒，更無力氣幹農活，因此生產全停工。

這天，我媽背著篾背筐，拿著豬草刀，帶著我和妹妹上山找野菜、剝樹皮，走到金鼎山腳下，碰到梁造孽挖一筐觀音土提回家，我媽問：「那個能吃嗎？」梁造孽說：「能吃。吃了就不餓。」

---

[5] 作者按：見資中筠《大躍進餘波親歷記》。

我媽說：「土巴有啥營養啊？」梁造孽說：「沒辦法。到處的野菜和榆樹皮都光了，昨天我們三爺子找了一整天，不夠吃一頓。」說完各自走了。事後我聽大人說，梁造孽提回觀音土，一家三口吃了，肚子發脹，屙不出來，這裡在「哎喲媽呀」，那裡在「媽呀哎喲」。烏老二叫得最厲害，梁造孽說：「有啥辦法？我都屙不出來。」三爺子叫了一陣，梁造孽想到辦法，叫烏老二蹲在板凳上用力屙，他在烏老二屁股下面用柴棍掏，用手指摳。烏老二的白色大便乾得比羊屎還硬，染著肛門的鮮血，被梁造孽一點一點掏出來，一點一點摳出來。烏老二不很脹痛了，梁造孽又幫翠花掏摳，然後叫烏老二幫他掏摳。

這天早上，梁造孽起來坐在床邊，看著屋角的冷鍋、冷灶，想著今天怎麼辦。他把野外所有能吃的東西一一想遍：秧苗、玉米、紅苕、高粱沒有下種，瓜菜地裡長滿雜草，去年冬天播種的小麥才長幾寸高，胡豆葉子連同花蕾嫩桿早被偷光，四野能吃的野菜、樹皮被人尋得乾乾淨淨……。他想來想去，還是只有出去尋野菜、剝樹皮，多少總能有一點。這時翠花醒來了，下床坐在牆邊的木桶上屙了一泡尿，就去開門坐在門檻上揉眼睛，烏老二在床上一動不動。梁造孽叫道：「老二，老二，起來我們去找野菜。」叫了半天，烏老二還是一動不動，梁造孽知道不好，忙去看他，見烏老二已經死了。

梁造孽悲痛一陣，突然想到吃人肉。他怕別人知道，但是蘇家灣已經餓死二十幾人了，他好幾次聞到煮燉人肉的異味，吃人肉已是蘇家灣公開的祕密，大家無非沒有公開講說。他打算割下兒子的屁股肉、大腿肉和小腿肉，但是不能讓翠花看到。生產隊的紅蘿蔔去年冬天就挖完了，土裡掉些指頭大的老筋筋，各家大人、孩子用鋤頭和豬草刀反覆翻挖若干遍，尋得一乾二淨。梁造孽說：「翠花，把糞筐和豬草刀拿上，去大菜園地找紅蘿蔔！」翠花說：「沒的。我去找了好多遍。」梁造孽拿起打牛棒趕女兒，翠花才拿了豬草刀，提起糞筐走了。梁造孽關門，拿了菜刀和瓦盆，來到床邊扒下兒子的褲子……他割完，給烏老二穿上褲子，烏老二只剩下二三十斤。他沒有力氣挖坑埋兒子，老鷹岩的地邊有個乾涸廢棄的綠肥坑，那裡少有人去，他打算把兒子埋到綠肥坑裡。他把瓦盆用木板蓋了藏到床下，拿來背筐裝了烏老二，就背著兒子，杵著鋤頭，艱難吃力出門了。

梁造孽埋了烏老二回來，煮出人肉和翠花一起吃，翠花問：「這是啥啊？」梁造孽低聲喝道：「娃兒家，管它啥，悄悄吃！」

第八節　去縣城

人們整家整家外出要飯，聽說哪裡有吃就往哪裡去。巴西縣城滿街都是鄉下人，有的睡在街邊就死了，有的走著走著就倒下。縣委馬上派人把城關公社辦垮的養豬場簡單收拾一下當成收容站，抓去街上所有要飯的逐個審查：初次出來要飯的，由公社派人來押送回家；長期在外要飯的，關進看守所判為流竄犯。收容站每天收容幾千人，有的抓到半路就死了，有的進去幾天就死了，死亡最多那天達到二十幾人。

梁造孽聽說縣城收容站每人每天六兩糧，第二天早上起來，把一口大碗裝在布袋搭在肩上，杵著竹棒，拉上翠花，一路要飯去縣城，要進城關收容站。他出門不遠，見張大嫂放了隊裡那頭老牛在田裡自由吃草，自己蹲在田邊挖刨野菜根，他多希望變牛啊，老毛、老草都能吃，人的腸胃太嬌貴，好多東西不能吃。他想到殺牛救命，但是他現在不是生產隊的當家人，並且梁家坪生產隊殺牛，公安局抓走十幾人，有的判五年，有的判十年，最高判到十五年。

梁造孽拉著翠花路過小堡街上，走到糧站外面，幾個短工正用大背筐從潮濕的庫房背出一筐筐穀子倒在曬壩裡，糧站三十多歲的男職工趙少成仰在曬壩邊的木圈椅上看著一張舊報紙，報上頭版頭條的標題是〈紅旗插滿蘇家灣，水稻畝產三萬三〉，旁邊小凳子上放著一個有蓋的搪瓷盅，盅裡泡著滿滿的茶水。梁造孽知道，糧站人員除了吃國家供應，每年還要報損幾千斤鼠耗糧和地腳糧，肚子從來不挨餓。這時他出現幻想，彷彿自己跟著成千上萬饑民衝到曬壩搶糧食，但是他很快清醒：「這會馬上遭到國家槍彈鎮壓！」他願在陽間喝水，不在陰間變鬼，多活一天算一天啊！

梁造孽拉著女兒走上通往縣城的泥土大路，路上很多農民攜家帶口，都去縣城收容站。走了幾里，距離大柏埡不遠，聽得前面兩聲槍響，許多人折回來說，大柏埡守著幾個公安兵，不准進城要飯，梁造孽與同行的人群只得往回走。他搖搖擺擺，走走停停，好不容易回到小堡場外，倒在糧站附近不動了。翠花抱著她爹大哭，路過的人們見慣不驚，有的停下看一眼，有的停也不停就走了。

翠花哭到天快黑，見糧站廚房冒炊煙，她丟下她爹，去往糧站。她路過趙少成寢室門外，趙少成在屋裡拿著饃饃向她點頭：「進來！進來！」翠花連忙進去了。

第二十章 抓特務

淑華到處求人，求來馬中培和張大媽，三人共同用力，好不容易才把她爹從床上抬到棺材裡。淑華又求中培共抬棺材蓋，中培說：「沒法，抬不起！」就走了。淑華又去求來馬祥海，她和張大媽兩人抬大頭，祥海一人抬小頭，才把棺材蓋上了。

祥海和張大媽走了，屋裡只剩淑華和棺材。棺材做於民國，木板非常厚重，八個大漢才能抬到墓地，隊裡餓死多半人，剩下沒有餓死的，連走空路都沒勁，生產隊搜去各家大鍋小鍋，她連開水也沒有，她在哪裡去找八個人？她的老爹在生時，把她許給蘇家灣的炊事組長蘇大勝，她雖然不喜歡這門親，但是現在她的爹媽、哥嫂和侄兒都餓死了，家裡只剩她一人，她留在娘家幹什麼？並且棺材裡的屍體很快就要臭，並且蘇大勝是炊事組長，並且蘇家灣今年紅苕收得好……。她想了一陣，取來牆上的玫瑰紅布袋，裝了自己的衣裳，搭在肩上出門了。

淑華來到蘇家灣，大勝正要出門去，見她來了，心裡喜悅，連忙從她肩上拿來布袋放了，問她吃飯沒有。淑華說：「沒有吃飯又怎樣？」大勝真的不能怎樣，只好說：「今天食堂夜飯有紅苕。」他看著淑華漂亮的臉蛋和苗條的身材，連忙關起門來抱新娘。大勝正要探祕，只聽大隊民兵連長站在山梁上用話筒高聲通知：「廣大群眾注意！廣大群眾注意！剛才接到上級通知，近來臺灣特務潛伏大陸，竄到我地，廣大人民群眾，人人提高警惕，個個抓捕特務。現在公社李部長下來訓練我們抓特務，每個民兵馬上帶著步槍，跑步到大竹林集合！」大勝慌天忙地摸兩把，取下牆上步槍跑去大竹林。他一邊訓練，一邊想著他的新娘，打算今晚回去享受第一夜。

可是，他訓練完了回到食堂正給各家舀飯，友善坐在食堂正上方通知說：「各家各戶都聽到，……娃兒些不准哭！」幾個孩子果然不敢哭，整個食堂鴉雀無聲，偶爾才有一、兩聲低微的說話。友善說：「現在大躍進、人民公社、公共食堂、三面紅旗萬歲萬萬歲！縣委新來的賈書記下來檢查我們公社出夜工，今天晚上我們生產隊除了八十歲以上的老漢、老婆婆和十歲以下的娃兒，其餘全部出夜工，不准有人請假，不准有人懶屄懶屌裝病害！……」

白書記升為地委副書記以後，巴西調來賈書記。賈書記在公社吃了一碗紅燒肉，要到著名的蘇家灣檢查出夜工。他的祕書和公社書記們要陪他，他叫他們檢查其他大隊，他要獨自走走，了解實情。他正當盛年，非常飢渴，真想占完天下所有漂亮女人，但是他是縣委第一書記，多麼尊貴，多麼了不起，他應該正派，應該神祕，因此平時和機關那些漂亮女人，別說偷雞摸狗，連玩笑話也不曾說過一句。他在城裡，常想久看那些漂亮女人，可是多少眼睛盯著他，他不能放縱解眼饞；現在下鄉來，沒有農民認識他，他碰到漂亮姑娘、俊俏媳婦，即使不能雲雨一番，至少可以多看幾眼。

賈書記來到蘇家灣，在沒有燈火的路上和地邊，這裡走走，那裡看看。他見淑華在火把光下幹活，那樣年輕，那樣貌美，就躲在暗處久不走，要讓眼睛看個夠。一會兒淑華丟下鋤頭，走出人群，去往黑處要小便，賈書記連忙跟去，妄想看看白屁股，可是什麼也看不見，只是聽到淑華的小便聲，他無比煩躁，無比遺憾，用力捏打他那物，暗嘆自己沒屎運。

社員們幹到深夜，有的說：「幹部走了，息會兒！」有的說：「息！啥子事啊，人又不是石頭，不睡覺。」於是人們將火把插在地裡，把油燈掛在樹上，有的躺在樹下睡覺，有的偷偷溜回家。大勝挨著淑華睡，躍躍欲試要愛她，但是周圍有人，不敢動作。有個女人討好說：「大勝，今天晚上是你的新婚第一夜，你和新娘子應該睡洞房，你們回去睡！」眾人爭著討好，有的說：「趁著幹部不在，你們溜回去！」有的說：「露天壩裡，警防新娘著涼。」大勝就帶著淑華回家睡覺去了。

賈書記藏在暗處看得清，料定二人有好戲，偷偷跟到大院子，躲在大勝牆外聽。這時一個民兵偷著回家睡覺，碰見賈書記躲躲閃閃，以為是臺灣特務，連忙高聲大叫：「抓特務啊！抓特務啊！」邊喊邊衝上前去抓捕賈書記。人們聽得喊聲，這裡那裡都叫抓特務，金鼎山大隊十幾個小隊的人們一齊從四面八方跑來，連孩子們也從夢中醒來，連忙起床，拚命奔跑，要看特務長啥樣。有個農民跑過大隊小學，叫道：「吳老師，抓特務！」吳明德正在做夢，聽得叫喊，糊里糊塗高聲吼：「要得，把特務捆起！」他也要去抓特務，為黨為國立功勞，可是翻了身子，又睡著了。

眾人把賈書記按倒在地，然後捆在柱子上，舉著油燈火把審問。大隊支書蘇慶祥猛打賈書記幾耳光：「說！你說！為啥不當好人，要當臺灣特務⁉」賈書記說：「我不是臺灣特務。」人們更加憤怒，蘇友善指著賈書記的鼻子：「你不是臺灣特務，半夜三更來幹啥！」賈書記說：「我是縣委書記，下來檢查出夜工。」成林老漢滿嘴缺了牙齒，凹癟的嘴巴咂著竹筒上燃燒的茄葉，長下巴上的口水微微反射火把光，聽得特務冒充縣委書記，憤憤朝他臉上吐一口：「呸你媽的呀！你長不像瓠子，短不像冬瓜，你那樣子是縣委書記，老子是縣委書記的爹！」有個青年喝問道：「你檢查出夜工，在牆下鬼鬼祟祟幹啥⁉」有個孩子說：「肯定在偵察！」大勝朝賈書記胯下猛踢一腳：「我們社會主義國家這麼美好，你為啥要陰謀顛覆！」民兵連長杜光路說：「把他押到公社去！」這時祥貴也來看特務，他在縣城讀高中，上個月參加全城慶功大會見過賈書記講話，現在驚訝說：「這是賈書記嘛！你到我們生產隊來啦？你們快點把賈書記放啦！快點把賈書記放啦！」眾人一時不明白，祥貴連忙上前解放賈書記。眾人終於回過神來，一齊跪在地上忙磕頭，都說：「我們不認識賈書記，闖下大禍，罪該萬死，萬望賈書記寬宏大量！」

小堡公社王書記升官後，張書記做了公社一把手，張書記聽到賈書記遭受捆綁的消息，連忙和賈書記的祕書帶領公社一幫人去往蘇家灣，路上碰到賈書記，大家一陣商量，決定召開金鼎山大隊幹群大會。蘇家灣的泥土大曬壩裡，三張飯桌合成一排，賈書記坐在正中，隨從們坐在左右，農民群眾站滿壩子。賈書記大講革命形勢，大講階級鬥爭的殘酷和激烈，大講金鼎山反革命事件的嚴重性，叫金鼎山大隊凡是參加抓特務的，人人自首，個個坦白，互相檢舉，不准隱瞞，不讓一個壞人漏網，黨的政策是「坦白從寬，抗拒從嚴，首惡必辦，脅從不問」。

開會過後就調查，他們把金鼎山大隊的幹部、群眾一個個叫來審問，賈書記的祕書忙忙做筆記。農民們相信「坦白從寬，抗拒從嚴」，他們真心為革命，真心抓特務，抓錯賈書記是誤會，黨會原諒他們，因此個個老實交代，人人詳細講說，深怕漏掉每個細節。吳明德說：「我正在做夢，聽得祥林喊我抓特務，我夢裡糊塗說：『要得，把特務捆起！』我正要起床抓特務，一個翻身又睡了。幸好我又睡了，不然我要犯下滔天大罪！」

賈書記回到縣上，臉上微腫，胯下還痛，他難消這口惡氣。他翻看「金鼎山反革命事件」的調查材料，金鼎山刁民捆打共產黨的縣委書記，這事件的反革命性質多嚴重，便選出二十八個罪大惡極者，其中包括大隊支書蘇慶祥、大隊民兵連長杜光路、蘇家灣小隊長蘇友善和大隊小學教師吳明德，定為現行反革命集團，在材料上做了批示，叫來公安局長，要他馬上派人到金鼎山抓捕二十八個反革命。

二十八人，十一人死在監獄，十六人出獄不久就死了，只有吳明德一人活到改革初期，聽得國家給冤假錯案平反，天天跑縣上，跑市上，跑省上，終於得到政治平反，領到經濟補償。一九八二年我碰到吳明德，問他究竟參加抓賈書記沒有，他說：「哪裡參加嘛。我夢裡糊塗叫一聲『要得，把特務捆起！』就坐十幾年大牢。」

第二十一章　野孩子

公共食堂解散後，國家允許農戶私人養豬，各地停辦公社和大隊養豬場，我們從蘇家灣搬回到蘇家壩，各戶人家自己動手，重新隔起篾牆，填上新土，把臭氣熏天的養豬房改成了我們的住房。

小隊按照上級通知，把先前沒收的大鍋小鍋還給每戶人家，根據人頭分給每家小塊自留地，用來種菜，不准種糧。伙食下到各戶，農民雖然仍舊挨餓，但是因為充分利用自留地，加上隊裡分點糧，加上出工幹活採野菜，只要細水長流節約著，幾乎可以不斷炊。

可是我們大隊新上臺的支書黑狗爹家裡經常斷炊。黑狗姊在大溝中學讀書，每個星期回家拿一籃子饃饃到學校；縣上、區上和公社的幹部下隊來到蘇家壩，每次都在黑狗爹家裡吃飯，黑狗媽不管家裡有多空，借糧都要撐面子，臨走時幹部們真心實意給錢給糧票，但是上級來吃飯是面子，黑狗爹打架一樣推著，堅決不收。

黑狗爹為了大隊公事，常到這家那戶談事情，社員們都要留他吃飯，有時還要特地做好飯，可是黑狗媽在家裡經常餓得昏倒在地，黑狗也皮包骨頭像猴子。黑狗媽幾次想叫黑狗姊停學，回到家裡蔬菜、野菜可敷衍，省出每週一籃子饃饃，可是她一想到女兒讀書成績好，並且每週星期六回家都要在三十幾里的路上尋找野菜帶回家，攏家馬上幹家務，盡力減輕家裡的負擔，黑狗媽怎麼忍心讓女兒停學啊，她累死、餓死也要讓女兒讀書。

秋天，隊裡收的稻穀全部交了國家，地裡的紅苕、高粱還沒收回來，而自留地的南瓜、豇豆已過時，冬季的蘿蔔、白菜還沒長起來，又到黑狗爹家裡斷炊的時候了。這週星期天下午，黑狗姊又要去學校，中午黑狗媽用玉米麵摻和野菜給她蒸了一籃子饃饃，櫃裡的玉米麵只剩一兩斤了，其他糧食一顆也沒有。黑狗媽等女兒上路後，把黑狗拉到懷裡，摸著他凌亂的黃頭髮，嘴唇動了好幾次，終於困難地說道：「黑狗，我們家快要斷炊了，你姊還要回來拿糧，你去外婆家住幾天？」日子越艱難，黑狗越不想離開媽媽，可是他看著媽媽無奈的神情和噙在眼裡的淚水，他把搖頭變成了點頭。黑狗媽給兒子提正了歪斜的褲襠，扯扯他皺巴的衣裳，給他換上新鞋子，囑咐道：「吃飯要有眼色，別跟在家一樣。要聽外婆的話，千萬別跟舅母強嘴。晚飯要少喝湯，可別尿床。」

蘇家壩距離黑狗外婆家十里路，黑狗走著玩著，日頭偏西才到外婆家。剛邁進門檻，歡迎他的是舅母：「呀，黑狗來啦，是來接你外婆到你們家住些日子的吧？」黑狗聽得懂舅母的話，支吾老半天，才想出個好理由：「我媽……我媽叫我來看外婆……」舅母說：「看外婆？看外婆就只帶眼珠子、嘴皮子、屁眼子？你媽真孝順，就興你舅養娘，她是從地縫爬出來的？良心叫狗叼走了吧！」她厭惡地剜一眼黑狗，憤憤撩起裡屋的破門簾進去了。

黑狗的外婆坐在紡車前一手搖車，一手牽線，聽得媳婦的惡言，等她進了裡屋，才低聲咒一句：「總有一天要爛嘴！」又對黑狗說：「坐哇，黑狗，娃兒。」說著用腳推推缺了一條腿的小板凳。黑狗一腳門裡一腳門外倚在門框上搖著門扣，鹹鹹的淚水流到嘴裡，他伸出舌頭掃了上唇的稀鼻涕，突然跑向村外去。身後傳來外婆的呼喚，但是外婆小腳，攆不上他，不多時她的喊聲漸遠漸弱，以致全然消失。

秋天的川北丘陵大地，幾年前大煉鋼鐵砍光樹林，伙食下戶以後人們沒有柴燒，家家戶戶搶挖草根做柴火，眾多山頭上，稀疏的瘦草以及偶爾一株幼樹難掩光禿禿的黃土；山坪上的高粱地裡，高粱稈只有筆桿粗細，纏著一些乾枯的豇豆藤，大多數穗子只有幾粒高粱，偶爾一穗才微微低頭；山腳的肥地裡，農民按照國家計畫種著棉花，棉朵星星點點，開得雪白，但是農民不能拿它當飯吃，必須賣給國家，價錢低得不夠肥料、農藥錢；山溝裡的水田，稻穀已經收光，只剩稻草曬在田埂上或者附近的紅苕地裡。

無論多麼苦難的年代，都剝奪不盡童年的樂趣，黑狗一路邊走邊玩，早把剛才的屈辱忘得一乾二淨。飢魔無情地折磨著他的空胃瘦腸，他把目光轉向紅苕地，紅苕地邊搭有守護紅苕的草棚。他以餓虎的大膽，狐狸的狡猾，徑直走向草棚，他想好了，被人發現，就裝問路。走攏草棚，不見有人，但是他怕山嘴那邊突然轉過人來，他扒下褲子，裝著屙屎，兩手像田鼠一樣扒起土來，一會兒弄出四塊紅苕。他高興得猶如得到四塊金子，揣起紅苕跑一陣，便鑽進路旁蓖麻叢裡，開始了他的最大享受。

黑狗「喀嚓喀嚓」吃紅苕，比皇帝吃仙桃有味，比大臣吃雪梨還甜，儘管紅苕皮上有泥沙。吃完四個紅苕，肚子有點疼痛，他躲到附近墳地拉出一灘稀屎，又回到蓖麻叢下扯把葉子揩屁股。他壘起一個小土堆，把鞋子放在堆上，高枕無憂舒坦一下。「蛐——，蛐——」，蟋蟀在他耳邊唱著秋歌，不一會兒，周圍一切在他腦裡變得模糊遙遠……

貓頭鷹的鬼叫把黑狗從夢中驚醒，他睜開眼睛，半輪秋月亮在東天，微風推搡蓖麻，斑駁的葉影在他身上搖晃，蟋蟀喝飽露水，潤了嗓子，唱得更加響亮。他不知所在，努力回憶，旋即記起，不禁毛骨悚然，從地上一躍而起，抱著鞋子，像隻受驚的兔子，在高低不平的土路上慌忙奔逃。他邊跑邊想：「家裡多麼安全，媽媽多麼溫暖……，但是我回家去，添了嘴巴，媽媽做飯怎麼辦？姊姊拿糧怎麼辦？月亮啊，你怎不變成大燒餅落到我家……」

黑狗幼小的心靈矛盾一陣，腳步慢了下來。明月中天，夜風涼徹，他已來到鄰隊。他離開歸途，要去西邊山下一個岩洞，以前他割草拾柴，遇到風雨，常在洞裡躲避。岩洞像個張大的野獸嘴巴，口咽深處還有小洞，低頭弓腰才能進去，他不敢進入小洞，就在外面大洞較為平坦的地方躺下。他想到能為媽媽分點憂，能為姊姊省口飯，心中湧起一陣快慰和自豪：「我長大了，我中用了！」這樣想著，他枕著的石塊似乎也不那麼硌頭了。

黑狗在山洞度過了野外第一夜，第二天清早出洞來，要去地裡偷紅苕。他路過蘇家壩的祖墳，墳地大大小小的土堆，他只知道兩個土堆埋著他爺和他婆，其他不知埋著哪些人。兩年前，他爺、他婆相隔一天餓死了，三天裡他爹忙著收拾兩個老人，到處找人抬喪，他跟在大人後面來到這裡，親眼看著他爺、他婆入土，心裡充滿莫名的害怕。走過墳地不遠，是鄰隊大片的紅苕地，地邊也有看守紅苕的草棚。他不敢輕易動手，伏在淺溝裡觀察動靜，等待時機，他怕被人抓住，打斷腿桿。昨年小賴他娘拔了外隊蘿蔔，被人打斷腿桿，現在還在床上。

草棚走出一個四十來歲的男人，站著伸了懶腰，撒了熱尿，對著紅紅的朝陽打個噴嚏，鑽進棚裡提出瓦湯罐，一路叼著煙管回家去了。黑狗等到那人走遠，連忙跑到地邊，把上衣一脫鋪在地上，就用雙手慌忙刨紅苕，一會兒就刨了八個大的。他提起衣裳包著的紅苕，一氣跑到爺婆墳前，撿出四個放在墳頭說：「爺，婆，我分好了，你們各人兩個，別爭，各吃各的。」說著就自己吃起來。他吃完四個紅苕，爺婆墳前的紅苕還是原樣，他想爺婆死了，鬼魂白天不敢出來，晚上才敢出來，他在墳前刨個洞，把四個紅苕埋進去，才去坡上捉鳥玩。走了幾步，他突然記起，對著墳群大喊：「不准你們吃我爺婆的紅苕！」

黑狗追著鳥兒來到另一片墳地附近，聽到老嫗哭聲，他尋聲望去，見小賴的姑奶奶來給老娘上墳，紙錢灰燼隨風飄去，粗布頭巾鋪在地上，上面擺著一個白胖的饅頭和一個小小的雞蛋（國家已經允許私人養雞，但是人都吃不飽，哪有糧食餵雞？有的人家頂多養了一兩隻，幾天才下一個蛋），黑狗的驚喜不亞於偉大發現，他不再捉鳥，躲在近旁解眼饞。老嫗哭夠了，起身撿了饅頭、雞蛋裝進籃子，就去墳群外面的茅草叢裡解小便。她剛蹲下，黑狗閃出灌木叢，抓了她的籃子就飛逃。黑狗跑了很遠，才躲在無人的地方，囫圇吞了朝思暮想的雞蛋和饅頭，噎得眼淚長流。雞蛋啥味道？饅頭啥味道？他一點兒也不曉得。他記起應該慢慢吃，仔細品嘗味道，於是非常後悔，用舌頭在牙縫掃出一點殘香，可是很快就被唾液帶進了肚子。

下午，黑狗躲在山上，用老嫗燒紙錢的火柴點燃柴草，燒高粱，燒紅苕，燒蛐蛐，吃得更加香。今天很是對得起肚子，他下山來偷了一抱稻草回到洞裡，鋪在平坦的地方，今晚好好睡大覺。這時大地有些暮色，東天大半個月亮還不十分明亮，人們有的背著大捆稻草，有的背著滿筐棉朵，有的扛著犁頭牽著耕牛，都陸續收工回家。黑狗剛剛躺下，聽得洞外來了說話聲，他想完啦，一定有人來抓我！他要躥出洞去，已經來不及了，便像怕人的野生小獸，連忙鑽進裡面的小洞躲藏，腦袋碰在石尖上，頓時冒出一個包。

說話聲音已經聽得十分清楚：「來吧來吧！別怕，好說好商量，你刨集體的紅苕，要是公事公辦，就得跟馬寡婦一樣，開鬥爭大會。」聽這聲音，黑狗知道是大隊治保主任蘇廣福，他更加不敢大呼吸。「大爺，饒我一回吧！一個姑娘家，那叫人家啷個見人啊？……」聽這聲音，黑狗知道她是蘇明祥家的冬梅，金鼎山大隊頂好看的姑娘。二人已經進到洞裡，蘇廣福說：「那就私了。」

冬梅嚇得打抖：「大爺，我才十六歲……我給你跪倒磕頭吧！」蘇廣福說：「不磕頭，我抱你起來……好不容易碰上，我倆今天有緣份！」冬梅說：「人家還是姑娘……」蘇廣福說：「跟誰開頭都一樣……脫，脫吧。」接著是姑娘的哭泣聲、皮帶卡子的碰擊聲、乾稻草的沙沙聲、姑娘的驚叫聲、呻吟聲……

過了好大一陣，洞外田野，秋月朦朧，棉花呀、紅苕呀、高粱呀、沒有收完的稻草呀，都在潮濕的薄霧中有了露水，農戶晚飯的炊煙慢慢散開，在對面山腰飄成一帶乳白，蘇廣福這才完事，說：「走吧，我給你刨一滿筐紅苕，送你到房外。」

我和黑狗是發小，不管啥話都說完，我們上山撿柴，下河摸魚，同路上學，他都對我講說他的這故事。

第二十二章
嚴小華

第一節　鼻孔深聞女人味

巴西中學高中二年級一班的嚴小華，爸媽都是縣城搬運工，爸爸活像武大郎，媽媽頭上有禿子，可是這對醜馬下烈駒，嚴小華五官、身材都動人，男生們背地叫她「嚴校花」，大家只要身邊沒有老師和女生，就要說說笑笑談論她，人人津津有味，個個樂此不疲。

但是嚴小華只對同班男生王大偉有好感，她只要想到王大偉，心裡就充滿莫名的激動。她知道這種感情叫愛情，老師講，愛情是一種不健康的感情，是一種對學習和工作都有害的感情，愛情是資產階級享樂主義的東西，無產階級不能有，無產階級只有結婚生孩子，延續革命後代，她想是啊，你看全國書籍、報紙和雜誌有「愛情」二字嗎？你聽人們平時說話聊天有「愛情」二字嗎？你看全國作家有寫愛情的嗎？因此她時時躲著王大偉，防著王大偉，時時把王大偉想成豬，想成狗，想成豺狼虎豹，把他從心靈深處澈底趕走。

這天上課前，嚴小華坐在教室刻苦鑽研《毛澤東選集》，突然感到月事來了，連忙起身去廁所，深怕流在板凳上。她已經十七歲了，早就該有內褲和衛生巾，但是夏天只有一條單布褲，冬天只有一條厚棉褲，此外再無奢侈物。她的爸媽每月工資加起來，不夠購買國家供應他們全家五口人的糧油肉菜，哪裡有錢給她添置內褲和衛生巾啊？她來到女生廁所，從衣袋拿出兩張草稿紙，第一張兩面密密麻麻寫滿字，第二張只有一面寫滿字，另外一面是空白，她將第二張揣進衣袋，留著以後打草稿，而用第一張擦了大腿，然後摺疊起來，夾在縫裡。她從廁所出來走了不幾步，草稿紙從縫裡掉出來，落到褲筒，落到地上，她正要趁著無人，轉身撿了丟到廁所糞池裡，不料王大偉從男生廁所出來在她背後一把搶了，拿到鼻孔深深聞。嚴小華臉紅心跳，真想痛打他耳光，這時幾個男生女生轉過牆角來廁所，王大偉連忙揣進褲袋走開了。

嚴小華剛回教室坐下，上課鈴響了，政治老師來上課。今天的課文是〈美國人民生活在水深火熱中〉，課文講說美國人民經常示威遊行，反對資本家的剝削和壓迫，美國百分之一十的人占有社會百分之九十的財富，百分之九十的人只占社會百分之一十的財富，全國每年有幾千萬乞丐無家可歸，餓死街頭，窮人只穿三點式的比基尼，腰肚、大腿和後背、屁股全部露在外面⋯⋯。老師照本宣科講一陣，嚴小華提問說：「老師，美國人為啥不穿面衣面褲？他們不害羞嗎？」老師說：「窮啊！節約布啊！你想，像我們中國人這樣穿面衣面褲，這要多費多少布！」嚴小華口服心服，想：「我們雖然沒有內褲和衛生巾，但是有面衣面褲遮羞，比美國人好到哪裡去了！」她深深感謝黨和毛主席領導人民過上美好的社會主義生活，不然我們跟美國人一樣窮，這真是「天大地大不如黨的恩情大，爹親娘親不如毛主席親」啊，她決心今後一定要聽黨和毛主席的話，「黨叫幹啥就幹啥」，「黨指向哪裡，我們就奔向哪裡！」

第二節　每頓飯前學語錄

嚴小華他們高中未畢業，突然來了轟轟烈烈的文化大革命，師生們天天停課鬧革命，寫大字報批判資產階級及其在他們身邊的代理人，組織遊行示威喊口號，打倒劉少奇他們大大小小的走資派，召開批鬥大會批鬥、毆打巴西縣的當權派，然後是大串聯、大辯論，搞武鬥……。嚴小華積極參加文化大革命，每天寫大字報、遊行示威、參加批鬥大會、跳忠字舞、在大街上拿著話筒向人們宣讀《毛主席語錄》、參加毛主席著作學習小組和毛澤東思想宣傳隊的各種活動等等，忙得不亦樂乎，只有吃飯和睡覺才回家。

她家住在城東山腳下，一間八尺寬、一丈六尺深的屋子，左邊進門是過道，過道只有兩尺寬，一直通到最後面，右邊六尺寬的地方用篾席隔成三個小間，前面小間搭著她爹她媽的木床和一張全家吃飯的小桌子，床下塞滿家裡各種東西，中間小間搭著她們姊弟三人的木床，床下也塞滿家裡各種東西，後面小間是廚房，廚房後牆開著門，門外低矮的房簷下面有個小小的雞圈，房簷滴水溝渠那邊是山坡，一隻母雞正在草裡找蟲子，坡上有片山坪地，地裡種著城外生產隊的糧食。

嚴小華是家裡毛澤東思想學習小組的帶頭人。每天早上起床和晚上睡覺，她都帶領全家站在牆上的毛主席畫像下面，向他老人家早請示、晚彙報，每頓吃飯之前，她都帶領全家學習《毛主席語錄》。這天中午，她媽端出全家的稀飯和鹹菜放在桌上，全家拿出桌下的小竹凳坐在飯桌周圍不忙吃飯，每人手裡一本《毛主席語錄》，翻到嚴小華告訴的頁面，跟著她唸讀：「最高指示：『節約糧食問題，要十分抓緊，按人定量，忙時多吃，閒時少吃，忙時吃乾，閒時半乾半稀，雜以番薯、青菜、蘿蔔、瓜豆、芋頭之類。』最高指示：『鬥私批修。』……」這樣學了一陣，開始對照言行，做出深刻檢查。嚴小華叫著她媽說：「高斯琴同志，家裡那隻母雞經常去啄山坪上生產隊地裡的麥子，挖社會主義牆腳，這是一種自私自利行為……」她媽連忙做檢討：「我的鬥私批修做得不好，沒有按照毛主席的教導做事，今後一定改正，從明天起，我把雞關好！」

正說著，王大偉身穿新兵服裝站在門口：「嚴小華，我們今天下午就要走，我送給你一個毛主席像章！」說著雙手捧出一顆蝸牛大的毛主席像章。革命青年不能有愛情，嚴小華心情緊張，頓時臉紅，但是那時同學之間流行贈送毛主席像章，她想：「難道送了像章就是愛情？」因此略一猶豫，馬上起身雙手接了，坐在爸媽床邊把像章別在胸前。她的爸媽連忙請坐，王大偉坐在嚴小華讓出的小竹凳上跟他們說話，小華媽進廚房打開蜂窩煤，拿出全家捨不得吃的雞蛋、白糖，要煮了待客。桌上碗碗稀飯都冷了，小華爸咂著葉子煙繼續跟王大偉說話，小華妹沒有事幹，毫不用心地翻著《毛主席語錄》，小華弟幾次摸碗喝一口，他爸猛打一巴掌：「放倒！客人都沒吃，你要講禮！」

第三節　扎根農村一輩子

嚴小華他們在城裡鬧了兩年文化大革命，「上山下鄉」運動來了，她積極響應毛主席的偉大號召，要到農村和貧下中農打成一片。她到縣知青辦公室申請，堅決要去全縣最偏遠、最艱苦的地方插隊落戶，勞動鍛鍊，為共產主義大廈添磚加瓦，縣知青辦把她和韓冬梅、廖曉東分到了小堡公社的王家大山。

三個女知青同住生產隊騰出來的一間老房子。老房窗下搭著一張方飯桌，飯桌近旁的牆角是一張搖來晃去的木床，三人共睡這張床，斜對面的牆角是生產隊為她們新打的土灶，灶上一口鐵鍋，灶前有些柴草，灶後不遠處，是切菜的案板和裝水的水桶。房子牆壁縫隙指多寬，生產隊男人經常在房外偷看她們脫衣裳，她們用紙塞住縫隙，幾個渣男常用小棍捅開，三個姑娘提來田泥把牆壁縫隙裡裡外外塗嚴了，才沒男人來偷看。房子沒有廁所，解便得去老遠的農家，半夜解便不方便，她們就學農民，在屋裡放了一隻尿桶。韓冬梅愛在尿桶解大便，大便浮在桶面上，彎根彎根泡粗了，每當有人小便時，沖得屎尿滿屋臭，嚴小華和廖曉東跟她打了幾回架，韓冬梅仍然要在尿桶解大便。

各地知青吃住艱苦不算苦，下地幹活才算苦，許多人吃不下這苦頭，有的幹到中途丟下工具回屋去，有的假也不請三天兩頭趕場耍，有的跟插隊在別處的知青互相走訪打撲克，有的經常回城過幾天好日子。貧下中農和隊幹部因為知青是高貴的城裡人，也不拿他們跟農民比，幹多幹少隨他們，除非有的男知青餓瘋了，偷搶農民的雞鴨，農村漢子們才舉著鋤頭扁擔追趕。嚴小華跟別的知青不同，她要聽毛主席的話，把自己改造成真正的農民——割麥，貧下中農割多少，她就割多少；栽秧，貧下中農栽幾行，她就栽幾行；挑糞，貧下中農挑幾擔，她就挑幾擔。夏天她故意不戴草帽，把皮肉曬粗曬黑，冬天她故意不穿鞋襪，讓腳板踩在如刀似劍的冰雪上。她贏得王家大山所有人的讚許，她的表現傳到公社，公社要推薦她讀大學，她堅決拒絕說：「我來農村勞動，難道是為了掙表現，讀大學？如果是那樣，我就是個假革命！」

嚴小華到王家大山落戶不久，她爸幫她收到一封信，叫她妹妹唸了寄信地址，料定是那送像章的小夥子寫給女兒的。他想知道信封裡面的內容，又怕碰上害羞話，沒叫小華妹妹拆信封，把信放到床下箱子裡，等到小華回城交給她。可是小堡離城百多里，泥土路上十天半月才見一輛貨車揚塵顛簸，此外再無其他車，貨車司機比縣委書記偉大，公社書記們排著輪次請吃送禮，才能搭車進城一次，小堡其他所有人，連話都跟貨車司機搭不上，進城只能半夜起床帶著乾糧走到天黑，因此嚴小華插隊落戶後，兩年沒有回過城。

嚴小華讀高中就知道王大偉家在小堡公社，不料來到王家大山，常聽人們提起王大偉，她才知道自己落戶在王大偉他們生產小隊。她經常想聽人們講說王大偉，經常想跟人們提起王大偉，但是愛情是羞事，她怎能流露這感情？她每次看到自己胸前的像章就想起王大偉，每次看到王大偉的家人就油然生出親熱，甚至好幾回幫助他的家人幹活兒。她常想：「王大偉自從去了部隊就杳無音信，也許他寫信弄錯了我家的準確地址……」她真想去王家要來大偉的地址，給他寫信到部隊，但是大偉那麼英俊能幹，萬一在部隊前程遠大，對我變心，有了別的姑娘呢？她露了內心，才遭嫌棄，讓人笑話，讓人賤視，她沒有那麼不要臉，只能天天把單相思藏在自己的心裡。

這天晚上，大隊召開憶苦思甜大會，大隊支委、民兵連長王大貴痛哭流涕訴家史：「我家三輩要飯，三輩沒媳婦，三輩沒有親兒女！爺爺要飯撿了我爹，我爹要飯撿了我……。我這都三十幾歲了，至今還是光棍，……多虧毛主席發動無產階級文化大革命，我這才革命造反當上幹部……」嚴小華被王大貴苦難的家史澈底震撼了，她感動得大淚滂沱、天昏地暗！雖然她對王大貴沒有絲毫異性感覺，雖然她時時想著王大偉，但是現在她的階級同情心占了上風，她要真正和貧下中農打成一片，解決貧下中農打光棍的問題，讓王大貴延續革命後代！她跟王大貴結婚是革命工作，不是男女之情，因此她點兒也不害羞，當即站起來表態：「王大貴同志，我願意嫁給你！」整個會場驚呆了，人們鴉雀無聲，都以為嚴小華瘋了。過了老半天，大家才回過神來，知道她是階級情、革命義，扎根農村一輩子，於是連忙鼓掌，積極支持，七嘴八舌撮合她跟王大貴的好事。

嚴小華回到知青屋，革命激情平靜了，階級眼淚稀少了，王大偉又出現在她的腦海裡。她後悔自己一時衝動，貿然表態，心裡一次又一次問自己：「你對王大貴充分了解嗎？他好吃懶做，愛喝爛酒，你能接受嗎？他那一身邋遢，你不反感嗎？你和他睡在一起有幸福嗎？」但是她馬上批評自己：「毛主席教導我們說『要鬥私批修』，你又在為自己考慮！革命者要『狠鬥私字一閃念』，你應該為了階級兄弟而犧牲自己的愛情幸福，不能讓資產階級享樂主義戰勝你。並且，你已經當眾表態了，怎麼有法變卦呢？並且，王大偉在部隊變心沒有呢？……」

五一節那天，隊裡的人們用一輛獨輪車推著嚴小華的全部嫁妝——一口暗紅的舊木箱和拴著紅布帶的鋤頭與鐵鍬——簇擁嚴小華來到王大貴的草房裡。草房只有一間，擺著王大貴的全部家當：西北牆角一張竹床用索吊在房梁上，床下養著一隻二、三十斤重的小豬，豬在床下臥，豬在床下吃，豬在床下屙，床下「水田」臭滿屋；東北牆角放著木櫃和瓦缸，木櫃缺了蓋子，老鼠常常進去吃糧；東南牆角是土灶，灶上只有一口鍋，灶後土磚支櫃板，用來放碗和切菜，灶前有個方石墩，大貴平時坐在上面燒火與吃飯。眾人把嚴小華送進洞房，跟新郎新娘說笑幾句，都知趣走了，王大貴連忙關門，嚴小華沉下臉來，把門打開，跟他談起家庭建設。談了一陣，小華尿脹，問他廁所，王大貴帶她來到房後，房後有只木糞桶，圍著一張爛篾席，大貴指著對她說：「就在那兒大小便。」

第四節　倡議刹住返城風

嚴小華婚後回過一次城，她爸拿出大把平信交給她，她見全是大偉的來信，裡面還有好幾張照片，她流了整夜眼淚。她已經懷上王大貴的孩子了，她怕王大貴看見她的信，第二天毅然決然全部燒掉照片和書信。

嚴小華成了地地道道的貧下中農婆娘。王大貴每天收工回來，不是倒床睡覺，就是串門聊天，把家裡一切活兒丟給嚴小華。嚴小華褲腳捲到膝蓋，穿著一雙鞋底釘著輪胎的布鞋，後跟上的麻繩拴在腳腕上，每天天不亮就上山、下地、做飯、挑水、餵豬、洗衣、弄孩子，布鞋「啪嗒，啪嗒」，走到哪裡，響到哪裡，晚上參加憶苦思甜大會，唸《毛主席語錄》，背「老三篇」，排演節目，唱紅色歌曲，唱得最多的是「天大地大，不如黨的恩情大，爹親娘親，不如毛主席親……」。王家大山許多孩子上不起學——那時半年學費才一元——嚴小華不收學費，只要工分，辦起半耕半讀的耕讀班，每天上午背著自己的孩子，去教室教那些大齡兒童讀書寫字，下午放回他們撿柴、割豬草，幫助家裡勞動。

其時許多知青想回城，知青家庭到處拉關係走後門，招工招幹把子女弄回城，全國興起返城潮，韓冬梅、廖曉東也先後回城了。嚴小華的爹媽見別人的兒女都回城，他們求爹爹告奶奶，把嚴小華安排在了縣城搬運隊，雖然搬運工地位低，工作苦，但是住在城裡，定量供應，旱澇保收，總比農民好些啊。她爹把她的工作落實後，半夜起床帶著乾糧走到天黑，來到王家大山告訴她好消息，嚴小華卻堅決不回城。

她爹走後，她寫了一封倡議書，倡議全國知青用實際行動響應毛主席「上山下鄉」的偉大號召，堅決剎住返城風，她在信中說：「是的，農村是艱苦，但是人人都逃避艱苦，享受安樂，我們怎能建成共產主義大廈？怎能打倒美帝國主義？怎能解放資本主義國家受苦受難的人民？……」《人民日報》登載她的倡議書，並且加了編者按，她一下在全國出名了，許多人來信慰問她，讚揚她，學習她，各報記者也來採訪她。縣委馬上把她樹為標兵，號召全縣青年向嚴小華同志學習，並且指示公社培養她入黨，不久增加她為縣委委員。

她的老公沒有讀過書，一句子曰詩云也不懂，但是封建意識比士大夫還頑固，認為女人就該在家裡，不該出去染男人。每次，嚴小華去縣委、公社、大隊開會，接受記者的採訪，參加毛主席著作學習小組的活動，去教孩子們讀書寫字，他都感到自己頭上戴了許多綠帽子，不是跟去嚴防死守，就是把她關在屋裡毒打。每次剛從小隊分回糧食，他就裝滿一袋子，上街賣了買饅頭，雖然知道不划算，但是嘴饞忍不住。家裡啥事都該婆娘做，男人出去喝酒交朋友，這才是祖宗法，這才是正道理。他把家裡賣豬的錢掌握在自己手裡，每次打回幾十斤工業酒精勾兌的劣質酒，經常請朋友來家裡喝酒，也經常去朋友家裡喝酒，每次喝醉了就打老婆，整個小堡公社都說嚴小華是鮮花插在牛屎上。

不久，王大貴在朋友家裡喝酒喝到半夜回家，栽到糞池淹死了，嚴小華方才解脫，單身帶著孩子生活。

第五節　初戀情人成眷屬

這天，嚴小華正在割豬草，一個年輕軍官從部隊回家路過她跟前，她驚喜叫道：「王大偉，怎麼是你呀⁉你回來啦？」王大偉也認出嚴小華：「嚴小華，你怎麼在這裡⁉我給你寫了好多信，你一封都不回。」嚴小華講說自己的情況，王大偉說：「難怪你不回信。等會兒我到你家來看你！」嚴小華知道寡婦門前是非多，低聲說：「不，你有啥話，就在這兒說吧！……」王大偉說：「不！

我要到你家裡來！」

王大偉回家跟親人、鄰居見了，急著來到嚴小華的爛草房，嚴小華正在煮豬食，她的孩子坐在門外玩沙子。王大偉進門就把門閂了，在門後一把抱住嚴小華，嚴小華連忙低聲說：「娃兒在外頭！娃兒在外頭！」王大偉說：「兩三歲，不懂啥！」嚴小華掙扎說：「你坐！你坐！不然我要出門去！」王大偉放了她，嚴小華給他拉來家裡唯一的凳子——這是她婚後每天在隊裡幹活收工後，背著背筐到處抓扯金錢草賣了添置的——王大偉坐在凳子上，嚴小華把門打開，站在他面前低聲說：「你沒有結婚，我是結過婚的人……」王大偉突然起身把門又關上，強行抱起嚴小華按倒在床上：「你結十次婚我都不嫌，我從高中想你到現在……」

幾天後，王大偉和嚴小華去公社辦了結婚證，家裡請了兩桌客，嚴小華就帶著孩子住進了王大偉家的瓦房。王大偉的父母兄弟姊妹雖然考慮大偉升了營長，而嚴小華是大貴吃過的剩飯，又有一個孩子，但是他們都知嚴小華是個好女人，因此都很接納她，全家和睦喜氣，不必細說。這天晚上，夫妻雲雨之後，嚴小華告訴丈夫，她懷上了他的孩子，二人都幸福地想著孩子出生後的事情。嚴小華說：「如果是兒子，就叫『王文革』……」王大偉說：「這個名字不好聽。」嚴小華說：「好聽，文革是毛主席發動的！」王大偉說：「其實毛主席不該搞文化大革命……」嚴小華見他把矛頭直指偉大領袖毛主席，這是多麼嚴重的政治問題，她的情愛一下淡了，拿開丈夫的手說：「我說王大偉，你思想有嚴重問題！文化大革命反修，毛主席不搞文化大革命，資本主義早就復辟了！」王大偉說：「資本主義不是見啥都壞。」嚴小華驚呆了，她和王大偉幾年不見，王大偉的思想就變得這麼壞！她起身坐到床的另一頭：「資本主義最萬惡！資本主義國家的人民生活在水深火熱中，正在盼望你們解放軍去解放他們，你才這樣說！」王大偉有自己的政治見解很想說，但是政治問題太可怕，哪怕父子娘母之間，哪怕恩愛夫妻之間，也不能隨便說，萬一走漏出去，輕者坐牢，重者槍斃，因此王大偉不敢再說了。

王大偉回部隊去了，嚴小華心裡天天激烈鬥爭。大偉比大貴優秀千萬倍，他回部隊第二天，她就時時刻刻思念他，盼望他馬上又回來，她幹活也好，走路也好，弄孩子也好，總要抬頭看眼對面的山埡，希望埡上出現大偉回來的身影。她甚至落進資產階級享樂主義的泥坑，夜夜感到空房難熬，夜夜想著大偉和她睡在一起的情景……。但是大偉思想好反動，膽敢反對毛主席，甚至說「資本主義不是見啥都壞」，今後黨派他去解放資本主義國家受苦受難的人民，他調轉槍口怎麼辦？他是藏在部隊的危險分子，她必須把情況如實向他的部隊彙報！她從小接受學校教育，一旦發現壞人壞事，馬上向上級報告，現在她自己的人有問題，難道她就不報告了嗎？王大偉是她的整個生命、整個愛，她失去王大偉，她的整個天地將會為之崩塌，她的整個生活定會無比慘澹，但是為了黨和國家的利益，她必須犧牲自己……。她想了很久，這天晚上毅然拿起紙筆，給王大偉的部隊寫了檢舉信。

王大偉在部隊判刑了，證據就是嚴小華的檢舉信。消息傳開，人們有的認為嚴小華崇高，見了她讚賞有加，有的認為嚴小華傻屄，見了她暗暗發笑，有的認為嚴小華毒辣，見了她敬而遠之，而更多的人們對她疑惑不解，遠遠觀察她的言行舉止，研究她到底是個什麼人。王大偉的家人成了反革命家屬，地位頓時落千丈，他們無比仇恨嚴小華，雖然不敢公開跟她吵，但是成天罵雞罵豬，含沙射影，又在油鹽柴米等等方面跟她爭鬥，嚴小華就搬回草房居住了。她雖然懷念王大偉，但是根據黨的教導，該跟現行反革命分子劃清階級界線，她寫了離婚申請書交到法庭，法庭人員到監獄叫王大偉簽了字，判決他們離婚了。

第六節　大夢初醒已太遲

幾年後，國家改革開放，社會有了巨大變化，以前許多被國家定為資本主義的事物，現在國家開始放行了，以前許多被國家掩蓋的真相，現在人們在到處講說了，嚴小華耳目一新，大夢初醒。

她平生第一次看到外國電影，電影裡美國人有私人飛機，高樓大廈整齊漂亮，大街上普通男女不僅有面衣面褲，而且非常時髦好看，節假日人們在遼闊的海灘上日光浴。她這才知道，原來生活在水深火熱之中的，不是美國人民，而是我們自己！她以前只知道抗戰初期共產黨只有兩萬多人的軍隊，後來用小米加步槍打敗了日本七十幾萬人的現代化軍隊，國民黨不打一槍一炮，《地道戰》、《地雷戰》、《小兵張嘎》、《鐵道遊擊隊》等等沒有國民黨一兵一卒打日本，抗戰勝利之後國民黨連忙跟共產黨搶天下，現在她才聽說抗戰時期國民黨投入一百多萬人的軍隊。她以前只知道毛主席的妻子楊開慧被湖南軍閥槍殺後，毛主席才跟江青結婚，現在她第一次聽說毛主席還有個妻子叫賀子珍。她想：「不是說無產階級不能有愛情，只能有結婚生孩子，延續革命後代嗎？毛主席跟賀子珍結婚，生了孩子好幾個，為什麼要去跟江青發生愛情？他就沒有落進資產階級享樂主義的泥坑嗎？唉，我才傻屄啊，把自己好端端的愛情犧牲給了所謂的革命！」她聽說安徽固鎮縣有個十六歲的學生叫張紅兵，從小接受「爹親娘親不如毛主席親」等等紅教育，在家裡跟媽媽爭辯劉少奇，他指著媽媽的鼻子說：「方忠謀，你這是為劉少奇翻案！」他媽媽生氣說：「翻案就翻案！」張紅兵馬上跑去專政機關報案，專政機關召開萬人大會把他媽媽槍斃了，她心裡非常慚愧：「我跟張紅兵同樣頭腦簡單、同樣傻啊！……」

巴西縣委班子換人，嚴小華不再是縣委委員，所有知青都回城，國家安排了工作，沒有記者再來採訪嚴小華這個扎根農村一輩子的典型了，國家鼓勵發家致富，允許百姓做生意，人們忙忙碌碌掙錢，沒誰再對憶苦思甜、小組學習毛主席著作等等活動感興趣，嚴小華頓時落寞，從時代先鋒變成了被人忘記的地道農婦。但是她到底是曾經的名人，有人還是看重她，大溝供銷社招她去當售貨員，她不願再當傻屄，扎根農村一輩子，帶著兩個孩子去了大溝區供銷社。她後悔自己把好端端的丈夫整進監獄，自己吃了許多苦，默默忍受無法說！這天，有人笑著叫她：「嚴小華，來拿東西。」她聽成「嚴笑話」，心裡頓時憤怒，但是又想自己確實鬧了大笑話，人家沒有冤枉我，這樣想著，她心裡憤怒才平息，不聲不響走過去。

王大偉關進監獄幾年後，平反出來恢復了職務和工資，不久又升為正團級。這天，他腰間掛著一支手槍，身後跟著一個警衛，從部隊回到王家大山，第二天又來大溝場上住旅館，一則看孩子，二來要復婚。嚴小華心裡翻著狂濤巨浪，反覆考慮，反覆猶豫，終於拒絕復婚。她不是不愛王大偉，而是擔心王大偉羞辱她，報復她。王大偉要帶走自己的兒子，嚴小華也不同意，她怕後娘虐待她的孩子。

嚴小華默默愛著王大偉，天天不能忘掉他，有人寫信追求她，有人上門做介紹，她一個也不答應，決心單身一輩子。她每天既要上班，又要幹家務，還要照管兩個孩子的學習和生活，她用終生吃苦懲罰自己傻。

第二十三章 祈禱

文化大革命初期，全國革命群眾分為兩派，各派都說自己保衛毛主席，都說對方反對毛主席，說著說著打起來，起初用拳頭棍棒打，後來用步槍機槍大炮打。

巴西、鹽井兩縣相鄰，兩派武鬥半年，巴西保派戰勝掌權，砸派沒有落腳地，鹽井砸派戰勝掌權，保派沒有落腳地，於是巴西砸派逃到鹽井投靠鹽井砸派，鹽井保派逃到巴西投靠巴西保派。

楊國林是鹽井保派骨幹之一，他和十幾個戰友背著幾支步槍和幾十發子彈逃到巴西榆樹場，找到榆樹區保派頭頭請求避難。榆樹區保派頭頭雖然一個也不認識他們，但是人不親，觀點親，同是保派戰友啊，於是安排他們棲身榆樹中學，又給榆樹糧站寫條子，批給他們每人每天一斤大米。

戰友們來到榆樹中學，學校停課鬧革命，校園一個學生也沒有，教職工大都回家，只有幾家在學校的雙職工，天天藏在屋裡打牌、下棋、做飯吃，因此校園地上垃圾沒人掃，門窗破爛沒人修，水池乾涸沒人管，空曠的校園只有一群麻雀在地上的落葉裡嘰嘰喳喳，尋找食物，以及鳴蟬在高大的榆樹上聲聲聒噪。有些學生沒把鋪蓋席子背回家，楊國林他們拿來，在兩間木板樓教室鋪了大鋪，晚上在大鋪睡覺，白天在大鋪打撲克、說笑話，肚子餓了，就輪流去學生廚房燒燃大蒸鍋，蒸一盆白米乾飯端來分食。

楊國林他們沒有一分錢，天天別說吃肉，連蔬菜也沒有一片，褲子破了沒布補，撿來鎖針連爛洞，或者向女戰友借針線，脫下褲子藏到被窩裡，用線拉攏爛洞縫在一起，然後穿起褲子還針線。他們多次想找榆樹區的保派頭頭批點錢，但是聽說區上沒有財政權，他們說了是白說。他們去糧站稱糧，糧站幾次警告沒糧了，他們天天擔憂斷供救命糧。

楊國林他爹在公共食堂餓死了，他媽鞋尖腳小，拖帶他們兄弟姊妹六人長大，六人除了他聰明，其他非傻即殘，家裡重擔由他老媽一人挑。他幾次冒險，半夜回家看老媽，砸派鄰人忙報信，公社砸派馬上帶槍來抓他，他連忙逃跑，險被抓住，抓住不是打死，就是打殘。

他已經二十四歲，從來沒有碰過女孩子，不是他不想，而是沒條件。他們逃難夥裡有三個姑娘，個個都很吸引人，他常想偷偷擁抱姑娘，但是男戰友們都很規矩，頂多跟三個姑娘眉來眼去，說點很有分寸的玩笑話。況且，她們都是初中學歷，他高小畢業沒有學費升初中，就回家去幹活了，戰友之中他的學歷最低，他怕她們瞧不起。他多希望榆樹街上有人給他做介紹啊，但是他是外縣人，別人不知根底，誰人給他做介紹？他多想回到老家，有人給他介紹啊！

楊國林原為個人前途參加派性鬥爭，可是不料鹽井保派慘敗，他們只好寄人籬下。他們在榆樹中學每天除了打撲克、說笑話，偶爾玩耍一兩槍，就沒任何事情幹，個人前途在哪裡？他的青春一天天過去，他的前途越來越渺茫，什麼時候才能回到鹽井啊！他恨透鹽井砸派，真想殺回鹽井拚個你死我活，然後勝利掌權，端上國家飯碗，然後結婚生子，養家俸老，但是戰友們都說現在回去是送死！

楊國林天天無聊透頂，煩惱躁動，非常不安。這天吃過早飯，他撲克也不打，笑話也不說，一個人去街上走來走去。他來榆樹一年多，粗淺交往一兩人，他能跟誰交心啊？他在街上轉了一陣回學校，在榆樹下面那段不長的路上走來走去想，他終於管不住自己，突然回到睡覺的樓上，背了步槍就往小堡公社去。巴西小堡公社的尖子山和鹽井洗澤公社的啥子山，兩山對峙，只隔窄溝，保派砸派，各據山頭，但是近來砸派在啥子山增強防守，保派在尖子山空無一人，他要去尖子山與砸派拚死活！

兩山因為是戰場，野外沒有一個人。楊國林來到尖子山，見對面啥子山的戰壕裡有砸派武鬥隊，他無比憤怒，高聲叫道：「老子是楊國林，有種就過來！」武鬥頭子趙國金持槍對準他，聽得他是楊國林，猶豫一陣沒射擊，他與楊國林是表兄弟，從小玩耍有感情，他們共同的外婆都還在，但是他又想：「『爹親娘親不如毛主席親』，連爹娘都不如毛主席親，表兄弟有毛主席親嗎？我誓死保衛毛主席，一定跟保派戰鬥到底！」於是也憤怒起來，高聲叫道：「老子是趙國金，有種就過來！」楊國林瞄準趙國金打一槍，趙國金還了好幾槍。楊國林跳出戰壕，跑到山下斜坡地，打算近距離射擊趙國金，子彈在他耳邊呼呼響，他連忙躲到地裡碗粗一株桑樹下，架起步槍正要射擊，一顆子彈飛來，鑽進他的眉骨。

第二天戰友們聽說尖子山有人被打死，料定是楊國林，半夜收屍背回榆樹中學，然後通知他老媽。梁表婆嚎啕大哭，呼天搶地：「天啊天啊，你瞎了狗眼的天啊！我一輩子吃苦受罪不夠麼，你還要死我的兒子啊！癡的殘的不死麼，你端端死我的國林喲！……」梁表婆飯沒吃一口，水沒喝一滴，杵著竹棒，拖著小腳，七歪八倒和親戚們走了幾十里，來到榆樹中學看兒子。兒子躺在榆樹中學禮堂的地板上，梁表婆看著兒子，竟然沒有一滴眼淚。第二天，戰友們把楊國林埋在榆樹場後的山坡上，梁表婆就去尖子山啥子山一帶到處調查殺她兒子的兇手，可是人們都說不知道。有個老太婆說：「姊妹，天天打仗，我們活都不敢出去幹啊！」梁表婆回到家裡，記起公安局很兇，定能調查兇手，就炕了半袋高粱麵饃饃做乾糧，帶著來到鹽井縣城。

她好不容易問到公安局大門，心情立即緊張起來，她用乾瘦的老手理理頭髮，扯扯衣襟，正要進去，門衛室裡一聲怒喝：「幹啥⁉」梁表婆差點嚇倒在地，鼓足勇氣來到門衛室，把竹棒和布袋放在牆邊地板上，連忙跪下，不斷磕頭：「當官的，求您幫我做好事！求您幫我做好事！……」門衛厭惡梁表婆沒見世面，水準極差：「有話好好說，起來說。我叫你起來說！」梁表婆這才起來說：「我的兒子在巴西尖子山遭人打死了，不知兇手是哪個……」門衛威嚴，沒聽說完：「在巴西打死的，去找巴西！」梁表婆被他嚇怕了，心情更加緊張，說話丟三忘四：「用槍打死的！……在洗澤啥子山打的！……」門衛說：「你回！不要來找！鹽井縣搞武鬥打死幾千人，要調查就調查不完，並且上面又沒叫調查！全國搞武鬥打死那麼多人，哪個在調查？」

梁表婆從城裡回來，吃過晚飯又想起兒子。她點燃油燈，進到睡房，把一個乾癟的橘子放到毛主席畫像下面的桌子上，然後跪下磕頭祈禱：「毛主席，我沒有好吃的，把這個橘子獻給您！您是皇帝，我的兒子遭人打死啦，您一定派人調查兇手，好好懲辦，把他抓到千刀萬剮，把他抓到砍肉泥，把他抓到下油鍋……。還有一件事我忘了：不知哪個畜牲發動這場文化大革命，讓下面這些人天天你打我，我打你，打死好多人，您在上頭曉得不啊？您是皇帝，一定要好好懲辦這畜牲……」

第二十四章 孤塚

朱春林拿著碗筷回到斗室擱放，見小腳母親坐在他的桌前，柏木杵路杖放在兩腿之間，玫瑰紅補丁布袋掛在肩上，左手端著朱春林的搪瓷盅，右手拿著冷硬的高粱麵饃饃，吃一口饃饃，喝一口開水。

朱春林說：「媽來啦。」母親說：「一百多里，我硬走來了！昨天晚上半夜我就上路……」朱春林把碗放到桌上，從母親肩上取下布袋，拿出高粱麵饃饃放到碗裡，又把杵路杖幫她放到床頭，說：「食堂剛把晚飯吃過。」母親說：「我就吃這個。一路把我渴慘啦……」朱春林連忙拿起水瓶，給母親加開水。

母親又說：「八月十五我要把你姊姊的婚事辦了。雖說客人不多，但是家裡沒了你爹，我一個人忙不過來，二天你還是回來一下。」朱春林何嘗不想回家啊，但是他前年十八歲就入黨，今年二十歲就當小堡完小的校長，他要更加積極為黨工作，才不辜負黨對他的培養，於是回答母親：「學校要修校辦工廠，要辦高山農場，我怕走不動，八月十五子友要回家，我託他給姊姊帶個賀禮回來。」

一九四九年以前，越是富裕的人家，禮儀越是繁多，越是貧窮的人家，禮儀越是簡單，至於乞丐，全無禮儀；一九四九年以後，全國百姓餓得平均，窮得一樣，能夠活著，就是萬幸，哪有餘錢和精力講禮儀？因此「生在新中國，長在紅旗下」的新一代，從來沒有見過嫁妝、婚宴、葬禮、花圈等等稀奇。直到文化大革命初期，人們雖然仍舊衣不蔽體，食不果肚，但是不再大片大片餓死人（只是鬥死打死許多人），有那經濟條件稍好的少數人家，結婚請來兩三桌客人，喪事買來一兩個花圈，年輕人這才開始長見識。

八月十五快到了，這天朱春林去街上找人說事情，見住街老頭杜長春在門前擺著兩個花圈出售，他不知道花圈是葬品，便買了一個，要送姊姊。他拿著花圈回學校，就有一人來帶信，說文教局叫他今天晚上半夜組織全校師生，去往迴龍完小隆重迎接毛主席在天安門城樓接見紅衛兵的紀錄片。巴西全縣高中、初中和完小一百多所，而電影片子才一部，每所學校都要看，於是只能排輪次，時間安排很緊湊。朱春林考慮怎樣才隆重，決定用這花圈迎接毛主席接見紅衛兵的紀錄片。

完小學生都住校。半夜，我們在地鋪睡得正熟，值週老師吹口哨，吆喝所有學生起來在操場集合，去迴龍完小迎接電影片子。學生們連忙摸黑起來，一齊跑往操場去，同學踩在我的腦袋上，我醒來聽得全校鬧鬧嚷嚷，也連忙跟著跑去操場。天地一片漆黑，沒有一點亮光，連老師也買不起電筒，老天剛剛下過一場夜雨，房外全是泥濘，學生有的穿布鞋，有的打赤腳，全校這裡在摔跤，那裡在碰壁。

學生在操場分班站隊，朱春林叫兩個領頭學生有的舉紅旗，有的拿花圈，就開始對我們高聲講說路上紀律。老教師們都知道，給死人送葬才用花圈，因此模糊感到用花圈迎接毛主席接見紅衛兵的電影片子不妥當，但是多年來「下級服從上級，全黨服從中央」，「一切行動聽指揮」，人們只要是領導的意見，樣樣都正確，只要是領導的安排，樣樣都服從，每個人從來不操心，從來不懷疑，從來不思考，因此沒人把這事情提出來。

隊伍在泥濘的鄉間小路上一步一探，摸索而行，邊摸邊喊口號。領口號的教師嗓門特高，拳頭特大，他一邊摸路一邊舉拳高呼：「偉大領袖毛主席萬歲！萬歲！萬萬歲！」師生們也一邊摸路一邊跟著舉拳高呼：「偉大領袖毛主席萬歲！萬歲！萬萬歲！」他又一邊摸路一邊舉拳高呼：「誓死把無產階級文化大革命進行到底！」師生們也一邊摸路一邊跟著舉拳高呼：「誓死把無產階級文化大革命進行到底！」他又一邊摸路一邊舉拳高呼：「最高指示！」師生們也一邊摸路一邊跟著舉拳高呼：「最高指示！」他又一邊摸路一邊舉拳高呼：「下定決心！」師生們也一邊摸路一邊跟著舉拳高呼：「下定決心！」他又一邊摸路一邊舉拳高呼：「不怕犧牲！」師生們也一邊摸路一邊跟著舉拳高呼：「不怕犧牲！」……

這樣過了杜家溝，這樣來到吳家埡，我們聽得前面一支隊伍也在喊口號，知是迴龍完小的師生送電影來了。一會兒兩支隊伍碰了頭，兩個農民杵著木杵，背著沉重的放映機，和縣電影院的放映員一起，從迴龍完小的隊伍一步一探地加入到我們小堡完小的隊伍。兩支隊伍各自掉頭回學校，我們繼續摸路喊口號，摸到杜家溝，突然多了一人領口號，大家黑夜聽聲音，知道他是杜廣福。杜廣福在外地讀師範，現在停課回來鬧革命，因為經常在小堡萬人大會上呼口號，人們熟悉他的聲音。他半夜聽得口號聲，連忙起床加入我們的隊伍領口號，雖然這事與他不沾邊。他跟著隊伍領口號，一直跟到場口上，才獨自一人摸回去，洗了腳板又睡覺。

我們看完電影，這時早已天亮，師生們不待吃早飯，按照文教局的安排，又把電影片子送給義和完小。隊伍舉著紅旗花圈，喊著革命口號，送了片子回來，經過小堡場上時，許多街民看我們。一個造反派因私不滿朱春林，現在見他用花圈迎送毛主席接見紅衛兵的紀錄片，這好了得，馬上到處講說。毛主席說：「與天鬥其樂無窮，與地鬥其樂無窮，與人鬥其樂無窮。」因此另一個造反派說：「走，我們去鬥朱春林！」他的號召馬上得到其他造反派的響應，七、八個造反派連忙朝完小跑去。看人挨鬥挨打是樂事，這給平淡無聊的生活添加多少色彩啊，在場十幾個不是造反派的閒人，全部跟著造反派們跑去了。這時，朱春林拿著花圈剛出門，要去場上供銷社，囑託同鄉朱子友，幫他帶給他姊姊，造反派們迎面碰到他，連忙把他抓到操場去批鬥。

人們聽說批鬥朱春林，都從四面八方跑來湊熱鬧，操場快要擠滿了。密密的人群把朱春林圍在中間，造反派們有的在他背後抓住他的雙手，有的在他前面按低他的腦袋，你一句我一句喝問他，為啥不滿毛主席。朱春林說：「我家是貧農，我解放以後才參加工作，我感謝毛主席……」人們又你一句我一句喝問他，為啥要用花圈迎送毛主席接見紅衛兵的紀錄片。朱春林說：「我錯了。我以為喜事用花圈。我姊姊結婚，我本來打算把花圈送給姊姊……」群眾有的在怒吼：「不聽他狡辯，打！打！打！」有的在嬉笑：「不跟他說那麼多，打！打！」人群東推西搡，擁擠起來，許多人爭著上前打，不是仇恨，只為取樂。朱春林被推倒在地，人們有的踢腦袋，有的踏腿桿，有的在他胸口上猛力跳躍……

朱春林眼珠裂爆，七竅流血，躺在地上，一動不動，人們見狀，開始散去。一個造反派說：「叫他家裡來收屍！」另一個造反派說：「那麼遠，哪個去？」第三個造反派說：「叫他親戚來收屍。」於是有人跑去小堡場南頭，通知朱春林的親戚，親戚怕牽連，不願收屍說：「我們早就斷絕關係了！」幾個造反派抬起屍體扔進場上公用廁所的大糞坑。

第二天，兩個農民做好事，把朱春林打撈起來，提來幾桶清水簡單沖洗後，找來一張爛篾席裹了，用索杠抬去大墳山掩埋。兩個農民正在挖坑，十幾個漢子拿著鋤頭扁擔趕來說：「這是我們的祖墳，不准埋反革命！趕快抬遠點！」兩個農民只好把朱春林抬到荒山，在人跡罕至的坡上壘起一個小土堆。

此後每年清明，一個小腳的白髮老嫗肩上掛著玫瑰紅補丁布袋，手裡杵著柏木杵路杖，來這孤零零的墳前，從布袋拿出香蠟點燃，又拿出果品擺好，喃喃自語老半天，才慢慢離去。

第二十五章 只為說了一句話

我的遠親張貴發，紅色頭皮上幾根黃毛，活像紅土高坡上稀疏的荒草。他不是正宗的禿子——正宗禿子頭上沒有一根毛，滿頭瘡疤好像戴著一頂厚厚的白氈帽——但是他因為孤兒長大，人又老實本分，只會莊稼地裡幹活兒，人們還是叫他貴發禿子，禿子都受歧視，他委實有點吃虧吧？

一九六八年，小堡公社兩派武鬥，保派勝利後，到處抓砸派，砸派們逃往外地躲藏。小堡公社武裝部長、保派頭頭梁文寬調集全公社勞力在各處山頭挖戰壕，修碉堡，武鬥隊員架起機槍步槍日夜守衛，防止砸派反攻回來，並且場口站崗哨，稍有砸派觀點的人去趕場，馬上抓到公社打死。

這天中午，貴發耕田收工，腿上泥巴都沒洗，回家揭開鍋蓋，見有早上半碗稀飯，他燒熱吃了，用布袋裝上自己撿的一百多個蟬蛻，要拿到小堡供銷社賣了買鹽巴。他一想到場口持槍的崗哨就害怕，但是他家已經吃了好幾天淡飯，他想：「管他呢，我啥派都不是，他們不會抓我。」就戴上他那頂油膩膩的藍布帽——雖然時令是五月，天氣點兒也不冷——打著赤腳上路了，捲到大腿根的褲筒下面，腿上稀泥已變乾。

走到半路，碰到幾個認識的農民也去趕場。路旁有張傳單，有個農民撿起，大家傳看，是巴西縣砸派司令部印發的，內容是報告一個特大的好消息：經北京最權威、最著名的醫院檢查，我們偉大的領袖、偉大的導師、偉大的統帥、偉大的舵手，全世界人民心中最紅最紅的紅太陽毛主席要活一百五十歲！

有個農民撕了傳單說：「混帳！毛主席要活一萬歲，哪裡才活一百五十歲！」第二個農民說：「你錯啦！毛主席要活萬歲，萬歲，萬萬歲，加起來就是一億零兩萬歲！」第三個農民說：「你們都錯啦！毛主席萬壽無疆，像神仙一樣長生不老……」貴發弱弱說一句：「沒有哪個人能夠長生不老。」第一個農民說：「混帳！你為砸派辯護！」第二個農民說：「他完全是砸派觀點！」第三個農民說：「狗日禿子是砸派！」說完大步朝前走了。

場口幾個武鬥隊員背著步槍耀武揚威，查問喝令路人，凡是砸派家屬，一律不准趕場；場上只有單位人員、住街農戶和一些在生產隊幹完農活上街來辦事的保派農民，冷冷清清，稀稀拉拉，點兒也不像逢場的樣子。第三個農民來到場上，暫且不忙辦私事，連忙跑去公社說：「貴發禿子是砸派！這會兒趕場來了……」觀點不同，就是敵人，公社保派頭頭連忙叫幾個武鬥隊員去把禿子抓來打死！

張貴發提著蟬蛻口袋來到供銷社收購站門外，幾個武鬥隊員突然攏來，把他抓到公社樓上，關在一間空屋裡，用板凳腿打腿桿，打背脊，打腦袋，鮮血浸透他腿上的乾泥巴，浸透他身上的爛衣裳，浸透他頭上油膩膩的藍帽子，然後淌到木樓板上，從縫隙滴到樓下會議室的桌子上。

張貴發遭打死的消息，傍晚才傳到張家灣，他的老婆和十八歲的兒子一路哭著，去往公社背屍體。

第二十六章　捉姦

開首語：滿篇汙穢言，一把同情淚，都云作者黃，誰解其中味？

李么兒儘管老公對她很好，她還是要離婚。她把「武大郎」拖了三十幾里，拖到榆樹區法庭，可是庭長對她說：「你們不能離婚！你的老公對你這麼好，婚姻又不是三歲娃兒砌鍋鍋窯——做了耍的，想結就結，想離就離！」

何家大山密林裡，何光明跟李么兒做完事，坐在地上抱著肩膀聊天，久久不分開。遠處，兩派紅衛兵在雞公嶺上搞武鬥，機槍大炮「剁剁剁……剁剁剁……剁剁剁剁剁剁剁……轟！」聲音從幾十里外不斷傳來，這與他們無關係。光明問：「你這麼高大漂亮，究竟喜歡『武大郎』不啊？」李么兒說：「看到就發嘔！狗大個人兒，我把他提起扔多遠！」光明笑著不全信：「那麼你們來過沒呀？」李么兒說：「從結婚到現在，總共來了兩次。每次他來纏，老子踢多遠！」光明又問：「他給你來得夠不啊？」李么兒說：「指拇大個筋筋，擋都不擋……」光明又熱血沸騰：「我倆結婚吧！」李么兒心情沉重起來：「婚都沒離，結啥婚？結腦殼昏！」光明方才記起李么兒和「武大郎」沒有離婚，說：「我們想辦法！」李么兒說：「法庭不判離婚，你有啥辦法？」

一個十幾歲的孩子在樹林撿柴，從樹隙看得驚了，輕輕退開，跑下山去，高聲笑著告訴十幾個幹活的漢子。大家非常興趣，都說捉姦，連忙丟下活兒跑上山。何大牛跑在最前面，李么兒無論身段還是五官都是他見過的最漂亮的女人，他真想看全裸：「騷婆娘不要臉，把褲子衣裳給她脫啦！」眾人非常贊同：「要得，把褲子衣裳給她脫啦！」眾人跑攏抓住二人，何大牛無比憤慨，兩把撕光李么兒的衣褲，又兩把撕光何光明的衣褲，大家拖的拖，抬的抬，把二人弄下山來。

山下何家大院建於晚清，住著何氏先祖二三十戶子孫，連同大院之外的散戶，各家正房、廚房、豬圈的外牆上，到處寫著革命標語：「史無前例的無產階級文化大革命萬歲！」「農業學大寨！工業學大慶！」「破四舊，立新風！」「打倒一切牛鬼蛇神！」等等。大院前面有古榕，枝繁葉茂，假根林立，生產隊常在樹下開會，路人常在樹下躲雨，夏天中午，編篾的、打索的、吃飯的、下棋的、剝玉米的、講故事的，都來樹下乘涼。

十幾個男人把姦夫淫婦一絲不掛捆在古榕假根上，然後圍著觀看叫罵，有的說：「兩個狗男女經常勾勾搭搭，今天就遭抓住了呢！」有的說：「傷風敗俗，侮辱祖先！」一男一女在密林深處抱著肩，就算沒有幹什麼，也是有嘴說不清，因此二人很羞恥，沒有掙扎沒有罵，都死著臉皮，低頭受辱，任隨命運怎折磨。

男女老少全跑來，都看這對狗男女，有的端著飯碗邊吃邊看，有的抱著孩子邊罵邊看，有的指指戳戳，說說笑笑看，有的掀開別人，擠到裡面看。成義老漢個子矮，他在外圍看不見，跑來跑去找地方，踮腳引頸扳人肩。他前面那個青年回過頭來，見他凹陷的嘴巴銜著煙管，長長的下巴流著口水，說：「老漢，牙齒都落完了，啥子這麼想看嘛。來來來，我讓你！」就讓他擠到自己前面去。

何大牛站在最裡面，眼睛盯著李么兒：「狗日婆娘難怪騷，你看她那一大包！」這時一個十二、三歲的男孩拿出彈弓，安上石子，瞄準李么兒的大包猛彈去，李么兒扭動屁股，咬緊牙關，終於沒有叫出聲。有個女人低聲說：「媽呀，好多毛啊！」有個男人高聲說：「拿火來，把毛給她燒啦！」這時人圈外面有個瘦小猥瑣的男人從縫隙往裡偷看，旁邊漢子高聲笑：「『武大郎』，你的婆娘在給你戴綠帽子，進去看！」說著把他往裡拉。「武大郎」死也不肯進裡面，跪在地上不停磕頭：「先人老子些呀，我給你們磕頭啊，你們放了她呀！你們放了她呀！……」

有個中年婦女擠出人圈，要回家去，說：「算啦，還是留點臉，讓人家把褲子、衣裳穿起！」何大牛說：「不行！扯把蕁麻打騷屄！」說著擠出人圈，去扯蕁麻。有個男人說：「對，騷貨就該整！」有個青年說：「今天逢榆樹場，弄去遊街！」有個十幾歲的孩子笑著說：「不穿褲子、衣裳遊街，那才好看呢。」正說著，何大牛扯來蕁麻，擠進人圈，專打二人最羞處，打得喊天叫地，鬼哭狼嚎，打得如像火燒，頓時紅腫。

何大牛滿腦子裝著李么兒誘人的大包、高挺的兩峰以及那肥大而渾圓的屁股，走路浮現在眼前，幹活浮現在眼前，吃飯浮現在眼前，解便浮現在眼前，睡覺更加浮現在眼前。他的老婆像狒狒，一點兒也不吸引他，他想離了另外娶，但是離婚不容易。這天晚上，他在臥室拿著下體打床邊，打椅子，打桌子，打得床邊「啪啪」響，打得椅子「吱吱」叫，打得桌子裂縫隙。這時狒狒進來了，何大牛飢不擇食，一把拉下她的褲子說：「把溝子翹起！」狒狒嚇得戰戰兢兢，撐在床邊，光著屁股，咬緊牙關下話說：「先人啊，給我留條命呀！先人啊，給我留條命呀！……」

何大牛憤恨老婆，於是想到母牛。他丟下老婆，走出屋來，這時夜闌人靜，月光很好，他從牆邊拿起大索，來到生產隊的牛房。他把一頭年輕母牛捆在牛房柱子上，然後站在石上姦母牛，母牛不堪折磨，猛地掙扎，牛房「吱呀」一聲就垮了。

第二十七章 趕場

頓頓都是清水煮牛耳菜。我們全家圍著方桌艱難吃飯，都默不作聲，愁眉苦臉，只有牆上慈祥的毛主席畫像看著我們微笑。

我哥剩下半碗墨綠的光湯，流著眼淚還用筷子不停打撈，他滿腔怒火想發洩，像個一觸即發的炸藥桶。他不是我媽親生，去年冬天和我嫂結婚不久就想分家，可是我爹我媽不同意，要他們共同節約糧食修房子，小兩口天天砸瓢砸桶，罵雞罵豬，我爹我媽忍了許多氣。現在他想：「修房我們是兩口子挨餓，兩口子下力，草民只是一個人，房子修成，兄弟平分，我們兩口子吃虧好大啊！後媽做飯，莽起節約，讓她的兒子占便宜……」他越想越不通，突然砸下筷子說：「不吃他媽這牢飯！」筷子一根跳到地上，一根跳到我爹碗前。

我爹真想拿出家長威風，但是又怕家庭分裂，少了我哥我嫂這支重要力量，修房更加困難，他和我媽完不成終生大業。他只好責罵我媽，讓我哥消氣，拍下筷子說：「你一輩子啥本事都沒有，只有死扣死嗇！過去打仗，兵馬未動，糧草先行，你做這飯，人家吃了啷個幹活!?」我媽生氣說：「家裡樣樣都沒有，我拿啥做飯？把我這把乾骨頭拿去啃嘛！」我爹桌上一巴掌：「高粱麵還有嘛！」他知道高粱麵不多，我媽留著防斷炊，「管它多少，吃完再打主意嘛！」我媽不敢強嘴，只是流淚，我哥怒氣消了些，撿來筷子又在碗裡不停打撈。

桌上又歸沉寂。我哥邊撈邊想：「我們兩口子天天像奴隸一樣在生產隊幹活，每天為家裡掙十八個工分，草民每天只掙了八個工分……」他真想也掙八分，或者幹幾天耍一天，和我掙的工分一樣多，但是他是成年男子，隊裡天天安排他幹重活，他把隊長沒辦法，只好在心裡歎氣：「哎，『出頭檩子先遭難』，老大就這麼吃虧啊！」我爹一面吸旱煙，一面想著鹽巴完了，煤油完了，家裡一分錢也沒有，得馬上想辦法。他想來想去，只能變賣口糧，對我媽說：「明天小堡逢場，你拿兩斤高粱麵炕成十個饃饃，」他要繼續安撫我哥，「讓樹民拿上街去賣。」他要把話說在我哥心坎上，讓他怨氣消一點，「用牛曉得牛辛苦，用人曉得人辛苦，樹民天天在生產隊沒有鬆一下，讓他趕場鬆半天。」我哥見自己明天要趕場耍，少掙工分少吃虧，怒氣頓時煙消雲散，心裡一片藍天，又說又笑，話比誰多。我爹怕他瞞錢，說：「每個賣五角，賣了稱鹽打油，回來算帳！」

晚上，我爹去找耀武，幫我哥請了假，第二天吃過早飯，我哥背著饃饃去趕場。他走到無人處，放下背筐，拿出饃饃，摳下一些米粒大的邊角吃了，還想再摳，可是不敢，他怕買家看見缺痕不買，拿回家去老爹要大罵。他決心今天使出全部智力，每個饃饃多賣一兩分，多賣的錢當然歸他所有。他瞞著家裡已經存了好幾元私房錢，他要存夠五十元，將來分家之後才使用。他要像小堡街上那些傲氣十足頗受農民尊敬的單位人員那樣，洗衣用肥皂，洗臉用香皂，他還要買牙膏、牙刷，買小鏡子、小梳子、指甲刀和挖耳勺，經常乾乾淨淨，漂漂亮亮，把分家後的小日子過得時髦舒適。

我哥來到場口上，只見豬市很熱鬧，買賣雙方爭價錢，還有豬兒在尖叫。街心滿是人頭動，有時擠落爛草帽，你來我往難行走，推推搡搡相爭吵。兩邊簷下擺地攤，全是農民自產銷：筲箕、撮箕和背系，瓜秧、豆秧與茄苗……。我哥擠到石梯旁，饃饃擺在篩子上，正跟買家爭價錢，突然聽得槍聲響，房簷那株苦楝樹，碎枝破葉落頭上。我哥連忙四處瞅，只見有人被抓走，被抓漢子挨槍托，嚇得渾身在打抖。武裝部長拿話筒，對著人群高聲吼：「不走全部抓起來，快走快走快點走！」工商人員也發威，見啥東西都沒收，奪了這樣奪那樣，還把背筐要拿走。讀者您知為什麼？且聽作者講根由：資本主義最萬惡，自由貿易是源頭，巴西全縣禁集市，佈告貼出已很久，農民照舊來趕場，所以公社要趕走。我哥不敢再熬價，五角一個忙出手，抓過錢來就奔跑，很快來到場外頭。他的胸口咚咚跳，深怕鈔票被沒收，回頭不見人追來，這才開始慢慢走。我哥邊走邊感歎，拿出鈔票反覆看：「錢啊錢啊好可愛，你和我的命相連！這錢歸我多好啊，可惜要由老爹管……」我哥突然來靈感，一拍腦袋喜開顏：「何不撒謊哄家裡，饃饃被人沒收完？這樣五元全歸我，我又多了私房錢！」他的精神頓抖擻，揣起鈔票大步走，邊走邊唱《紅燈記》，嗓子讓人很難受：「臨行喝媽一碗酒，渾身是膽雄赳赳……」

第二十八章　盜麥

我家養了三隻鴨，從來不餵一顆糧，鴨們每天在房前屋後找蟲子，在鄰居菜地吃菜葉，一面「嘎嘎，嘎嘎，嘎嘎」不停叫餓，好幾天才下一個小蛋。

我哥和別的男女一樣，從來沒有內褲穿，他的桑枝皮做成的褲帶疙瘩連疙瘩，他經常提心吊膽，深怕褲帶突然斷了，褲子當眾掉到膝蓋下。他夢見自己在光天化日之下，睽睽眾目之前，全身赤裸，非常害羞，連忙跑進山洞躲藏，憂心忡忡不出來。他今天中午收工回家，看見鴨柵欄裡有個蛋，趁著我爹沒注意，連忙撿了鎖進他的小箱子。他已經偷了家裡二十幾個鴨蛋，他要湊夠三十個，偷偷賣了縫內褲，買褲帶。

我爹坐在桌旁燒旱煙，邊燒邊想煤油、鹽巴錢：家裡已經吃了好幾天淡飯，向鄰居借了好幾燈盞煤油沒有還，昨天晚上不好意思再借，打著火把做夜飯，全家摸黑吃夜飯。供銷社低價收購雞蛋、鴨蛋供應縣級以上官員，他打算在供銷社賣了鴨蛋，買回煤油、鹽巴。早上他見鴨柵欄裡有個蛋，因為忙活沒有撿，現在燒完旱煙去撿蛋，卻見鴨蛋不見了，欄裡只有鴨毛和鴨屎。他懷疑我哥偷了蛋，威逼我哥交出小箱鑰匙來，我哥磨蹭一陣，交了鑰匙，我爹打開小箱一看，裡面是半箱鴨蛋和我哥的幾樣私有物。我爹把他打跪下，教育了整整一個中午，沒收全部鴨蛋，叫我下午提去供銷社賣了買回煤油、鹽巴。

傍晚，我提著煤油、鹽巴從場上回來，月亮還沒升上蘇家山頂，蘇家壩沉在一片暗色裡，而遠處的山體呀、村樹呀、竹林呀、白壁呀，都染上一層淡淡的月色。這時我爹摸黑挑糞澆灌自家菜地，我哥躺在曬壩的簸箕裡數著天空的星星，我媽和我嫂在灶房做晚飯，我放下煤油、鹽巴，在燈裡加上煤油，就進小屋燃燈看書。我哥正在享受短暫悠閒，見我又用油燈，愉快心情一下沒有了：「他一晚上比我多用五錢煤油，十晚上比我多用五兩煤油，百晚上比我多用五斤煤油……」

月亮又大又圓，在蘇家山頂升起一大半，幾株瘦草掩在上面，把它分成七零八碎，輪廓是那樣地分明。鄰居男子端著麵條邊吃邊來曬壩月光裡，我哥停了算帳，連忙坐起來向嘴：「你龜兒才命好，吃你媽這麼大一碗麵條子，我們哪天才像你這樣啊！」鄰居半年難得享受一碗麵條，見他羨慕，故意挑得高過額頭，然後放到嘴邊很響地喝進去，笑著說：「是呢，我們兩口子分了家，每天晚上都要這樣吃一大碗。」我哥更加想分家，說：「該你龜兒吃啊！我們上頓牛耳菜，下頓牛耳菜！……」鄰居幸災樂禍，笑著用電影《農奴》挑撥他：「有你奴隸娃子幹的，沒你奴隸娃子吃的！」我哥繼續倒塊壘：「你看啊，草民每天掙八分，還要夜夜用油燈，家裡啷個不窮啊？」鄰居笑著說：「誰叫你媽死得早？沒娘兒子該吃虧呢！」我哥非常痛心：「不吃虧有啥法呢？老天把命給你定了的！」鄰居看看四周見無人，低聲說：「你們家裡沒糧食？」我哥恍然大悟，低聲問：「買麥子不!?」鄰居低聲說：「背來哇！」

吃過晚飯，我繼續燃燈看書，我哥在隔壁滅燈睡覺，見牆壁縫隙亮著光，知我又要通夜用燈，心裡「四海翻騰雲水怒，五洲震盪風雷激」，他起床把燈點燃，我用油燈多久，他就要用多久，這樣他才不吃虧。他一手掌燈一手掃地，把臥室光光的泥土地板掃了一遍又一遍，就在床邊靜坐。我嫂溫情說：「來睡吧。」我哥吼道：「睡屎你的嘛！」我哥坐一陣無聊，就讀縣委宣傳部翻印的《鬥私批修》小冊子，可是讀了半天什麼也讀不懂。他丟下《鬥私批修》，掌著油燈欣賞牆上的圖畫。這些圖畫有的是他從別人畫冊上偷偷撕下來的樣板戲劇照，有的是他在供銷社幾分錢一張買來的毛主席畫像，有的是他從場上垃圾堆裡撿來的娃娃騎鯉魚或者壽星拿蟠桃的年畫，大大小小，花花綠綠，一張挨一張貼著。他想：「牆角那兒沒貼滿，哪天再找一張來。」看完圖畫，他把油燈放在床頭條桌上，又在床邊靜坐。我媽幹完家務去睡覺，見他亮著油燈，非常痛惜說：「樹民呀，你不做啥麼，把燈滅了嘛，洋油貴啊！」我哥桌上一拳：「老子高興用燈呢⁉沒娘兒子該吃虧⁉」

第二天晚上，生產隊在曬壩分麥子，各家來人帶著背筐，圍著麥堆，等候幹部們在一盞昏黃的煤油燈下唸帳稱秤。我哥分了麥子偷偷背到鄰居家，放下背筐慌忙說：「多少錢一斤？」鄰居男子分回小麥正跟老婆吃飯，見他慌張，兩口子不說話。我哥說：「比市價低一角，一斤二元五！」鄰居兩口子不說話。我哥說：「再給你龜兒少一角，二元四，要不要？」鄰居兩口子不說話。我哥說：「再給你龜兒少一角，二元三，要不要？」鄰居兩口子不說話。我哥說：「再給你龜兒少一角，二元二，要不要？」鄰居老婆說：「你背走，我們不要！」我哥急了：「一元！一元都不要？你龜兒心腸好歹毒！」鄰居男子慢慢說：「本來不想要的，你又背來了。算啦，做個好事，給你買囉！」才不慌不忙拿秤，不慌不忙稱麥子，最後說：「錢這會兒沒有，二天給！」

我哥背著空背筐回到家裡，我媽問：「樹民，你分的麥子呢？」我哥說：「裝在缸裡了。」我媽去看缸裡，一顆也沒有，忙去告訴我爹。我爹叫來我哥審問，我哥說：「生產隊沒有給我們分麥子……」我爹連忙去問會計，會計拿出帳本，說我哥分走麥子，曬壩裡許多人可以作證。我爹雷霆震怒，回家把我哥打跪倒，我哥如實招供。我爹怒氣沖天，跑到鄰居家裡問罪，鄰居連忙拿出麥子如數歸還，說：「我本來不買的，他背來再三死纏！」

我爹背著麥子氣憤回家，見我哥跪了一陣自己起來，喝道：「哪個叫你起來的!?跪到天亮！」

我哥戰戰兢兢，只得又跪。

第二十九章　知青

天色微明，鳥語才喧，蘇家壩幾十戶散落的人家，只有我家房頂升炊煙，我媽已在做早飯。

生產隊長蘇耀武拿著鐵皮話筒站在山嘴高聲喊：「蘇家壩的！全部起床把耳朵扯開給我聽到，不要兩口子還在床上日得嘰咕嘰咕的！我把昨天公社的擴幹大會傳達一下：吳書記說，現在南斯在拉夫，美洲在拉丁，拉不贏就打他媽一鐵坨[1]……。吳書記還說，農民莫戽魚[2]，……但是我們生產隊有些棒槌子娃兒天天戽魚！今後看到哪個再戽魚，管他媽是金屄生的、銀屄生的，再貴老子都要打！」他要在高山頂上壘糞堆，只栽一株紅苕王，每個長到百多斤，獻給救星毛主席，因此傳達了吳書記講話後，接著安排農活說：「今天全隊『農業學大寨』，背土糞倒在蘇家山的石頂上……」

我媽燒燃大小兩口鍋，大鍋煮全家五口人的清水加老牛耳菜，小鍋開特灶，給楊嘯虎煮大米稀飯。她去拿米，拿滿勺子又倒些出來，她多想克扣楊嘯虎幾顆大米啊，但是又想：「人家是大官子

---

1 作者注：鐵坨，跟南斯拉夫總統鐵托諧音。二十世紀六十、七十年代，中國大小報刊、廣播電臺和各級會議天天口誅筆伐美帝、蘇修和南斯拉夫鐵托集團，號召人民團結亞洲、非洲和拉丁美洲的人民，共同打倒帝、修、反。

2 作者注：改革前，各級農村經濟工作會議經常強調農、林、牧、副、漁一齊發展，蘇耀武沒文化，在公社參加開會時，把「農林牧副漁」聽成「農民莫戽魚」。

弟，我家再困難都不能這樣！」於是又將勺子拿滿。

嘯虎他爸是高幹，文革初期被打倒，嘯虎跟著也倒楣，如今下鄉當知青。嘯虎剛到小堡公社，蘇家壩的人們就聽說有個大官的兒子要來我們生產隊落戶，大家連縣城也沒去過，現在要看城市人，而且是大官的兒子，大人、孩子好興奮，連忙奔相走告，到處談說，連八十五歲的三爺也一改老成，手杵拐杖去找耀武證實消息，雖然大家都聽說那大官已倒楣。

耀武派人把生產隊一間保管室打掃乾淨，安了床鋪、桌凳和鍋灶，第二天就去公社接知青，蘇家壩全隊男女老少都老早跑到埡口大路上盼望。盼了很久，才遠遠望見耀武提著大包小包帶著嘯虎從公社回來。人們連忙鼓大眼睛，又指又誇，都說單憑那走路和長相就跟我們凡人不同，都說龍生龍，鳳生鳳，大官的兒子種不同，我們的兒子只能務農。二人來到埡上，大家連忙讓路，擠得滾岩跌坎，然後跟去保管室。一條瘦狗歡天喜地，跑前跑後，不停聞著嘯虎腿腳搖尾巴。嘯虎有些怕狗，忙把掛包裡的饅頭、蛋糕和餅乾全部倒在地上。人們一齊瘋搶，有個孩子硬從狗嘴奪來一塊饅頭，忙去給媽報喜訊，媽媽誇他有出息。嘯虎他爸被打倒，特供不再送他家，去年冬天，嘯虎去領取西山農場運來的鹿肉，後勤人員說：「黑幫沒資格！」他家吃著普通供應食物，他來插隊，在車上吃厭饅頭、蛋糕和餅乾，滿以為到了鄉下，各種美食吃不完，不料農民爭搶他餵狗的東西，他非常不懂，非常驚訝。

嘯虎跟著耀武進到保管室，看看頭上壓彎椽子快要掉下來的房瓦，看看腳下凹凸不平、掃帚掃過留劃痕的鬆土地板，看看四壁裂有指寬縫隙的封火牆，看看掛著一張簸箕、窗棍像牛肋的小木窗，看看窗下那張幾十年飯垢填滿溝渠縫隙的方飯桌，看看屋角那座抹平稀泥做鍋臺的新灶頭，看看床上那張可以漏下芝麻、綠豆的粗篾席，他從來沒有見過這麼簡陋的房子，一下感到掉進地獄裡，真不相信他會居住在這兒！他在北京，不知鄉下，歡天喜地來農村，方才看到這現實！他的姨父姨母沒有倒，還在北京掌大權，他拿過耀武手裡的行李，馬上就要回北京。但是他和幾個知青從縣城來小堡，一百多里凹凸不平的泥土公路不見一輛車，運送他們的專車已經走了，他帶著大包小包怎麼走到縣城去趕車？他無法任性，猶豫一陣，將行李放到床上，拿出東西來安放。門口越來越擠，人們沒有見過牙膏、牙刷等等稀奇玩意兒，男女老少有的指指戳戳，低聲說笑，有的推推搡搡，高聲吵罵，最後乾脆擠進屋去看，有的帶著滿身蝨子、跳蚤和臭氣坐到嘯虎床邊上，跟他親熱套近乎。嘯虎心裡惶恐驚訝：「這些人好怪啊，怎麼鑽進屋裡來？甚至坐到床上！」

他在北京，家裡幾個廚師永遠在廚房、餐廳和他們的臥室活動，祕書、司機和警衛們永遠在前院，沒有通知和許可，任何人不得進到中院、後院和花園，只有護士、保姆和園藝師們每天在規定的時間才能進入中院那道大門，在客廳、書房、臥室、花圃、菜地、水塘和亭榭工作；哪像這些鄉下人，把人家的臥室當成自己的房子，可以隨便進出。誠然，他知道這間房子不是他的私產，但是他想中央在北戴河的避暑區同樣不是誰的私產，老百姓從來不能進入呢。他父母和別的高幹沒被打倒時，每年夏天帶著各家廚師、保姆等等一幹人員，大車、小車去往北戴河避暑。北戴河遼闊海灘的山腳下，散落著許多佳木掩映的漂亮別墅，每家高幹各一座，每座旁邊配有司機、廚師、保姆等等人員的平房。避暑區分為國家級、省部級和廳局級三個區域——廳局級區域沒有別墅，只有公寓、食堂、商店、茶樓、花園、水池、亭榭等等，住著一些中層官員和少數名人——同級人家為鄰居，下級進入上級區，沒有批准不能進。他和別的高幹孩子們天天在海灘跑玩，遠處山上當地農民在種地，兩邊遙相觀望，老死不通往來；哪像現在，一大幫子陌生人隨便湧到他的居室，他很不習慣，很不適應。

嘯虎正想著，身上突然奇癢，他真想脫了衣褲猛搔，但是屋裡這多人！他心情狂躁，差點怒喝：「出去！你們出去！」他來農村什麼都要從頭學，什麼都要依靠人，他必須跟農民搞好關係，只好把怒氣忍在心裡。耀武見他不高興，喝罵滿屋子民道：「龜兒些看啥看⁉全部給老子滾出去！」人們全部滾出去，有的回家，有的藏在牆外偷看。嘯虎迫不及待關起門，脫了衣褲猛搔癢，滿身都是紅疙瘩。跳蚤在他衣褲和鋪裡東跳西鑽，他從來沒有見過這種小蟲子，捉又捉不到，趕又趕不走，竟然流出眼淚來。

耀武回到家裡，叫老婆傾家所有做了一頓好飯，請去嘯虎吃了；下午稱來生產隊幾斤種子，又在各家拿來蔬菜、水桶、菜刀、鹽巴、柴草、火鉗、火柴等等，叫他晚上開鍋做飯。可是嘯虎怎麼也燒不燃柴火，他流著眼淚餓了幾頓，這家那戶端來稀粥、拿來饃饃，這樣有一頓沒一頓過了幾天。耀武去公社要來救濟糧，安排隊裡每戶人家輪流給他做飯。

社員們起床出工，背著土糞爬高山，嘯虎也在背糞，大家爭著跟他說話。農村土地歸集體，每戶農民只有小塊菜地，社員們在生產隊幹活出工不出力，收工回去卻把自家菜苗種得非常好。生產隊交了公糧，留足種子，剩下糧食分到戶，蘇家壩每人每年十幾斤，家家都靠菜乾鍋。全清天天吃厭蔬菜，認為蔬菜是劣食，他拿不準中央首長要不要吃蔬菜，問道：「嘯虎，你們中央首長吃的啥子飯？要吃蔬菜不啊？」耀武非常鄙視：「全清瘋子問話不長腦筋！蔬菜是下等人吃的，人家中央首長天天山珍海味都吃不完，要吃蔬菜！」嘯虎笑著說：「還是要吃點蔬菜呢。」全清常受耀武欺壓，現在聽得嘯虎說話，對耀武更加不滿：「你說中央首長不吃蔬菜，怎麼還是要吃？老子一說話你就打頭子！」耀武仍然瞧不起，沒有理他，而問嘯虎：「那麼你們吃的那些蔬菜跟我們吃的同不呢？」嘯虎說：「有點不同，是特供的，不施化肥，不打農藥，有蟲用手捉。」一個小夥子興奮說：「嘿，我去給你們種菜！」另一個小夥子鄙視說：「要你！人家那些種菜的，肯定都端國家飯碗，水準比你高萬倍！你說是不是，嘯虎？」嘯虎笑著說：「農場有蘇聯的農業專家指導，工作人員都是部隊的轉業幹部，政治很可靠。」

社員們在山頂倒了土糞，空著背筐下山來，更有閒情問嘯虎。一個男人問：「嘯虎，你們家裡那些工作人員的工資由國家給呢，還是你們家裡給？」嘯虎說：「都是國家給。」另一個男人問：「你們家裡有多少工作人員？」嘯虎說：「不算祕書和警衛，一共十幾個。」全清羨慕說：「你們大官才安逸！」高得寶說：「當然嘛！人家為我們老百姓打江山，殺死那麼多敵人，當然該享受嘛。依我說，工作人員還少了！」接著大家又問北京的房屋、街道等等，一個青年問：「嘯虎，北京是哪個朝代開始建都的？」嘯虎說：「北京從唐朝就開始建都了。」我發現嘯虎說錯了，連忙說：「唐朝都城在長安！北京最早是春秋戰國時期燕國都城的所在地，到元朝才開始成為全國都城……」我不是高幹子弟，不是城市知青，蘇家壩的人們看著我長大，我有幾斤幾兩，他們全清楚，因此不等我說完，一齊反對。一個小夥子說：「嘯虎說得對，唐朝都城在北京！」另一個小夥子說：「你算個屌，哪有嘯虎懂得多！」嘯虎很臉紅，對我頓時反感：「你說燕國都城在北京，依據是什麼⁉」我說：「依據是黃金臺！燕昭王廣招賢士，修築幾十畝大小的黃金臺禮拜郭隗，河北定興縣至今有遺跡……」大家見我把貴人說得啞口無言，認為太不像話，都很憤怒。一個男人說：「你連北京都沒去過，你懂！」另一個男人說：「人家嘯虎從小在北京長大，還不如你啦！」高得寶非常鄙視：「把你整個人賣了，都買不到芝麻大一點金子，『修築幾十畝大小的黃金臺』！」我連忙說：「黃金臺其實是修建房屋的夯土臺，鮑照寫詩『豈伊白璧賜，將起黃金臺』，以後人們就把這夯土臺叫黃金臺……」耀武說：「不要又把你那雞娃子書擺出來，我們聽嘯虎說，你閉嘴！」

每人背了一筐就收工吃早飯。耀武問：「龜子，你的豬圈滿沒有？」龜子說：「滿了。」耀武高聲安排說：「吃了早飯背龜子圈裡的糞，龜兒些不早點出工，又挨殺場，挨到太陽當頂才出來！今天把糞背完，明天要栽秧，分了栽。嘯虎，你吃了早飯去分田，每人大小一樣多。」嘯虎在北京停課鬧革命，又經歷家庭動盪，幾年不摸書本，早把小學的面積知識忘完了，現在只好慚愧說：「蘇隊長，我不會算面積……」我渴望人們承認我，越是不被承認，我就越是想出風頭，連忙說：「我會算！」耀武鄙視說：「把你說得多能幹！連嘯虎都不會算，你會算！」接著又對嘯虎說：「那麼我又給你安排個輕巧活，上午拿紙筆記筐數，免得龜兒些背一陣溜回家去屙假屎假尿。」嘯虎高興說：「謝謝蘇隊長！」

第三十章　送禮

上午第一節課的預備鈴聲剛響，值週老師吹口哨，通知全校師生帶上勞動工具，到城外殺人埡戰天鬥地背土巴。全校頓時沸騰，師生們有的背背篼，有的扛鋤頭，有的舉紅旗，有的提收音機，有的拿高音喇叭，有的抬著安放收音機的桌子，一路去往殺人埡。

殺人埡滿是師生挖土背土。王跟黨是班裡的宣傳委員，今天特別受重用，負責管理廣播和紅旗。兩個老師和他安好高音喇叭，站在桌前教他使用收音機，然後就去勞動了。王跟黨把頻道調到中央人民廣播電臺，就去山頭插紅旗。他剛插好紅旗，只聽有人高聲喊：「不得了啦！不得了啦！高音喇叭在播蘇修臺啦！……」人們忙叫：「快點關啦！快點關啦！……」王跟黨嚇得腿也軟了，他滾岩跌坎跑下山來，別人早也搶在前面關了收音機。

班主任李老師在背土，也嚇得腿軟。他是地主成分，他在政治問題上尤其應該小心謹慎，尤其應該表現積極。收音機由中央人民廣播電臺滑到蘇修電臺，王跟黨有直接責任，他這班主任有間接責任，他必須比別人更加革命更加左，才能證明他的立場是堅定站在黨的一邊，而不是站在地主階級一邊，才能得到黨和人民群眾的信任，他的間接責任過失，也才能得到黨的寬大處理。

他連忙倒了背上的土巴，快步來到馬校長跟前：「馬校長，我班王跟黨是蘇修特務！他膽敢在光天化日之下公然收聽敵臺，這影響多麼巨大和惡劣！……」馬校長知道是滑臺，但是政治問題比天大，誰也不敢包庇袒護，他不能因為幫學生說話而自己倒楣，現在凡事寧左勿右，越左越好，越左自己越安全，於是說：「馬上報告公安局！」

王跟黨聽說公安局要來調查，他大禍臨頭，心情沉重，人前自覺矮三分。他不知道如何改過，如何自救，想來想去，只有積極表現，為黨做事，爭取黨的寬大處理。學校和老師還沒宣佈取消他的宣傳委員，他就應該盡到宣傳委員的職責，因此中午收工回校，他連午飯也不吃，連忙拿來報紙、凳子、擦子和粉筆，站在教室後牆的水泥黑板跟前抄寫文章，要在班裡辦起黑板報。

他寫了才幾句，語文老師陳顯著來到教室假裝看他抄文章，等到教室沒人時，低聲說：「王跟黨，來一下。」就走了。王跟黨連忙停了抄寫，跟著陳顯著來到一處巷子，巷子暫時無人，陳顯著連忙對他低聲說：「公安局調查你，你只說三句話：我家是貧農，我永遠跟黨走；我沒有收聽敵臺，是收音機滑臺；我才十四歲，根本不知道什麼是敵臺。不管他們怎樣問，你只說這三句，其他什麼都不說！」王跟黨非常感激，深深點頭，陳顯著連忙離開了。

吃過午飯，李老師馬上開班會，宣佈取消王跟黨宣傳委員的職務，並且大肆講說我們班裡出了蘇修特務，大家要提高階級鬥爭覺悟，時時警惕蘇修特務搞破壞！同學們有的同仇敵愾，有的幸災樂禍，都扭頭觀看王跟黨，王跟黨無地自容，低頭不語，心理負擔比山重，一下掉進地獄裡。

公安局來學校反覆調查，結論是收音機滑臺，然而這是嚴重的政治事件，案子永遠保存著。王跟黨雖然沒有被抓走，但是終生背上政治汙點，不能升學，不能當兵，不能提幹，不能當工人，只能一輩子當農民。王跟黨真的低人幾等了，學校經常批鬥他，老師經常訓斥他，同學經常鄙視欺侮他。

王跟黨天天想輟學，終於熬到初中畢業。他見班上同學有的買鋼筆，有的買筆記本，都給班主任李老師送禮，他儘管家裡經濟非常困難，也用自己星期天回家撿蟬蛻、挖麻芋換來的幾分錢，給李老師買了一張圖畫，送去李老師寢室。他來到李老師門口，李老師站在門內，他雙手捧著畫卷：「李老師，我給您送個禮！」他多想在老師屋裡坐會兒，既榮光體面，又表達離別之情啊，說著就要進門去，李老師連忙堵住他：「你王跟黨，今後不背專政機關的索索就算不丟我的臉了，送啥禮啊！你的感情我領了，但是禮物不能收。」王跟黨非常難受，一下臉紅，拿著圖畫連忙逃開了。

王跟黨畢業回家，天天回憶學校生活，全校老師那麼多，只有陳顯著老師在他最困難、最無助的時刻，給了他一點兒溫暖和安慰。他多想感謝陳老師，親近陳老師啊，這天跟母親商量了，用家裡快要斷炊也捨不得吃的寶貴紅苕粉攪了一碗涼粉，步行幾十里進城，給陳老師送去。陳老師兩口子都是教師，心裡有點嫌棄農村送的熟食不衛生，但是國家給他們供應那點糧食不夠吃，看見涼粉倒也喜歡，不僅欣然領受，還留王跟黨坐了會兒，拿出幾顆待客糖果招待他。王跟黨受寵若驚，回到家裡很久，還時時回憶在陳老師家裡受到的禮遇，心裡充滿無比的榮光和幸福。

幾年後打倒四人幫，國家恢復招生考試制度，而且升學的政審條件很寬泛，王跟黨沒有受到限制，考上了中師。兩年後中師畢業，他沒有人際關係，由教育局分配在偏遠農村教村小。這村小借用農民的房子做教室，隔壁母豬餓得嗷嗷嚎叫，啃穿篾牆，有時他正講課，母豬從牆洞伸過頭來與他「百家爭鳴」，學生有的低聲說笑，有的扭頭看豬，王跟黨停下講課，教訓學生，學生們這才停止說笑，轉過頭來，做起注意聽課的樣子。

王跟黨在這村小一教就是十幾年，他天天想著離開這兒，調到完小，但是完小校長提拔教師，不看人品，不看能力，不看工作，只看鈔票，而王跟黨工資微薄，又修房子，家裡連溫飽也沒解決，哪有鈔票送校長？他聽說陳顯著老師當了分管文教衛生的副縣長，他非常高興，很想見他，但是他一見大官就害怕，就緊張，就結巴，就暈頭轉向，因此他儘管天天想見陳老師，到底不敢實施攀龍附鳳的妄想。

這天，他正上課，陳顯著帶著兩個隨從下來視察村小，一見他就說：「王跟黨，你還尿在這個地方？」王跟黨緊張得找不到話說，慌忙拿凳子，搬椅子，陳顯著忍受不了豬屎、豬尿臭，坐也不坐說：「暑假你來找我。」就帶著兩個隨從走了。教師調動在暑假，王跟黨高興得快要瘋了，他下定決心，再怕大官，這回也要去見陳老師！

暑假到了，王跟黨天天琢磨，去見陳老師，送啥禮物。他跟母親商量，母親想了一陣說：「你原來給老師送過涼粉，還是送碗涼粉吧。」王跟黨覺得陳老師當了縣長，送一碗涼粉太菲薄，應該送一鍋涼粉，於是第二天半夜起床攪了一鍋涼粉，用背篼背著進城去，到處打聽陳縣長的住處。

陳顯著不再一家四口居住學校十幾平方米的房子了，如今早已搬進書記縣長樓。王跟黨上刀山、下火海，勇敢來到陳縣長門外，但是心裡咚咚跳個不停，幾次抬手，不敢敲門。他背著涼粉下樓去，又背著涼粉上樓來，如此幾次，仍不敢敲，直到有人上樓梯，他怕別人看見他，才壯起膽子敲響門。防盜門開了一條縫，現出半張橫眉怒目的婦人臉，王跟黨連忙笑著說：「張老師，我來拜見您和陳老師！」陳顯著的老婆只好讓他進門。

客廳裡，陳顯著正在推謝幾個區委書記和區長送的紅包、茅臺、熊掌、魚翅、燕窩和海參，王跟黨背著涼粉叫了一聲「陳老師」，連忙鑽進廚房裡。他在廚房藏一陣，等到幾個區委書記和區長走了，才從廚房出來到客廳。他跟陳老師正說話，陳顯著的老婆進廚房，見他土裡土氣送一鍋涼粉，氣不打一處來，心想老公當縣長，權勢多麼大，地位多麼高，家裡連熊掌、魚翅、燕窩和海參也吃不完，還吃農村骯髒的涼粉！她忍無可忍，出來高聲叫道：「王跟黨，你是啥東西放在我廚房裡⁉」王跟黨難受得只想逃開十萬八千里，他用千鈞之力笑著說：「張老師，我給陳老師和您送點涼粉……」陳顯著的老婆說：「拿走！你不拿走，我扔老遠！」王跟黨急得沒辦法，忙去廚房把涼粉背筐拿到客廳沙發旁，希望陳老師給點面子。陳顯著說：「你不要送東西，該調動你的工作，我們曉得調動。」說著拿出筆記本假裝翻看一陣，說：「今年各鄉完小人滿了，沒法調動你，以後再說吧。」

臨走，陳顯著兩口子又叫王跟黨把涼粉背回去，王跟黨哪裡有臉背回去，丟下涼粉迅速開門逃跑了。陳顯著給教育局紀檢股的股長打電話，叫他馬上來一下。一會兒，陳顯著的老婆剛把紅包、茅臺、熊掌、魚翅、燕窩和海參收起，股長就來了。陳顯著說：「這是永清鄉的村小教師王跟黨給我送的涼粉，你把它拿去處理了。現在黨中央三申五令要廉潔，對於王跟黨這種行為，你們要好好教育！」

教育局紀檢股的辦公室，股長審問王跟黨，對面坐著一個辦事員做筆錄，屋子中央放著一鍋涼粉，已經發黴發臭。股長問：「這鍋涼粉是你送給陳縣長的嗎？」王跟黨說：「是。」股長問：「好久送的？」王跟黨說：「八月六號。」股長說：「你知道不知道這是行賄？」王跟黨說：「我和陳縣長是師生關係，我這不是行賄……」股長桌上一巴掌：「你說不是就不是⁉必須處分你！」

下學期開學不久，教育局向全縣中小學和幼兒園發出通報，批評永清鄉十一村小學教師王跟黨不加強學習，改造思想，不潔身自好，保持廉潔，不好好教書，樹德育人，而跟隨行賄之風，破壞黨的廉潔，給陳縣長送一鍋涼粉，妄圖達到調離村小之目的。為了教育王跟黨本人，也為了全縣教師引以為戒，杜絕行賄，教育局經研究決定：給予王跟黨行政記大過和全縣通報批評的處分。

第三十一章 保祖墳

姚克非用脫掉米粒的高粱梢子綁成把，蘸了桶裡的石灰漿，在姚家溝到處的牆壁上山岩上寫滿「打土豪，分田地！」「一切權力歸農會！」「翻身不忘共產黨！」等等大字標語，雖然沒有一點報酬，還要自己掏錢買石灰，他卻幹得非常認真，深怕有點瑕疵。他是地主，又是民國教師，本沒資格寫標語，但是整個姚家溝只他一人能寫字，土改工作組無法把寫標語這事交給貧農幹，只好暫時使用他。

他正寫著，一個小夥子跑來告訴他：「二爺，工作組把我們的祖墳分給郭家戶，郭家戶正在挖墳種糧，祖先們的骨頭遭牛踩馬踏，遍地都是！」姚克非停下寫標語，坐在地上吸旱煙，嘴上一言不發，心裡翻江倒海：「挖人祖墳，欺人太甚，讓外人看我們姚家溝的子孫個個都是阿斗，連祖墳都保不住！……」整個姚家溝只有他姚克非足智多謀、能說會道，他真想去鄉上找土改工作組的杜組長說理，但是他是地主，規規矩矩都難保命，哪敢出風頭！他又想：「姚家溝百多戶人，有的腦瓜笨，有的膽子小，有的遇事就當縮頭烏龜，有的跟我一樣是地主，只有開澤可以鬧事。開澤膽子大，嗓門高，遇事就乾扯，又是窮光蛋，共產黨不會把他做個啥！……」他想了一陣，對小夥子說：「去找你開澤爸。」

姚開澤聽說祖墳遭挖，這好了得，連忙在溝裡到處串聯遊說，要大家同去鄉上找工作組。人們個個都不滿工作組把姚家溝的祖墳分給郭家戶，但是個個都說自己事情要緊，無法馬上去鄉上，姚開澤氣得大罵：「龜兒些在自己溝頭多能幹，多扯得起，平時為雞兒啄幾顆糧、豬兒吃幾苗菜，扯聲豪氣叫罵幾天幾夜，鋤頭扁擔打得頭破血流，現在別人把祖墳給我們挖啦，你們不再把本事拿出來！龜兒些像狗一樣，在自已地盤上多兇，出門不到半里路，就把尾巴夾起啦！……」罵完，獨自一人氣沖沖跑去鄉上，要找杜組長說理。

杜組長領導著幾個土改工作人員和小堡鄉的鄉長、武裝隊長、鄉農會主席、幾個青年積極分子，正在鄉公所樓上關門劃成分，決定著全鄉每戶人家的命運。姚開澤來到鄉公所樓下，抬頭望著樓上窗口高聲喊：「杜組長！杜組長！你出來！你出來！」杜組長轉頭到窗口，喝道：「你鬧啥鬧⁉」姚開澤說：「你為啥把我們姚家溝的祖墳分給郭家戶開荒⁉」杜組長說：「無產階級和舊社會徹底決裂，革命講啥子祖墳不祖墳⁉」就回頭繼續工作。姚開澤仗著他家田地少，不管怎樣都該劃為貧農，因此膽大，嗓門更粗：「共產黨就不是爹媽生的？共產黨就沒有祖先？人沒有祖先，從哪裡鑽出來！你家有祖墳沒有？我去挖你的祖墳，你同意不⁉……」這時樓下聚了很多人，都來聽姚開澤吵鬧，杜組長又從窗口伸出腦袋：「你再鬧，馬上把你劃成地主！」姚開澤更加吵鬧：「大家聽到的啊，大家聽到的啊！共產黨好黑啊，想把哪個劃成地主就劃成地主，根本沒有原則和政策！……我家只有兩畝地，人平不到半畝地，五家人搭夥養一條牛，他要把我劃成地主！共產黨好黑啊！共產黨好黑啊！……」

杜組長見他在街上鬧個不停，掏出手槍說：「槍在老子手裡，讓你兇！吳隊長，我們去把現行反革命分子抓到山上處決了！」武裝隊長和幾個青年積極分子馬上響應，跟著杜組長咚咚咚跑下樓，扭住姚開澤的雙手就往山上拖，街上許多人追著看熱鬧。

姚開澤一路大嚷：「救命啊！救命啊！共產黨殺窮人啊！共產黨殺窮人啊！……」一個青年積極分子連忙抓來路邊稻草塞進他的嘴裡，姚開澤擺腦袋，扭脖子，幾次整落稻草又大喊，杜組長不等拖到山上無人處，槍口抵住他的腦袋就開槍，然後叫人拖去埋了。

第三十二章　寇學書

第一節　勝利果實

寇家灣的山坪地，周圍密林像綠牆，頭頂只有一片不大的天空。

寇學書獨自鋤高粱，鋤得熱了，脫光上衣扔到地邊，又把胸前巴掌大的布袋從脖子上取下來丟在衣服上，但是又連忙拿來掛在胸面前。

布袋裝著他的「土地證」，上面寫著政府分給他的幾塊田地的名稱、面積和鄰界等等，還印了縣政府紅紅的公章。這幾塊田地永遠屬他，那天他從幹部手上領到「土地證」，高興得連忙回家，打算放在家裡，又怕房子萬一遭火燒，他打算藏到別的地方，覺得更加不妥，就縫了巴掌大的布袋，把「土地證」裝在裡面，吊在胸前，每晚睡覺也不離開。

土地是他的命根子，他要好好耕種，把飯吃飽。他一邊鋤地，一邊憧憬幾塊田地上的豐收，布袋在他胸前輕輕拍打，他像領受孩子小手的撫摸一樣幸福。他抹一把汗水甩了，在褲子上把手擦得乾乾淨淨，才從布袋小心翼翼拿出「土地證」反覆看。看了一陣，他突然振臂高呼：「毛主席萬歲！」「共產黨萬歲！」嚇得樹上野雞一路驚叫，飛去老遠，嚇得地邊野兔停了吃草，到處亂竄。

鋤了一陣，肚子餓了，他放下鋤頭，來到地邊，端起湯罐，要吃午飯。他剛坐下，突然聽得一個有氣無力、細若遊絲的女人聲音：「大哥，救命啊！把飯我吃點哇！……」寇學書抬頭一看，見樹林出來一個面黃肌瘦、蓬頭垢面的美人胚子，他驚了一跳，定下神來，認得她是同鄉地主寇紹謙的小老婆。

去年小堡鄉召開批鬥大會，寇紹謙和大老婆被打死，田地、房子全部遭沒收，十幾戶窮人搬進他的大院子，寇紹謙的兒子、女兒以及這個小老婆就在簷下睡覺，簷下燒鍋。新房東們不堪其擾，就去鄉上告狀，鄉武裝隊長王國華牛高馬大，帶領幾個武裝隊員背著步槍來驅趕。寇紹謙的長子搬政策，講道理：「上面規定不能全部沒收地主富農的田地房產，要留少量供其生活，你們總得給我們一個棲身之地……」王隊長一槍打穿他的腳掌：「去你媽賣屄！這是你的天下⁉」

寇學書因為太窮，沒有結婚，父母早已去世，家裡家外就他一人，現在有了田地，就缺老婆。去年批鬥寇紹謙，他也舉拳頭，喊口號，甚至上臺痛打寇紹謙一耳光，但是現在老天把寇紹謙的小老婆送到他面前，他的階級立場動搖了，連忙放下湯罐說：「大妹，快來，我全部讓你吃！」女人連忙坐到他身邊，抱起湯罐拿著小勺顫顫抖抖舀飯吃，臉上冒出許多虛汗。她的臉蛋多好看啊，寇學書一手抱著她的肩膀，一手理她臉上的亂髮：「慢慢吃。慢慢吃。吃完了我們回家燒鍋又煮！……我家裡存有滿缸麥子、半缸白米，還有玉米和高粱……」

寇學書把地主小老婆藏在家裡，叫她不要說話，不要出門，大小便解在瓦盆裡，他心甘情願端去倒。他是共產黨員，農民代表，他怕別人說他階級立場不穩，階級陣線不分明。藏了幾天，他突然轉過腦筋來：「去年王隊長打傷寇紹謙的大兒子，見寇紹謙的女兒很漂亮，第二天就託人說媒，寇紹謙的女兒沒有棲身之地，只好同意了，第三天王隊長馬上就把勝利果實領回家。寇紹謙的女兒心裡裝滿仇恨，每夜穿著棉褲睡覺，王隊長用剪刀強行剪斷她的褲腰帶……。聽說中央還有人跟大資本家的漂亮女兒結婚呢，……我娶地主小老婆，也是分勝利果實，我在怕什麼？」這樣想著，他就開始和女人光明正大生活了。

第二節　入社

女人吃了幾天飽飯，漸有血色，更加漂亮，她能活下來就是萬幸，點兒沒了從前的嬌貴，家裡家外，細活粗活，什麼都幹。寇學書感激老天給他送來一個大禮包，感激黨和毛主席讓他分到幾塊田地，他生活有信心，幹活來力氣，要把家庭大變樣。

可是打土豪分田地的時候，他家只有一個人，分到的田地很少，現在儘管他和老婆起早摸黑，細作深耕，產出的糧食交了國家很重的公糧，不夠兩人吃，而且老婆已懷孕。他農忙拚命幹活，農閒去遠場買小豬，挑回小堡賣貴價，積攢錢來買田地。他見錢就掙，一分一角積攢，兩年後終於有了買地錢，打算買下寇大腦殼那塊斜坡地。寇大腦殼娃兒多，夫妻都不會計劃，分到勝利果實後，又快沒有飯吃了，於是賣地買糧，暫緩燃眉之急。

這天小堡逢場，寇學書請朋友喝茶，託他幫忙試探寇大腦殼的地價，朋友說：「你還在做夢？馬上就要成立農業合作社了，你買地幹啥!?」寇學書細問原委，朋友說：「十幾家人或者幾十家人成為一個初級社，田地、坡林、耕牛、犁頭、耙子收到社裡屬公有，私人只留鋤頭、鐮刀幾樣小農具，全社人共同幹活，共同分糧。幹活記工分，比如你幹一天，給你記十分八分，年終根據人頭和工分來分糧分錢，人頭占八成，工分占兩成……」寇學書問：「你怎麼曉得的？」朋友說：「我親家他們縣已經在搞了。」寇學書說：「夥在一起，肯定搞不好，肯定要餓肚子！」接著他又問：「假如我不入社呢？」朋友說：「上面規定『入社自由，退社自由』……」

不久，小堡鄉開始成立初級農業合作社。那些分得勝利果實之後又窮得沒有飯吃的農戶，家裡除了還沒賣光的一點田地、坡林，什麼也沒有，因此踴躍入社，成為幹部大會小會表揚的先進家庭；那些分得勝利果實之後越搞越富的農戶，不僅添了田地，還添了耕牛、騾馬和犁耙等等，因此堅決不入社，成為幹部大會小會批評的落後家庭。有些落後家庭怕批評，只好同意入社了，剩下的頑固分子，鄉村幹部天天上門做思想教育工作。有的頑固分子心想自己算什麼，人家幹部那麼高貴，現在低下架子，親自上門，這是多麼拿我當人啊，於是再痛財產，再怕吃虧，也只好忍痛，答應入社了。有那非常頑固的，不管幹部怎樣軟磨硬逼，就是不入社，幹部們就找他家當幹部的親戚做說服工作，或者叫他們的子女回家做老頑固的工作；子女們積極向上，是組織培養的對象，又大都十幾歲，沒有當過家，不知那點家產來之不易，於是用盡各種辦法讓父母入社，父母們考慮兒女的前途，最後只好忍痛轉變態度了。

寇學書既無親戚當幹部，又無子女是黨的培養對象，幹部們多次上門動員說服，他都堅決不入社。這天逢場，王隊長一早帶著幾個武裝隊員來到寇家灣，把他反剪雙手，抓到街上遊鬥。趕場群眾跟在遊鬥隊伍後面看熱鬧，寇學書桀驁不馴，大吵大鬧，幹部們用一根粗篾索套住他的脖子牽著走，王隊長在前面一邊敲鑼一邊吼：「大家看，大家看！寇強牛翻身忘記共產黨，蛻化變質不入社！……大家看，大家看！寇強牛翻身忘記共產黨，蛻化變質不入社！……」寇學書仍然桀驁不馴，大吵大鬧，後面押解他的武裝隊員不是扯頭髮，就是踢屁股，不是扭胳膊，就是打腦袋。一個老太婆說：「娃兒啊，你不強嘛，少挨點打嘛！」

寇學書遊街回來，第二天帶著「土地證」去找區上縣上，說「土地證」是縣政府頒發的，上面明明白白寫著農民分到的土地永遠屬私人所有，為啥鄉上村上逼他交出「土地證」，說幹部在大會上宣讀的《農業合作社章程》明明說「入社自由，退社自由」，為啥幹部們逼他入社，拉他遊街。可是區縣幹部都說，搞農業合作化是黨中央毛主席的號召，全國都在搞，你是共產黨員，農民代表，應該帶頭聽黨和毛主席的話。

寇學書從縣上回來還是不入社。這天，鄉黨委書記、鄉長和王隊長來到他家，再次叫他交出「土地證」，說他是全省唯一單幹戶，報上已經批評了，如果他再不入社，黨組織就要開除他的黨籍，撤銷他的農民代表資格！寇學書寧願丟掉前途也不入社，他的老婆那麼漂亮賢惠，他的兒子那麼聰明可愛，他不能讓他們餓肚子。他沒有交出「土地證」，拿出《農業合作社章程》說：「這章程明明寫著『入社自由，退社自由』，你們為啥逼我入社？」三人不再多說，起身走了。

幾天後，鄉上宣佈開除寇學書黨籍，撤銷他農民代表的資格。寇學書反倒覺得輕鬆了，他想：「這下與黨沒糾葛，幹部不會再來纏。」

第三節　不准走路

農業合作社由社長一人籌劃生產，安排幹活，其他人「不在其位，不謀其政」，對集體生產不操心，不著急，社長安排幹啥就幹啥，幹到時候就收工。許多人自家活兒幹多好，集體農活出工不出力，天天磨時間，混工分，只在社長破口大罵時，才認真幹幾下，見社長走了，又偷懶耍滑。也有老實的人，也有怕餓肚子的人，幹活較出力，但是看見別人在偷懶，覺得自己很吃虧，也偷起懶來，心裡氣鼓鼓說：「集體攤子這麼大，集體農活這麼多，光靠少數幾個人，也把集體搞不好，要餓大家一起餓！」

寇學書和老婆每天帶著孩子和工具去自己地裡幹活，孩子在地邊玩耍一陣，哭著鬧著要瞌睡，夫妻便去抱來孩子，用背娃帶捆在背上幹活，孩子哭鬧一陣，在大人背上搖來晃去睡著了。兩口子幹自己的活兒一點也不虛假，莊稼比農業合作社的好很多，產量高出三分之一，他們交完公糧，一家三口美美享受。寇學書的田地在集體土地的汪洋大海包圍之中很刺眼，許多人非常眼紅，更加不滿他單幹，有的說：「小臺灣！解放小臺灣！」有的差點拿鋤頭叉子把麥子給他打落在地裡。

這天，鄉上和合作社的幾個幹部來到他家，李鄉長說：「寇學書，我們承認那幾塊田地是你的，但是從你家門口到你地裡幹活的路是集體的，你不能走！當初給你分田地，沒有給你分路……」寇學書傻眼了，他是個丁是丁、卯是卯的人，他找不出充分的理由，再也沒有話說了。合作社的社長說：「從明天起，你不能走我們農業社的路，我們要派人拿著棍棒在路上守，打斷你的腿桿該背時！」說完幹部們就走了。

第二天，寇學書門外的路上就有幾個男人拿著棍棒蹲守。他和老婆困在家裡，想著莊稼已成熟，爛在地裡多可惜，兩口子天天心急如焚。老婆等到夜深人靜，才偷偷去地裡摸黑收割，寇學書見老婆每晚又苦又累又害怕，才收回一點糧食來，而老天又要下雨了，便與老婆一道深夜幹活。他們終於被人發現，合作社又派人拿著木棒通夜守在路上，兩口子打也打不贏，說也說不贏，只好天天困在家裡，讓幾塊田地長荒草。

第四節　曬糞乾

家裡存糧眼看要吃光，這天半夜寇學書帶上乾糧出門，步行一百多里來到巴西縣城，要在外面找錢養妻兒。

那時城市廁所沒有自來水沖走，糞便都由城外農民進城挑，挑糞時候滿街浪著暗黃色的糞尿，全城臭氣熏天。農忙播種季節，農村非常缺肥，城外十幾個農業合作社的農民挑著糞桶進城搶糞，不同利益群體頓成敵人，大家都爭糞池口，爭了一陣就打架，你用分瓢潑我臉，我用扁擔砍你頭，可是農閒季節，城裡各單位廁所都滿了往外淌，城外農民卻無一人來挑糞。

寇學書來到縣城，在城外垃圾場用竹竿和破席搭棚住下來，就給飯店挑水，給煤站卸煤，掙幾分錢算幾分錢，掙幾角錢算幾角錢。全國城鄉高度組織化，網格化，居住要戶口，沒有戶口你就不能在這兒居住，出外要由單位開介紹信（農民由鄉上開介紹信），沒有介紹信你就住不成旅店，來客要登記，買糧要糧本，吃飯要糧票，……每個人都只能在固定的地方生活一輩子，否則你就是流竄犯，公安局馬上抓你去判刑。寇學書一個手無分文的農民，逃離自己的土地，到外面來混，這是何等的艱難，他時時刻刻擔憂公安人員突然出現在他眼前。

這天，他見城裡許多廁所無人打掃都很髒，他想：「我能打掃廁所多好啊，雖然又髒又臭，但是有個有益的工作，不僅多少有錢，而且公安局來抓我，看我沒幹壞事，也會手軟。」那時巴西縣城不大，全城只有一個掃街工人，這天寇學書在街上跟那掃街工人聊天，聽說沒誰願意掃廁所，他就找到負責街道衛生的幹部，要求打掃全城廁所的衛生。負責幹部正想找人打掃廁所，問了他的來龍去脈，把他帶去公安局審問了，經公安局同意，他就成了打掃全城廁所的臨時工，每天工資五角錢，吃住等等不管你。

這天，他看著滿街流淌的大糞，突然想到曬糞乾。他跟負責街道衛生的幹部講了，幹部同意，給他配了板車、糞罐和糞瓢，他就每天用板車拉大糞到城外垃圾場，倒在他的棚子附近的一塊空地上曬乾。到了播種季節，城外十幾個農業合作社的農民又挑著糞桶進城搶大糞，寇學書聯繫他們賣糞乾，施用糞乾既省勞力，肥效又好，十幾個農業合作社爭著來買，寇學書賣了好價錢。

第五節　不准挑水

農業合作社開始是初級社，後來幾個初級社合併為一個高級社，再後來十幾個高級社合併為一個人民公社，公社分為十幾個生產大隊，每個生產大隊又分為十幾個生產小隊。

公社統一調動，統一核算，比如這個小隊麥子沒收完，那個小隊收完了，大隊就調那個小隊去幫這個小隊收麥，比如那個大隊人平糧食少，這個大隊人平糧食多，公社就把這個大隊的糧食調去交給那個大隊。公社統一安排出夜工，社員們通夜打著燈籠火把幹活，白天只等幹部走了，就一齊躺在地上睡覺。公社統一安排農活，老天正曬大太陽，幹部戰天鬥地大躍進，號令全公社挑水栽紅苕，紅苕藤曬死在地裡，幾天後下大雨，紅苕藤用完了，社員只好在家睡大覺。公社要求翻地一丈深，深耕細作奪高產，幾千人在地邊安鍋搭棚，日夜奮戰，先挖出一丈深的壕溝，然後挨著老溝挖新溝，把土填在老溝裡……。公社糧食大減產，交完很重的公糧，連種子也沒有，公共食堂天天吃老菜、嫩草，老菜、嫩草吃完了，就吃榆樹皮，吃觀音土，吃死人肉。

春節到了，雖然農村沒人過春節，寇學書還是想和妻兒團聚。這時從縣城到小堡通了汽車泥土路，他在黑市買了半邊瘟豬肉，要用糞車拉回家，一是讓妻兒美美吃肉，二是讓寇家灣的人們看著難受。他把瘟豬肉用稻草厚厚掩著，免得路上有人眼饞，有人打劫，回到寇家灣，他才扔掉稻草，露出豬肉。他在灣裡繞了一大圈才回家，車後跟著大群孩子和女人，眼巴巴看著豬肉流口水，而寇家灣的男人們懷著嫉妒和眼紅，遠遠看見，連忙躲開，互相串聯，商量辦法，都說「堅決不准他挑井裡的水！」有個男人說：「除非他把豬肉拿出來大家吃。」

寇學書挑著水桶去井邊，要挑水來燉豬肉。他剛打水，幾個男人拿著棍棒跑來不准挑，說是水井在集體土地上，不在他的土地上。寇學書大怒，掄起扁擔就砍，幾個男人把他打倒在地，又吵吵鬧鬧拖他到公社。寇學書堅決不去，幾人用力拖拉，終於把他拖到公社了。公社李書記聽說寇學書買回半邊豬肉，先不裁斷挑水是非，而問寇學書豬肉哪來的。寇學書死死說他沒有豬肉，全是寇家灣人的集體汙蔑，李書記就叫王國華馬上帶人去搜家。

搜家隊在他家裡搜了半天沒有搜到豬肉，只好回去公社彙報了。寇學書從公社回來，這時天已大黑，老婆給他端出一碗水煮野菜來，寇學書問哪來的水，老婆說隔壁蕭婆婆從牆壁爛洞送過來的半桶水。正說著，蕭婆婆又在爛洞那邊不住點頭，寇學書老婆忙去接過一刀瘟豬肉，就往灶房去了。

第六節　吃肉

國家供應公社幹部每人每天六兩糧，王國華一米九的大個子，遠遠不夠填飢腸，餓得全身水腫，走路沒勁，從前的兇狠一下沒有了。如今他是公社副書記，天天以檢查生產為幌子，下隊到處找吃的。

我爹是大隊養豬場的場長，每天安排幾個飼養員種菜、種紅苕餵豬。王國華知道養豬場有吃的，常去「檢查工作」，我爹因為他是公社書記，經常在豬食鍋裡給他舀一大碗紅苕、蘿蔔，王國華非常高興，就對我爹沒架子，我爹當然榮耀，常在人前誇說。大年三十這天，也就是寇學書遭搜家的第三天，王國華又來我們大隊養豬場，我爹照樣在豬食鍋裡給他舀了一大碗，王國華吃完，跟我爹聊了一陣天，覺得肚子還餓，記起寇學書的豬肉，料他前天搜家藏起了，今晚肯定要吃肉，就告辭我爹而去了。

王國華路過寇家坪，這時天已黑定，他聞得一股異香，就拿出手電筒到處尋找。找到寇大貴房外，他收了手電光，從牆壁縫隙往裡看，見寇大貴揭開鍋蓋，用勺子撈起一隻小手啃。王國華輕輕摸到門外頭，猛地踹開木門進去，寇大貴嚇倒在地，連忙磕頭：「王書記呀，饒了我啊！王書記呀，饒了我啊！……娃兒是餓死的呀！……娃兒是餓死的呀！……」王國華和藹說：「起來。這年頭，都曉得。」寇大貴喜出望外，連忙起來，低聲說：「王書記，你吃點不？」王國華沒有說話，寇大貴連忙拿碗舀肉，邊舀邊流著眼淚低聲說：「我不是人！……我不是人！……我沒辦法呀！……我沒辦法呀！……」

王國華從寇大貴家出來，打著手電來到寇學書房外，聞到濃濃的豬肉香，差點一跤摔倒。他來到門前敲門，寇學書一家三口正在吃，連忙藏起碗筷，寇學書才來開門，把他迎進屋裡。王國華在上席坐了，湊近寇學書低聲說：「老寇，我特地來給你通風。有人舉報你是流竄犯，公社已經報了公安局，你最好今晚就走！」寇學書說：「我在縣城掃廁所，是經過公安局同意了的。」王國華說：「下面強烈要求抓你，公安局還是要抓的，因為國家不准到處流竄。」寇學書覺得這話很正確，連忙感恩不盡，叫老婆端出肉來。王國華一面狼吞虎嚥一面說：「豬肉是比人肉……」寇學書低聲說：「王書記，你吃過那東西？」王國華知道失言，連忙掩蓋：「啥東西？我沒有吃啥東西！……你這豬肉很好吃！」

第七節　批鬥會

王國華吃完瘟豬肉走了，寇學書連忙離別妻兒，半夜出門去了親戚家，他再也不敢去巴西縣城，第二天就逃到其他城市找飯吃。

他東躲西藏幾個月，公安局終於抓到他，把他判了六年徒刑。六年後他從監獄出來，回到了寇家灣，他的老婆在他離家不久，就把土地交給集體，成了生產隊社員，現在他回來，也成了生產隊社員，在公社、大隊和小隊的管制之下，天天在隊裡幹活。

不久來了文化大革命，公社、大隊和小隊經常批鬥地富反壞右和牛鬼蛇神。這天中午收工，小隊的造反派寇光祿拿著話筒高聲喊：「開會啦！開會啦！每家人留個做飯的，其餘全部到保管室開會，批鬥牛鬼蛇神寇學書！」保管室又是隊裡的會議室，牆上貼著一張毛主席畫像，屋裡亂七八糟堆放許多東西。人們陸續到齊，有的坐在耙子上，有的坐在犁頭上，有的坐在樹條上，有的坐在門檻上，寇光祿喝道：「寇學書，站出來！」寇學書站到毛主席畫像下面。

大家從寇學書不入社批到流竄，從流竄批到吃豬肉，從吃豬肉批到勞改，從勞改批到管制，批了一陣，寇光祿說：「寇學書，給毛主席跪倒請罪！」寇學書突然跳起來連打毛主席畫像三耳光：

「我叫你搞合作社！我叫你搞公共食堂！我叫你搞文化大革命！」整個會場頓時啞了，好半天人們才回過神來，一齊湧上前去你拳我腳痛打他：「反革命！」「打死反革命！」「打死反革命！」

幾個男子把寇學書扭送到公安局。寇學書的老婆在家做飯，聽得老公出事，知道他永遠回不來了，連忙拉上兒子追去哭喊：「你們等一下呀，讓娃兒叫聲爹呀！你們等一下呀，讓娃兒叫聲爹呀！……」

第八節　死在看守所

寇學書在巴西縣公安局的看守所關了整整十年，一直沒有判決。他由群眾扭送到公安局，當時紅衛兵「砸爛公檢法」，接著又進駐「軍管會」，後來又換成「革委會」，公安局走馬燈似地輪換主管，誰也沒有見到寇學書被捕的審批檔，十年來沒人審問他一次。他有人抓，沒人審，而他連打毛主席畫像三耳光，沒有哪個敢放他。

寇學書在看守所天天大喊大叫說反動話，抒發不滿和憤恨，看守人員還是用懲治犯人的老辦法，把他拉到院子中央五花大綁，用法繩捆死他兩臂的神經。寇學書跟蘇德賢一樣，兩臂吊在肩上甩來甩去像麵筋，沒有一點活動力，吃飯靠其他犯人端來放在牆角，他躺在地上用舌頭舔，用嘴巴拱，解便也要別人幫忙……

一九七六年夏天的一個早晨，犯人們正在睡覺，牢房突然響起催促起床的尖銳刺耳的急速旋律，犯人們連忙起床疊被，寇學書卻一動也不動。有個犯人狠狠踢他一腳：「寇學書，起床啦！」寇學書仍然一動不動。同牢犯人發現他死了，就用拳頭擂打鐵門高聲喊：「死人啦，死人啦，三十九號牢房死人啦！……」一會兒來了一個看守，隔著鐵窗喝道：「喊啥喊!?死他媽個犯人，那麼不得了，要喊！放在那兒，等人來拖！」就走了。

上午，看守所的院壩來了一個拉著板車的農民，看守人員打開牢門，叫兩個犯人抬出寇學書。兩個犯人把寇學書仰面朝天放在板車上，門內犯人看熱鬧，七言八語高聲叫：「要不得，要不得，死人不能見天！」「用布把臉給他遮住！」「用布把臉給他遮住！」可是兩個犯人在哪找布啊？就將寇學書翻過身來臉朝下。寇學書整整十年一直穿他進牢那天身上的衣褲，褲子從屁股破到褲腳，現在躺在板車上，露出半個屁股和整條腿桿，看守覺得拉在街上很難看，說：「哪來那麼多封建迷信，翻過來！」兩個犯人又把寇學書仰面朝天。

兩個犯人戀戀不捨幹完活，多麼想在院壩多站一會兒啊，但是看守說：「進去！」二人連忙進到牢房。看守驚天動地關上門，那農民拉著死屍出了院子大鐵門。

第三十三章 大師

大師自幼腦子機靈，活潑好動，十二歲隔空抓蛇、空盆變寶、撲克變錢等等，把邑人糊弄得神魂顛倒，眾口叫奇。

後來大師長到十四歲，有一天在放學路上突然能夠耳朵聽字，幾個同學反覆考驗，屢試不爽，於是消息傳遍村子，傳遍公社——改革開放初期，鄉這一級行政區劃單位還叫公社，後來才改稱為鄉——最後傳到記者，各路記者爭相採訪，大小黨報爭相報導。省委書記看到這奇聞，帶著隨從親到竹籬茅舍看望大師，書記坐在床邊，大師父母坐在書記左右，大師站在書記腿前，隨從們沒有坐處，就站在門口，書記一手拉著大師，一手整理他脖子上沒有戴端的紅領巾，鼓勵大師積極向上，用自己的人體特異功能為祖國四個現代化做貢獻——那時我在公社醫院當醫生，沒有病人就看報，從報上親眼看到當時的照片。

大師果然積極向上，後來不僅能耳朵聽字，而且能鼻子嗅字，背脊看字，腋窩猜字，腳趾摸字。全國媒體紛紛報導，衛生部和國家體委派人專車接他到北京做試驗，大師幾次試驗都成功——不然何以叫大師——全國許多高官、巨賈、明星、記者爭看大師的特異功能表演和隔空抓蛇絕技，北京兩所著名大學成立了專門的研究所，用科學實驗證明大師人體特異功能的真實存在。一九八二年五月十八日，大師由人引到北京西山葉劍英元帥的別墅，專為元帥做表演，從此名聲更大了。

大師的特異功能越來越厲害，他能發出功力打飛機、打火箭以及戳死外星人。一九八三年六月二日，國防科工委把他招聘到國家航太醫學工程研究所，讓他享受專車、專宅、專職人員服務的國寶級待遇，將他的人體特異功能用於國防事業，讀者您若不相信，請去單位查檔案。大師剛到國家航太醫學工程研究所不久，就用身體發功，摧毀了萬里之遙的美國針對我國的尖端武器，並且戳死幾十名妄圖顛覆我社會主義美好中國的敵特人員，為我國國防事業做出了巨大貢獻。

大師成功後，全國這裡那裡紛紛出現各種身懷特異功能的奇人，有的用自己的意念指揮手錶、鋁片和蒼蠅進出別人的腦袋，有的頭頂鋁鍋接收宇宙資訊，用宇宙語跟外星人對話，有的在省公安廳長親自監督下，隱身入壁盜走公安廳保險櫃裡一萬元，而保險櫃完好無損，公安廳長佩服得當場跪下當徒弟，有的在幾千里外發功熄滅大興安嶺那場著名的森林火災，有的用天眼看穿山體，探明礦藏，省了地質科學家們多少汗水和腦力，有的用氣功治好成千上萬人的癌症等等。

有人懷疑人體特異功能，但是遭到國防科工委副主任張震寰將軍的批評，著名科學家錢學森給黨中央寫信說：「我以黨性保證人體特異功能是真的，不是假的。」全國六十八所大學和三十八個研究所共計一千多名科研人員研究人體特異功能和中醫氣功，一百多家新刊物如像雨後春筍冒出來，專門刊載人體特異功能和中醫氣功研究的文章。全國興起練功潮，從農民到高官，從孩子到老人，人人都想練出特異功能，有的大師門下弟子幾千萬，弟子們人手幾本練功書，每個大師單是出書，就成巨富。

這篇故事主人公的大師，在所有大師之中首屈一指，他懷揣中南海的通行證，經常奔走於豪門府邸之間，給元帥將軍們治病，給副總理夫人們發功，省長部長排隊見他，大師有時不接見。許多高官富商爭當他的徒弟，大師只收省部級以上官員和百億級以上富商，而且要行跪拜禮，而且要收謝師錢。

四川商人劉大漢，公司資產上百億，很想攀上省委一把手鄒書記。他的同學李殺敵，現為廣東省委副書記，這天他專程飛往廣州，要李殺敵介紹他結識鄒書記。李殺敵說：「我和鄒書記不很熟悉。」想了一陣說：「你先學習大師的功法，我在適當時機帶你去見大師，你爭取成為大師第八十八位門徒，讓大師介紹你認識鄒書記。」劉大漢聽說大師雜耍出身，懷疑大師跟鄒書記有深交，因此有點無動於衷，但是他沒有更好的路徑，只好答應學習大師的功法。

劉大漢從廣州回來，買了大師幾本磚頭厚的練功書，把那些雲天霧地的神話琢磨完，只收穫了幾個名詞術語，又電話聯繫李殺敵。不久李殺敵帶他同到北京見大師，大師在他豪華寬大的辦公室喜氣洋洋，正跟總書記的姊姊說電話。二人不聲不響坐到沙發上，劉大漢觀察大師，只見他臉上脂粉非常厚，香氣衝出辦公室，額上頭髮往後梳，亮出女人髮際來，蛾眉畫得很細長，眼睛笑成豌豆莢，鷹鉤鼻子抵玉齒，嘴角扯到兩耳根。

大師說完電話，看一眼劉大漢，李殺敵連忙介紹，接著高度讚揚大師。劉大漢嘴上奉承，心裡總想大師是神棍，大師見他不虔誠，打通電話對人說：「你在哪裡？……我問你在哪裡，……二十分鐘趕到我辦公室來！」便放下電話，從桌上拿起一本自傳扔給劉大漢。劉大漢和李殺敵共同翻看，見自傳全是照片加說明，是大師喜氣洋洋跟我國領導、外國元首、世界巨星等等抱肩搭臂的照相。大師來沙發坐下，指著照片一一解釋，他翻到一頁說：「這是蘇哈托總統，這是總統夫人。蘇哈托總統請我去給他治癌症，外交部派人把我接到釣魚臺國賓館，我剛到門口，蘇哈托總統連忙站起來迎接，我離他幾米遠，伸手一抓，從他身上抓下一塊雞蛋大的腫瘤！總統頓時好轉，精神倍增，連忙上前抱著我高興得流淚：『大師啊，您不僅為我，更為印尼幾千萬人民造了福呀，我的使命沒有完成，我還有很多工作要做啊，印尼幾千萬人民需要我啊！』……」

正說著，門口出現一個中年男人。男人叫了大師，進門走向沙發，大師指著門口一把椅子說：「就坐那兒！」男人退回兩步，坐在了椅子上。大師介紹說：「這是河北省委政法書記張超越。」接著又介紹李殺敵和劉大漢。三人起身握手，親熱寒暄，然後各回原位。大師開始做指示，張超越連忙拿出筆記本放在大腿上認真做筆記。大師說，邯鄲商人鄒大勇，自從跟他爭奪香港地皮以後，不再認師，不再學習功法，甚至雇兇殺師，大師現有鐵證，要張超越馬上法辦鄒大勇。劉大漢看得目瞪口呆，張超越走後，他連忙跪下懇求大師收他為徒弟。大師再三不收，殺敵幫著求情，求了很久，大師才說：「好，看在李殺敵情面上，圖個吉利，八八，收你為關門弟子！」

劉大漢起來，崇敬地問起大師在航太醫學工程研究所的情況。大師說：「我用氣功打掉美國火箭導彈和飛機後，美國中情局派人偷偷來中國挖人才，贈送給我八十張綠卡，請我到美國定居，但是我要愛黨愛國，當面怒斥美國佬……」劉大漢小心翼翼問道：「大師，中情局給您一張綠卡就夠了，給八十張幹嘛？」大師生氣道：「我有徒弟呀⁉他們搞策反，叫我帶徒弟到美國呀⁉」劉大漢還有許多不解，但是見大師生氣，不敢再問了。

第二天，李殺敵帶著劉大漢去人民大會堂聽大師做報告。報告會只能局級以上官員及其眷屬參加，許多處級官員聽說大師現場發功治病，到處拉關係找門路，結果一個也沒混進門。殺敵父母當然來了，老首長和夫人跟其他那些退居二線的開國元勳、在職的國家級省部級坐在最前面，後面是大片廳級官員和眷屬，整個會場約有千多人，大家為黨為國做貢獻，完全應該身體健康，長命百壽。

臺上，大師聲音洪亮，口才很好，大講他如何把失去生命體徵已經運往火葬場的死人用奇功挽救回來，如何在幾千人的報告會上現場發功，使瞎子頓見光明，聾子立聞聲音，啞巴當場說話，瘸子會後奔跑。接著大師看一眼臺下大片比他爺爺還老的開國元勳和比他父親還大的在職官員們，用字字緩慢句句悠長的神的聲音說：「我要開始發功啦——，我是你們的父親——，你們是我的兒子！你們必須像兒子服從父親那樣——服從我，才能驅除疾病，身體健康……」許多老首長無比虔誠，果然在心裡把他當父親，病痛立即全無，精神頓時爽朗，高興得左右言說，齊聲頌好，只有幾個沒在心裡把大師當父親的官員，痛仍然痛，癢照舊癢。

報告會結束，大師離開座位，出去上車，臺下前排的首長們連忙蜂擁上臺，有的搶坐大師的椅子，有的搶喝大師的剩茶，有的爭奪煙灰缸裡的煙頭，美玉煙灰缸掉在地上摔得粉碎，廳局級官員們也想去搶，但是他們混跡官場，懂得規矩，只好恭讓上級了。

劉大漢被大師澈底征服了：「難道元帥將軍們是傻子？難道全國那麼多菁英，智商不如我嗎？」他不再懷疑，不再猶豫，決定馬上送去拜師禮。他買了一輛寶馬，大師再三不收，說有哪些徒弟送他勞斯萊斯，哪些徒弟送他蘭博基尼，他的豪車要不完。幾天後，劉大漢加上幾根金條，百萬現鈔，並且帶上自己漂亮的老婆，再三懇求大師收禮，大師這才勉強收下拜師禮。劉大漢請求大師把他引薦給鄒書記，大師答應了，他不願徒弟占便宜，盯著劉大漢脖子上的鑽石項鍊，估計價值幾千萬，便要拿來觀賞幾天，劉大漢只好取給他。

劉大漢結識了鄒書記，資產從百多億很快升到千多億。他財大氣粗，不再懼怕大師，這天記起大師借去項鍊觀賞已經幾年了，打算收回愛物。他來到北京大師的府邸，說話間幾次扯到項鍊，大師假裝不懂，扯開話題。他介紹徒弟認識鄒書記，這是多大的恩情啊，但是劉大漢自從送了拜師禮，再也沒有送什麼，他慪徒弟忘恩負義，決意不還項鍊，大家扯平，誰不欠誰。師徒越說越不愉快，大師見徒弟出言不遜，頓時暴跳如雷：「兩個月內我叫你渾身潰爛，不得好死！算啦，我等不得兩個月，馬上用氣功戳死你！……」說著站起身來，在客廳中央雙拳緊握，平放胸前，然後手舞腳蹈打空氣，打了一陣，左腿提起，左拳放胸，右手食指和中指直指劉大漢，定格為金雞獨立姿勢。

第三十四章 坐牢

莊學文的長篇小說《精衛銜微木》在臺灣出版後，公安部、中宣部和文化部把《精衛銜微木》和另外一些作家的作品列為禁書。公安部發出〈關於打擊非法政治出版物的通知〉，巴西縣公安局接到通知後，馬上把學文抓進巴西縣看守所。

公安局辦案人員跟值班看守交接後，二人低語幾句，看守搜遍學文全身，剪掉他的衣褲拉鏈，解下他的腰帶、眼鏡和指甲刀等等可能自傷自殺的東西，帶他去隔壁，拿一件囚衣叫他穿上（囚衣藍色，沒有袖子，非常單薄，印有號碼），指著一堆又髒又臭的被子說：「抱上一床被子。」待學文抱了，就帶他去牢房。進了第三道大鐵門，來到四面牢房圍起來的院子，天空飄著雪花，落在院裡，院子中央不大的花台上，幾叢枯死的巴茅積著一些薄雪。學文看見前面有個看守帶著另一個囚犯，打開一間牢門對囚犯們說：「好好教育一下！」話音剛落，二十幾間牢房這裡那裡高聲吼：「打！打！打死！打死！打死新毛子！打死新毛子……」那看守哐噹一聲關上鐵門就走了，身後牢房馬上傳出喝罵笑鬧和慘絕人寰的叫聲。學文早就聽說牢裡犯人打犯人，有的打殘，有的打死，他嚇得腿軟，不再清高，低聲懇求帶他進牢的看守說：「警官，我年老體弱，害怕挨打，感謝您幫我打聲招呼？」他滿以為會遭粗聲拒絕，不料遇上好人，看守說：「我曉得。你沒有搶，沒有殺，沒有偷，沒有騙，只是寫了一本書。」說著打開第二十五號牢房。

牢房電視聲音很大，同時高音喇叭播放監規，壓倒電視，木板搭成的長臺連鋪上面整整齊齊放著一摞被子，十幾個囚犯有的在鋪上跑來跑去高聲喊：「冷得很囉！冷得很囉！讓我們鑽鋪蓋窩啊！讓我們鑽鋪蓋窩啊！」有的用拳頭擂打牆壁、尖聲怪叫，宣洩強烈渴望，有的坐在鋪邊討論案情，嗓門高得像吵嘴，有個囚犯蹲在鋪臺盡頭半人高的隔牆下面大便，另一個囚犯候在跟前催他屙快，一把將他拉起來自己去蹲下。大家一見牢門打開，除了那個躲在牆下正在大便的囚犯，全都忙在鋪邊兩尺寬的過道整整齊齊站好，齊聲高喊：「馮幹部好！」馮幹部站在門口忍住屎臭高聲說：「這是作家，老年人，照顧著點！」說完放進學文，就關門走了，所有囚犯齊聲喊：「馮幹部慢走！」

學文來到鋪臺前，十幾個囚犯笑著鬧著一齊圍住他，爭著問他為啥，問他姓啥等等，學文放下被子，一一如實回答，不敢得罪任何人。囚犯們多是小學文化，聽說他為出書，有的很佩服，都說出書不簡單啊，並且還有稿酬；有的一點兒也不佩服，認為那點稿酬不如他們在外搞的錢多，不以為然說：「出書就啷個啊？稿酬就啷個啊？」新犯人進牢必須挨打，牢頭想著這規矩，猶豫一陣笑著說：「馮幹部打了招呼，算啦，我們不打你。但是你要好好改造你的反動思想！」另一個犯人說：「我們刑事犯一大堆，政治犯只他一個，他是高級犯人。」學文心裡感激馮幹部，以為他認識自己，問他老家是巴西哪個鄉，囚犯們都說他是重慶人。

囚犯們知道了學文的來龍去脈散開了，有的靠牆坐在自己的鋪位看電視，有的繼續高聲笑鬧或爭吵，有的用拳頭猛打牆壁練武功，用以威懾別的犯人，有的在連鋪跟前兩尺寬的過道原地踏步，用以禦寒，如此等等，不一而足。學文見連鋪越往前面臨窗的位置越寬鬆，越往後面蹲便的地方越擁擠，要去牢頭他們前面寬鬆的地方打坐聊天，幾個囚犯連忙告訴他，任何新來的犯人都睡最後一個鋪位，等到再有新犯來，論資排輩往前移。最後一個鋪位隔著那堵半人高的矮牆就是蹲便的地方，距離屎尿最近，學文很不情願，但是毫無辦法，只得抱起被子要走去，幾個犯人連忙說：「這會兒不能用被子！放在這上面。」說著幫他把被子放在那摞整整齊齊的被子上面。

學文來到最後面，見一個六十幾歲的老頭緊靠矮牆坐在鋪上一動不動，根本沒有他的鋪位。學文看那老頭，見他腿上蓋著被子，上身穿著白襯衣，襯衣很薄，能夠看見裡面穿著一件囚衣，囚衣也是藍色，也沒袖子，也很單薄，也有號碼。老頭個子不高，寬闊的王八腰背頂著背後的高牆，細長脖子上的小腦袋向前傾著，兩只賊亮的小眼睛又圓又鼓，尖尖的嘴巴閉著不說話。學文正要跟他說話，幾個年輕囚犯有的笑著說：「莊老師，你挨著王解放，要聞王八臭。」有的高聲吼：「王解放，你龜兒整年不洗澡，老子捶平你的龜背！」有的怒聲喝：「王八，給莊老師挪位置！」王解放仍然緊閉嘴巴不動彈。

王解放生於一九四九年，這年他爹積極參加打土豪、分財產，分得多福鎮上一套大瓦房，黨把這年叫作解放年，他就給娃取名王解放。後來王解放他爹當了生產小隊長，不僅多吃多占沒餓死，還在隊裡一言九鼎，予人禍福。比如公共食堂時期，全隊共吃一鍋飯，誰吃三碗，誰吃兩碗，誰當炊事員（肚子少挨餓），誰當保管員（可以偷點糧），誰站著認錯，誰跪倒挨打，全由他的喜惡來決定。比如伙食下戶時期，社員每天幹活由他安排，誰幹輕活，誰幹重活，誰的工分扣兩分，誰的糧食扣三斤，也全是他的一句話。因此二十幾年來，他天天享受隊裡百多男女老少的恭維奉承，連王解放小小年紀，就開始得到許多誇獎和討好。後來改革開放，農民單家獨戶幹活，單家獨戶收糧，單家獨戶吃飯，不再討好隊長，王解放全家在隊裡不再吃香，因此他家無限懷念毛主席，無比仇恨鄧小平，王解放經常在公開場合叫罵改革開放。

多福鎮位於交通要道，國家領導人曾經幾次坐車路過那兒，巴西縣委決定打造該鎮形象，吸引領導眼睛，於是徵用街民宅基搞修建。大多數街民鬥不過政府，都在補償少得可憐的協議上簽字，然後拿到補償開始搬家，唯獨王解放一家不簽，政府和開發商強拆他家房屋，他家多次睡在地上阻攔挖掘機。這樣鬧了很久，開發商和政府商量後，用錢買通挖掘機工人，挖死王解放二十歲的兒子，挖掘機鐵齒掛著他兒子的腸子……。政府操作司法，巴西縣法院只判兇手兩年徒刑，王解放拿著兒子慘死的照片上訪二十幾年，坐牢十三次。

他每次上訪回來，到處誇耀他去過北京幾次，見到大官多少。他常對那些從來不敢去縣委、縣政府的農民說：「我進縣委、縣政府的大門，就像跨自家門檻那麼隨便！縣上好多單位都有人認識我，我一去了，這裡在喊『王解放』，那裡在喊『王解放』……」王解放只讀了五年書，但是他知道布爾什維克是蘇聯共產黨的意思，這是多麼深奧的知識啊，他必須炫耀出來，因此常在人前或者上訪時候高呼「布爾什維克萬歲！」，自稱他是堅強的布爾什維克戰士。他覺得布爾什維克這個名詞很好聽，口裡說著很幸福，就像多福鎮那個崇尚知識然而從來沒有讀過一本外國文學名著的語文教師那樣，覺得那些外國作家的姓名和外國文學名著的書名很好聽，天天在人前背誦，十分優雅、自豪和幸福。

上級信訪部門多次下達公函，巴西縣委、縣政府終於答應賠償他三十萬元，條件是從此息訪。他在息訪協議上簽字，拿到三十萬元賠償款，又天天到縣委、縣政府和公、檢、法上訪糾纏，說賠少了，說公安局不該抓他坐牢等等。書記、縣長、局長、院長、檢察長們想息事，就承認把他抓錯了一次，根據新近頒佈的國家賠償法，由公安局賠他一萬元。王解放無比高興，無比自豪，連忙到處宣揚：「公安局好了得！但是向我低頭認錯，賠我十萬元！我坐牢平均每天掙三百多元……」他上訪二十幾年，坐牢十三次，忍受多少苦難、輕慢和侮辱啊！他非常需要別人對他重視、尊敬和誇獎，他沒人誇獎就自誇，因此天天到處自誇他的勝利和能幹。

王解放打了勝仗，信心倍增，認為兒子的死亡賠償太少了，他要繼續鬥爭。他的老婆、兒子、女兒跟著他吃了二十幾年上訪苦，這下終於勝利，都堅決主張算啦，但是王解放已是多福鎮有名的上訪戶，有人誇讚他上訪、鼓勵他上訪，他多想取得更大勝利、贏來更多佩服，物質精神雙豐收啊，因此天天跟家人吵罵，要繼續上訪！家人發誓，如果他再坐牢，堅決不管他，他與家人感情完全破裂，寫了斷絕關係的契約。這天很熱，王解放在家脫下薄薄的白布襯衣鋪在飯桌上面，用黑色染料在左襟描上「毛主席萬歲！」，在右襟描上「共產黨萬歲！」，在後背描上「布爾什維克戰士王解放喊冤！」，他光著上身、汗流浹背，描了整整一天，第二天穿著這襯衣，天天去縣上糾纏。

書記、縣長、局長、院長、檢察長們天天躲他，躲得煩了，就研究決定，以尋釁滋事為由，把他抓進監獄判重刑——當然，王解放一點兒也不知道。白襯衣是他的宣言，白襯衣是他的廣告，他天天穿著，引人注意。這天，他又穿著白襯衣去茶館喝茶，吹噓他的能幹和勝利。他對茶友們誇完自己見到哪些大官、取得哪些勝利，又誇自己說話多麼有重量：「我有個朋友遭多福鎮派出所關了，我去跟所長說：『把他放了！』所長不答應，我轉身就走！剛走幾步，所長連忙派人叫我轉去，就答應放了我的朋友呢！」茶友們厭了他的自誇，都扯開話題聊其他，王解放對他們的聊天毫無興趣，耐著性子等待插話機會，又說：「我看到有個人，他的朋友遭多福鎮派出所關了，他去叫所長放人，所長就把他的朋友放了。這才算能幹，這才是角色呢！」接著他又扯到他的官司，吹噓縣委、縣政府如何怕他，吹噓他給公、檢、法設了什麼圈套，說：「你們看，這回公檢法又鑽進了我的口袋！」話音剛落，背後來了巴西公安局幾個人員，拿出手銬銬住他的雙手，把他帶上汽車開走了。

王解放被關進了巴西縣看守所的大牢。牢裡完全遵從叢林法則，毫無正義、是非、道德和善念可言。強者經常欺辱弱者，踐踏善良，弱者經常躲避強者，防範邪惡，不管強者還是弱者，每個犯人都用盡心機，窮盡力量，腦子不得片刻鬆懈，用以減少自己物質和精神上的苦難，從來沒誰考慮別人的苦難。王解放經常遭受強悍兇殘犯人的欺辱，卻又經常欺辱比他弱小的犯人。他根據對手強弱，採取不同策略：對手強大，比如牢頭獄霸，比如殺人死囚犯和年輕力壯的地痞流氓，不管別人怎樣欺他、打他、侮辱他，他都忍受當龜子；對手弱小，比如那個疾病纏身、氣息奄奄的小偷，比如那個腦子笨、嘴巴鈍的吸毒犯，比如那個剛從去世岳父家裡拿回生鏽獵槍，第二天就被公安局以「非法持有槍支罪」抓進牢的老實農民，他常常或用計，或搶奪，或吵嘴精神侮辱，或打架肉體欺壓，總要先發制人，壓倒對方，給別人當老子。他天天在牢裡自誇：他拿到公安局的國家賠償，坐牢平均每天掙了三百多元；公安局長多麼了不起，但是多次向他低頭認錯；派出所長那麼牛，天天到處抓人，他王解放叫他放人就放人；他跟別的犯人不同，他現在不是坐牢，而是掙錢，他又要平均每天掙三百多元，縣委、縣政府和公、檢、法這回又鑽進了他的口袋。他天天自誇，除了心理需要，還想威懾其他犯人。

學文在舖臺跟前站了一陣，見王解放不挪位置，正要去跟牢頭講說，王解放這才挪出半尺寬。學文說：「這麼窄，晚上側身也睡不下，你再挪一點吧。」王解放說：「睡不下就在床邊站！我們剛進牢房，不是在床邊站幾個通夜!?」一個年輕囚犯說：「莊老師，朝縫隙砸下去！砸下去就是一個位置。」學文不好意思打架，上床背對蹲便處，坐在水泥矮牆上，跟王解放友好聊天，問他家住哪裡，為啥進來等等，聊了一陣，距離拉近，二人你問我多少歲，我問你多少歲等等，王解放這才又挪一點地方，讓學文坐在他身旁。

學文繼續跟他聊天，見他冷得說話磕牙，說：「這麼冷，你啷個穿襯衣啊？」王解放說：「我不冷冷冷冷……你看，我有被子！」說著，拉一下腿上蓋著的被子。「其他犯人人……不到睡覺時間不能蓋被子……只有我一個特殊……看守所兩、三百個犯人人……個個穿囚衣……我就敢不穿……現在天冷才穿上上上……」犯人們天天聽他誇嘴，早就厭惡，現在聽他又自誇，人人嫉妒，個個難受，有個年輕的販毒地痞說：「龜子，我日死你孫女！你不是啥子高級犯人，無非是你老，看守所想你造孽，裝聾作瞎沒管你！」有個打群架來坐牢的年輕犯人說：「王八火氣大！六十好幾歲了，這麼冷，天天穿襯衣和單褲，他龜兒又不感冒！」王解放努力克制磕牙：「堅強的布爾什維克戰士士……身體是鋼筋鐵骨！」犯人們又都嘲笑他是堅強的布爾什維克戰士。

這時，一個叫姜彪的強姦幼女犯站在矮牆那邊小便，學文離他只有兩尺遠，問他道：「老王家裡啷個沒有給他送衣裳來呢？」姜彪說：「他的婆娘兒女從來沒有給他送過一次衣裳，從來沒有給他送來一分錢，你以為他是好東西？」王解放估計能夠欺住姜彪，便傷害他的精神說：「強姦犯把幼女按在地上，白漿彪[1]多遠！」同牢犯人都以強姦最可恥，姜彪平時把羞恥藏在內心最深處，現在聽得王解放說話，不等屙完小便，罵著衝上舖臺：「你老狗日的！」一腳踢落他的門牙。犯人們無比高興，無比快樂，這裡那裡都在喊：「打起來！」「打起來！」「又打！」「又打！」王解放並不打起來，坐在舖裡用手捂著嘴巴，鮮血從指縫流到被子上；姜彪解了心頭恨，見王解放不敢還

---

[1] 作者注：彪，土話，射的意思。

手，也不再打。學文同情王解放：「如果在外面，買點消炎殺菌藥啊，這裡面太不方便！」王解放語音含混低聲說：「沒事，我的身體好……」

正說著，午飯來了，囚犯們連忙跑去門邊方孔跟前，慌忙遞出兩摞塑膠碗，又一碗一碗接進飯來放在地上，然後各人尋找自己的飯碗，有的蹲著吃，有的站著吃。學文發現王解放的襯衣左襟寫著「毛主席萬歲！」，右襟寫著「共產黨萬歲！」，後背寫著「布爾什維克戰士王解放喊冤！」，他不滿毛澤東和共產黨，想要轉變王解放，雖然作用不如毫毛大，但是他要做精衛填平東海，他要做刑天揮舞干戚！因此他一邊吃飯一邊說：「現在坐牢比公共食堂時期的公社幹部吃得好。今天中午雖然只有光乾飯，沒有蔬菜沒有肉，而且米是劣質米，但是每人一碗吃得夠，公共食堂時期公社幹部連光乾飯都吃不夠，普通農民更造孽，天天只喝野菜樹葉粗糠湯，餓死好多人囉……」王解放他爹當隊長多吃多占，那時雖然他家也挨餓，雖然他也燒過蝸牛蟋蟀吃，但是遠比別人好，家裡沒有餓死人，他感謝黨和毛主席讓他全家翻身做主人，他不能忘恩負義，並且他從黨的宣傳知道，那時國家一窮二白，又遭蘇修逼債，他完全能夠體諒黨和國家的困難。因此他見學文的思想觀點跟他水火不容，他頓時不滿，連忙為黨說話：「你汙衊共產黨，汙衊毛主席！公共食堂頓頓吃肉吃乾飯，豬食桶裡肥肉肥油寸多厚，饅頭包子遍地扔，全中國一個人都沒餓死！我大你幾歲，比你清楚！」學文正要說話，牢頭說：「莊老師，你吃快點，別人要洗碗。」牢裡每天有人給大家洗碗，學文見囚犯們都吃完了，就連忙倒掉剩飯放下碗。

學文還想改變王解放，來到舖上，與他並坐，又說：「老王，你如果生在民主國家，你的房子不會遭強拆，你的兒子不會遭挖死。」王解放清楚知道他的敵人是巴西地方官員和開發商，不是他自幼深愛的黨和國家，他見學文妄圖挑撥他跟黨和國家的關係，他十分鄙視，不以為然，癟著嘴巴，用鼻說話：「哼！」學文說：「你不信？民主國家的制度就不允許強拆私人的房子，必須雙方協商。」牢頭說：「莊老師，你不要搞反動宣傳！」王解放說：「如果國家打仗，他肯定要當漢奸！」犯人們從小接受愛黨愛國教育，那個製造一百多公斤白粉的年輕死囚犯高聲說：「漢奸是壞人！」學文說：「好國家的漢奸才是壞人，壞國家的漢奸是好人。我如果生在晚清，堅決要像龔半倫那樣引進八國聯軍，推翻腐敗國家！」一個油耗子[2]說：「你不愛國。」一個從金三角抓回來的網路詐騙犯，被抓之前天天在網路上跟那些不愛國的「美狗」、「漢奸」爭辯吵罵，現在說：「我雖然坐牢，但是我愛國，我不反黨。」一個搶劫殺人死囚犯也說：「我也愛國，我也不反黨。」學文說：「不是每個國家都可愛，不是每個政黨都不該反，比如希特勒的納粹黨就該反……」

國家規定，犯人檢舉犯人，可以立功減刑，王解放見莊學文公開反對我們的黨和國家，他非常憤怒，高聲喝道：「你在牢裡搞反動宣傳，我馬上寫報告！我馬上寫報告！」學文有些害怕，但是要充硬漢，說：「你寫！你馬上寫！不寫你就是龜子！」王解放連忙起身，從墊絮下面拿出幾張紙和一支沒有筆桿的圓珠筆芯子，坐在鋪裡把膝蓋當桌子寫報告，然後跳下鋪臺，去到門邊，按了牆上對講機的按鈕高聲喊：「我要立功，我要檢舉！我要立功，我要檢舉！……」馬上，一個值班看守來開門問道：「啥事⁉」王解放連忙遞去報告說：「莊學文在牢裡搞策反，你看！」看守拿著他的報告看了幾眼，關門就走了。

此後，公安局辦案人員幾乎每天都來看守所提審學文，除了審問他在臺灣出書，還審問他在牢裡煽動犯人對黨和國家不滿之事，接著又提審二十五號牢房所有囚犯。大多囚犯愛黨愛國，學文跟

[2] 作者注：油耗子，就是專偷大貨車上柴油的盜賊。

他們觀點不同，他們不願讓學文逃過應有的懲罰，因此都如實講說他在牢裡的反動言論，只有少數跟他關係特好的，才幫他隱瞞一些。學文雪上加霜，心情沉重，全無食欲，夜夜失眠，身體很快垮下來，幾次暈倒在牢裡。學文從臺灣出版社購了五十部《精衛銜微木》，送給到處的熟人和網友閱讀，巴西公安局從他手機看到快遞公司寄書的地址、姓名和電話號碼，申請公安部發起全國收繳行動，各省市公安廳派人按照寄書地址、姓名和電話，收回《精衛銜微木》寄給巴西公安局全部燒毀。

第二年的國慶日到了，囚犯們都在討論如何向國慶獻禮，王解放學習《紅岩》英雄，要做一面國旗插在牢門外，表達對黨對國的忠誠熱愛。他從垃圾桶裡拿來囚犯們丟棄的紅背心和黃內褲洗了晾乾，向馮幹部要剪刀裁剪國旗。看守所怕犯人自殘自殺，牢裡連筷子也沒有，吃飯用專為囚犯造的塑膠軟調羹，軟得連飯也舀不起來，馮幹部當然不同意他的要求。王解放就用兩手牽著紅布和黃布在水泥洗碗槽邊割，用牙齒咬，終於弄出一塊長方形的紅布和五個大小不等的五角星，可是那些五角星有的像冠狀病毒，有的像非典病毒，有的像流感病毒，有的像非洲豬瘟病毒，一點兒也不像規則的五角星。他又要求膠水，馮幹部答應了，他將幾個黃色「五角星」黏在長方形紅布上，又向馮幹部要旗桿，馮幹部折來院子中央花台上的巴茅花桿子交給他，王解放黏上國旗，馮幹部又幫他插在牢門外面的門框邊。

學文常想報復他，見他用內褲做國旗的五角星，而且做成各種病毒樣，就跟幾個囚犯低聲商量，寫了檢舉信交給馮幹部，要求轉交公安局。公安局按照書記縣長們的指示抓了王解放，正愁找不到判他重刑的嚴重事實，收到學文的檢舉信非常高興，忙到看守所拿去王解放做的國旗，又提出二十五號牢房所有囚犯調查，然後向縣委縣政府彙報，書記縣長們指示，數罪並罰，判他重刑。

學文在看守所關了一年多，巴西縣人民法院開庭審判，公訴人控告莊學文的《精衛銜微木》大量描寫公共食堂餓死人，大量描寫文化大革命打死人，在巴西看守所牢房不思悔改，發表反動言論，煽動其他囚犯對黨和國家不滿，以達到顛覆國家政權的目的。學文滔滔辯說，法院一句也不採納，最後根據《刑法》第一百零五條第二款「以造謠、誹謗或者其他方式煽動顛覆國家政權、推翻社會主義制度的，處五年以下有期徒刑、拘役、管制或者剝奪政治權利；首要分子或者罪行重大的，處五年以上有期徒刑」的規定，以「煽動顛覆國家政權罪」判處學文四年有期徒刑。

王解放在看守所關了兩年多，巴西縣人民法院以「尋釁滋事罪」和「侮辱國旗罪」，判處他有期徒刑六年。

作者說明：此篇根據莊學文出獄後的聊天寫成，重點不是牢房生活的苦難，因此牢房苦難涉及很少。

第三十五章　農村老頭耍小姐

小堡場邊高大的黃葛樹下，牛販子把五千大鈔反覆點數之後交給慶豐老頭，就牽著水牛走了。

慶豐老頭把錢揣進懷裡，今天逢場人多，他怕小偷摸錢，就去場上女兒家裡擱放。他來到街心，趕場農民熙熙攘攘，往往來來，街道兩邊賣衣褲、鞋襪的，賣豬肉、狗肉的，賣鍋盔、涼粉的，賣茄苗、瓜秧的，賣篾貨、背簍的，賣人藥、獸藥的，無不向顧客誇說自己東西的好處。

慶豐在女兒家裡放了錢出來，今天把牛賣了他不忙，要在街上耍會兒。街邊有個男子一手舉藥瓶，一手拿話筒，向小桌前面一堆村漢農婆高聲廣告：「我們人生病，就是細菌在日怪！我這藥叫『殺母不殺公』，是北大清華認證的，是國家藥監總局批准的，你們吃進肚子，馬上殺死母細菌，只留公細菌，讓它龜兒些娶不到婆娘，一輩子當光棍，永遠斷子絕孫……」村漢農婆們聽他說得有道理，連忙搶買，深怕賣完。

慶豐聽得公細菌們打光棍，心裡一陣酸楚。他年輕時候死了老婆，一直打光棍，雖然一輩子想女人，可是言行端正沒亂來，以致經常受到人們口頭讚揚，幾次受到小堡公社也就是現在的小堡鄉書面表彰，縣上送他一塊匾額，上面刻著「永守操節」四個大字，幾十年來他雖然贏得人們尊敬，但是日日夜夜忍受多少渴望和痛苦啊！他聽說老么茶館有小姐，他賣牛有錢，多想去耍小姐啊，但是他已六十多歲了，他不能像尿床的孩子，通夜忍尿，忍到天亮，才屙一泡在鋪裡。然而他還是想要小姐，心裡安慰自己的面子思想說：「我去喝茶，不一定要小姐。」就往老么茶館去了。

老么茶館坐著一桌農民老頭，正在唾沫橫飛罵貪官，每人面前的廉價茶早已淡成白水，旁邊的空茶桌上放著一袋包子，塑膠袋裡的熱氣已經蒸發殆盡。有個老頭說：「你們看新聞聯播沒有？昨天中紀委又抓出一個大貪官，他家抄出的金條和現鈔裝了四大卡車，房子一千多處，情婦好幾百！」另一個老頭興奮得差點跳起來：「那麼多情婦，給我分一個！」第三個老頭說：「人家那些情婦是電影明星和電視臺的節目主持人，要你！一腳把你蹬多遠！」

一個五十多歲的女人從茶館後面的房間出來，拿個包子咬一口：「哪個的包子，我吃一個。」幾個老頭馬上停了罵貪官，雙雙淫眼盯著她，有個老頭笑著去捏她的奶子：「這是我給孫子買回家去的，你吃我一個包子，我吃你兩個包子！」女人一面吃包子，一面跟他打玩，老頭們都說笑那女人。女人停了打玩，橫坐在一個滿嘴假牙的老頭的大腿上，右手抱住他的頸子，左手將包子塞進嘴裡，油手去摸他胯下：「要不啊？嗯？要不啊？」滿嘴假牙的老頭笑著問：「啷個要啊？打牌麼？下棋麼？」女人說：「日媽裝啥怪嘛，又不是不曉得。」有個老頭躍躍欲試：「多少錢哇？」女人伸出一根指頭：「再不給麼，這個數要給嘛。」另一個老頭笑著問：「一分錢？」女人起身去打他：「一分錢去日你媽！」眾人都大笑，有的說：「再說老屄不值錢麼，一元錢要給嘛。」有的說：「連吃碗米粉都是一元錢。」有的說：「現在國家沒有印一分的錢了。」女人回到滿嘴假牙的老頭的大腿上繼續摸他：「要不啊？十元錢要不啊？」滿嘴假牙的老頭堅決說：「要耍就是五元錢！」女人說：「來哇。」便起身去茶館後面的房間，滿嘴假牙的老頭跟著去了。這裡，老頭們繼續說性話，有的說：「等他出來我就去！」有的說：「我的輪次排第三！」有的說：「我的輪次排第四！」有的說：「我的輪次排第五！」有的說：「你們這麼多人，莫把人家搞死啦！」有的說：「你這些蔫老頭，像都不像，人家老屄禁得整！」

正說著，慶豐走進茶館來坐下，梁老么拿來茶水，收錢走了，眾人都跟慶豐說話。有個老頭說：「慶豐，耍小姐！」慶豐記起家裡門上那塊縣上送的木匾，木匾只有古代犯人脖子上戴的木枷大小，但是曾經給他多少榮譽啊，他現在雖然想耍，卻笑而不語。另一個老頭看穿他的心思，說：「現在社會都變了，還有屎大哥記得你那木匾！」第三個老頭說：「好多大官都有情婦，而且不止一個兩個……」第四個老頭說：「過去皇帝的婆娘才算多，三宮六院幾千人……」慶豐想：「皇帝自己耍那麼多婆娘，卻叫老百姓守貞潔……」他開始憎惡他門上那塊木匾，木匾在他腦裡幻化成了木枷，木枷幾十年來鎖著他，他想：「我已經六十多歲了，再不耍就要不成了……」慶豐正想著，滿嘴假牙的老頭從茶館後面的屋裡出來，在桌旁坐下低聲對別的老頭又說又笑，有個老頭連忙起身去了後面。這樣過了很久，幾個老頭都耍過，只剩慶豐沒有耍，有個老頭說：「慶豐，你去。」慶豐便連忙去了。

茶館後面的房間是梁老么的臥室，臥室狹小、陰暗、潮濕，拳頭大的燈泡積著厚厚灰塵，發出昏暗黃光，讓人模糊看得見地上眾多蟲子、牆角一堆蜂窩煤和幾個爛茶壺，牆上老舊的石灰皮掉得斑駁陸離，鐵釘上掛著梁老么的幾件衣物，一張搖來晃去的小床上，補丁被子亂成團，散出汗臭、腳臭、煙臭、黴臭、精液臭和女人的低檔化妝品臭，而那五十多歲的女人坐在床邊，正在清點床頭櫃上她的包裡的一疊皺巴巴的小鈔票，一邊等著下一個進來。慶豐來到屋裡，一見女人就猴急，女人猛地推開他，伸出一隻巴掌來：「五元！」慶豐磨蹭一陣，給她五元，正要抱那女人，梁老么進來說：「慶豐，把房錢給了。」慶豐磨蹭一陣，給他兩元，梁老么出去，隨手關上房門。慶豐認為自己花了七元錢，就該由他享受夠，他吻遍女人全身，越吻越瘋狂，竟然咬掉女人的奶頭。女人流血不止，大叫不停，以致梁老么和幾個老頭都進來，大家有的扶著女人去醫院，有的通知女人的老公，有的勸說慶豐賠錢：「都是熟人，你跑是跑不掉的，不如陰倒賠點錢，不把事情鬧公開……」

女人的老公從家裡趕來，去醫院看了老婆，忙來老么茶館要打慶豐，早被眾人勸住。雙方談判，女人的老公要一萬元，慶豐只給一千元，爭了很久，不能談妥，只得請來村支書。支書兩邊勸說一陣，裁斷慶豐賠錢五千元，慶豐心想自己就才吻奶子，其他樣都沒有幹，一條大水牛就完了，他實實在在想不通，因此不同意支書的裁斷。支書桌上一巴掌：「你不同意就算啦，我馬上打電話通知派出所！」梁老么和幾個老頭都勸說：「派出所不僅要罰你五千元，還要抓去關幾天。」慶豐考慮到面子和名譽，只好答應賠五千。

第三十六章
屈原劍

第一節　害國賊

批鬥大會散場後，愛國者們拿著打牛棍棒回家吃飯去了，淒冷月光下的露天會場頓時空曠，只剩金正成兩口子。

金正成躺在批鬥臺上，老婆扶他起來，衣褲連結堅冰，撕破幾處口子。二人離開會場，身後土臺上留下三尺多長的寫著「打倒害國賊金正成」的尖尖帽[1]，現在暫時被遺忘，明天才有孩子撿起它來戴在頭上演戲玩耍，土臺兩邊的樹幹之間是人們今天下午用細繩扯起的橫幅，上面寫著「宇宙偉人金日成同志親手締造的朝鮮民主主義共和國萬萬歲！」在朦朧的月光下不甚分明，現在也暫時被遺忘。

---

1 作者注：批鬥人的時候，把一截竹筒花成指寬的篾條（節疤那兒不劃破），然後用篾絲編成圓錐形，外面糊上白紙，寫上黑字，成為尖帽子，給被批鬥者重重戴在頭上，有時篾條戳破皮肉，鮮血流滿臉頰，滴到地上。

金正成右臂抱著老婆肩頸，左手劃著身邊寒氣，一步一瘸往家走，兩唇僵硬含糊說：「我給黨和國家提意見，是真正的愛國主義；他們護著國家的問題和疾病，才是真正的害國賊！」四野除了寒冷的月光，除了月光裡依稀可辨的土路、地壟、冷樹和丘巒，什麼都沒有，他老婆也兩唇僵硬含糊說：「你不要愛國了吧！這國家有啥可愛的？」金正成猛力把她推開，咚地坐在地上：「你走開！我不要你扶，我自己爬回去！……『兒不嫌母醜，狗不怨家窮』，朝鮮問題再多，她是我們的祖國！……楚國貴族集團那麼腐朽，我的祖先仍然愛楚國，聽到秦兵占領郢都，心痛得跳江而亡！」老婆怕他爬不回家，凍死路上，一面扶他一面說：「好，我愛國，我愛國！」金正成這才讓老婆扶他起來。

第二節　屈原後裔

二人回到家裡，他們十五歲的兒子金光和歲半的女兒金姬餓得長哭，冷得長哭，老婆把金正成扶到炕上躺著，就點燃油燈做夜飯。青壯製造原子彈去了，村裡只剩老弱病殘，糧食年年減產，不夠國家公糧，家家戶戶常斷炊。金正成的老婆把家裡僅有的兩把麵粉煮了一碗稀糊糊，端著坐在炕邊，全家一口一口輪流喝。

金正成整夜夢見自己年輕時候和中國人民志願軍並肩抗美的慘烈，他全身負傷，肚子飢餓，倒在雪裡起不來，飢寒疼痛快要死。他的老婆孩子與他同睡一炕，也又冷又餓，半睡半醒，破房漏進月光，照在炕上，臭氣熏天的被子露出四張水腫的黃臉，大大小小頗像中國鄉間泥水匠在小廟裡塑得很胖的菩薩。

天亮已經很久，老婆還不做飯，金正成坐在炕上想辦法。他們全村都是屈原後裔，屈原之子躲避子蘭追殺，帶著先父佩劍逃到朝鮮，改姓換名成了朝鮮族。屈原曾孫仿製一柄假劍來亂真，真假兩劍代代相傳，傳來傳去，如今幾千戶人除了金正成一家，都不知道古劍下落。金文原是國家文物局專家，因犯錯誤，貶謫教書，從平壤來到金正成他們農莊已有年餘，但是仍然愛好收藏文物，金正成打算賣了古劍買糧食。

他從枕下拿出兩柄青銅古劍，反覆比看一陣，將其中一柄交給金光：「拿去賣給你們金文老師，五萬元，不少價。」

第三節　社會主義好

金光扛著古劍去學校，古劍比他個子長。他進到金文寢室：「老師，這是我家祖傳寶劍，價值五萬元，我爹叫我拿來賣給您。」金文接了古劍反覆看，古劍刻著兩行小篆：「高餘冠之岌岌兮，長餘佩之陸離」，他頗為激動，拿出五萬元交給金光。專家說，原子彈有個部件必須用屈原佩劍製造，才能發射成功，國家正在查找這古劍，金文打算明天一早去平壤，要把古劍獻國家。

金文正在想著，上課時間到了，他收起古劍，搖著銅鈴。學生一齊跑進教室坐下，班長領唱〈爹親娘親不如偉大的金日成親〉，學生們一面引吭高歌，一面等著老師來上課。金文想著今天作文的題目，他由古劍想到屈原，由屈原想到愛國，於是決定作文題目為〈愛國〉。他來到教室，學生唱完頌歌，一齊起立，對著金日成畫像敬禮後，坐下等他上課。金文說：「今天作文，題目『愛國』。」學生們叫苦連天，都說作文沒話寫，要求老師輔導下。

金文去寢室拿來報紙，把〈社會主義好〉的社論和全國各地畝產百萬斤的新聞給學生們讀了，又讓他們觀看報紙上的宣傳畫：「你們看，這座糧囤比山高，糧囤半腰繞白雲，幾個農民搭雲梯，背著餘糧爬上去，糧囤下麵的農民，個個只有螞蟻大，喜氣洋洋望尖頂，腦後帽子落地上！你們說，我們國家好不好？」學生們一齊回答：「好！」金文又展示第二幅宣傳畫，唸讀畫旁配畫詩：「這頭肥豬比山大，眉開眼笑捲尾巴，背上騎個胖娃娃，手拿皮鞭打一下，肥豬飛奔如駿馬，崇山峻嶺踏腳下！……你們說，我們國家好不好？」學生們一齊回答：「好！」金文換了一張報紙，指著一幅新聞照：「大家看，這是新義州的幾個農民在給一頭驢子刷牙，旁邊有個外國記者在照相，……連驢子都刷牙，你們說，我們國家好不好？」學生們一齊回答：「好！」金文把報紙翻到另一面，〈美國人民生活在水深火熱中〉的大字標題之下，是一幅大大的新聞照，遼闊的海灘上橫七豎八躺臥幾十個穿著比基尼的西方男女曬太陽，金文指著那些男女說：「你們看，美國人民沒吃沒穿，餓死凍死扔到大海裡，海浪把幾十具屍體拋到沙灘上！你們說，美帝國主義壞不壞？」學生們一齊回答：「壞！」

金文展示完了宣傳畫和新聞照，總結說：「我們的糧囤比山高，我們的肥豬比山大，我們的驢子也刷牙，我們的國家多麼富強、多麼可愛啊！我們今天的好生活是革命先烈用鮮血換來的，我們一定要好好珍惜，熱愛自己的國家！……但是以美國為首的資本主義國家，人民正在水深火熱之中受苦受難，老百姓餓死凍死，赤身裸體扔進大海！……所以我們一定要熱愛自己的國家，好好學習，天天向上，長大做個合格的共產主義接班人，製造原子彈炸死美帝黑心狼，最終解放全人類，把我們的旗幟插遍地球每個角落……」金文輔導完了，問：「這下作文有話沒有？」學生一齊說：「有。」金文說：「寫。」學生一齊說：「好。」

於是學生們拿起筆來，個個開頭都寫：「我們的糧囤比山高，我們的肥豬比山大，我們的驢子也刷牙，我們的國家多麼富強、多麼可愛啊！……」個個中間都寫：「但是以美國為首的資本主義國家，人民正在水深火熱之中受苦受難！……」個個結尾都寫：「所以我們一定要熱愛自己的國家，好好學習，天天向上！……」所有作文都跟老師講的完全相同，所不同的只是有的錯字多，有的錯字少，有的書寫工整，有的書寫潦草。

第四節　三八線那邊

五萬元買來的糧食吃完了，金正成全家又挨餓。他很想賣掉另一劍，然而那是祖先遺物，那是價值連城的真寶，他餓死也不能賣掉傳家寶。

這天中午，金正成坐在炕上餓著肚子學習《金日成全集》，赤裸的腿胯蓋著破被，光光的上身瑟瑟發抖，他的老婆坐在炕邊縫補他剛才脫下來的衣褲，一邊想著全家的生計，金光站在不遠處旋洗鍋碗旋唱〈爹親娘親不如偉大的金日成親〉，而金姬剛剛吃過午飯還想再吃，坐在潮濕的地上聲聲長哭。

金正成老婆縫補一陣說：「昨天三八線那邊又有南朝鮮的農民向我們扔饅頭，可惜我去遲了，沒有撿到。」金正成警告說：「那是敵人的糖衣炮彈，餓死都不能吃！」女人縫補一陣，又說：「三八線那邊的房子好漂亮，這邊好多人天天看得心癢。我們哪天才能住上那樣的好房子啊。」金正成對女人有些不滿：「你天天羨慕南朝鮮！那是敵人的陰謀詭計！……」金光停了唱歌：「我們老師講，敵人故意把三八線一帶的房子修漂亮，吸引我們逃過去，其實他們首都的房子還不如我們這邊的廁所好，他們的人民正在水深火熱中受苦受難！」

女人不相信丈夫和兒子的話，縫補一陣低聲說：「我說金正成，祖先的寶劍你不願賣，我們不能這樣餓死，我跟你商量一個辦法：我們家的房子距離三八線這麼近，每天把南朝鮮邊防兵的眼睛、鼻子看得清清楚楚，我們全家從地下打洞鑽過去！我已經想好了，土巴倒在房後懸崖下面的深海裡……」金正成像被毒蛇咬了一口：「什麼⁉你想脫離宇宙偉人親手締造的北朝鮮，逃到傀儡政權南朝鮮⁉」金光也頓時憤怒，指著他娘的鼻子：「朴忠謀，你是叛國賊！從此我們劃清階級界線，你不是我的母親，我不是你的兒子！……」女人丟下針線打兒子，金光連忙抓起一本《金日成語錄》，一手捧在胸前，一手舉拳高呼：「打倒叛國分子朴忠謀！讓朴忠謀在偉人語錄面前發抖吧！」

「爹親娘親不如偉大的金日成親」，朴忠謀妄圖叛逃宇宙偉人金日成親手締造的朝鮮民主主義共和國，她是多麼陰險惡的階級敵人啊，因此金光呼完口號說：「朴忠謀，我要去對邊防站的官兵舉報你！」說著馬上跑出家門。金正成跟妻子雖然感情深厚，但是妻子妄圖叛國，死有餘辜，並且去年北朝鮮有個外交官員妄圖逃到南朝鮮，家人沒有舉報，全家老小十一人，全被國家槍殺了，金正成必須馬上和妻子劃清界線，自己才能保住命。他這樣想著，連忙抓起連著針線的衣褲穿在身上，跳下炕來也說道：「朴忠謀，我要到公安局舉報你，這不怪我，這要怪你！」說著連忙跑出門去。朴忠謀心裡翻著狂濤巨浪，地上金姬坐著屎尿，聲聲長哭，她沒有聽見，房頂狂風呼嘯，炸雷驚天，她沒有聽見，房後海浪滔天，猛撞高崖，她沒有聽見，窗外海鳥翻飛，驚慌怪叫，她沒有聽見。她從來不吸一支煙，而且反對丈夫吸，現在抓來劣質煙，抽了兩支銜嘴裡，拿起破鏡和木梳，一下一下不停劃，劃了半天劃不燃，這才換了火柴劃……

公安局把朴忠謀抓去槍斃了。槍斃那天，公安局押著朴忠謀來到三八線召開萬人大會，村裡男女老少跑去看熱鬧，金光跟在後面也跑去看熱鬧。可是距離會場還很遠，他停在了一叢灌木後面，心裡的痛和悔啊，簡直無法用語言形容。此刻，他想不懂到底是「爹親娘親不如偉大的金日成親」，還是偉大的金日成不如爹親娘親。他從枝葉縫隙偷偷看眼會場，只見他娘五花大綁，低頭跪在臺上，胸前掛著一塊大紙板，上面寫著什麼看不清，身後幾個公安兵用槍指著他娘的腦袋，他爹抱著哭叫不停的金姬站在臺上，正在對著人山人海高聲揭發他娘的罪行。他不敢再看，感到自己是頭豬，是隻狗。「不！我不如豬，不如狗！」他在心裡狠狠說。

第五節　真假寶劍

金正成餓死了，據說臨死時喃喃自語，問美國鬼子的碉堡炸掉沒有，問美國鬼子退出三八線沒有。

金文獻給國家的假劍致使原子彈發射失敗，員警把他抓去灌屎尿，然後剝皮展覽。學生無人講課，全部輟學回家，天天到處找吃。

三八線一帶的集體農莊拖欠國家幾年公糧，國家扣留聯合國糧食組織的救濟糧不發放，用以抵消拖欠的公糧。金光三天沒有吃飯，肚裡只有十個桑果、八個蝸牛、三隻筍子蟲和一些野草。他竄到村外幾里的人跡罕至的拋屍場，只見男男女女，老老少少，幾百具屍體橫七豎八，姿勢各異，老鷹在天上盤旋，蠅群在屍上忙碌，他見沒有新屍可吃，只好又回家裡去。

這時已經天黑，他點燃油燈，見妹妹在炕上閉著眼睛奄奄一息。他再不進食只有餓死，妹妹夠他吃兩頓，他拿起木棒，走到炕前，對準妹妹腦袋猛地打去，妹妹慘叫一聲沒氣了。金星大伯是鄰居，半夜聞到人肉香，想這幾天沒死人，金光哪來人肉吃？他從門縫往裡看，只見屋裡燃柴火，金光坐在火堆旁，正在啃吃人腿桿，啃完骨棒扔旁邊，又從火裡拿一根，女孩腦袋丟地上，頭髮蓬亂像莎草。

金星大伯連忙報警，第二天幾個員警破門而入，金光坐在火堆旁邊正在啃吃昨晚剩下的骨頭，聽得聲音，轉頭一看，從容淡定回過臉，繼續啃吃人骨頭。員警將他踩在地，拿出繩子像捆雞，滿屋搜查一陣後，推他出門就要走。

金光知道自己死定了，但是他要愛國家，說：「不忙，我家藏著祖先的真劍，我帶你們拿出來，獻給國家製造原子彈，炸死美帝黑心狼！」

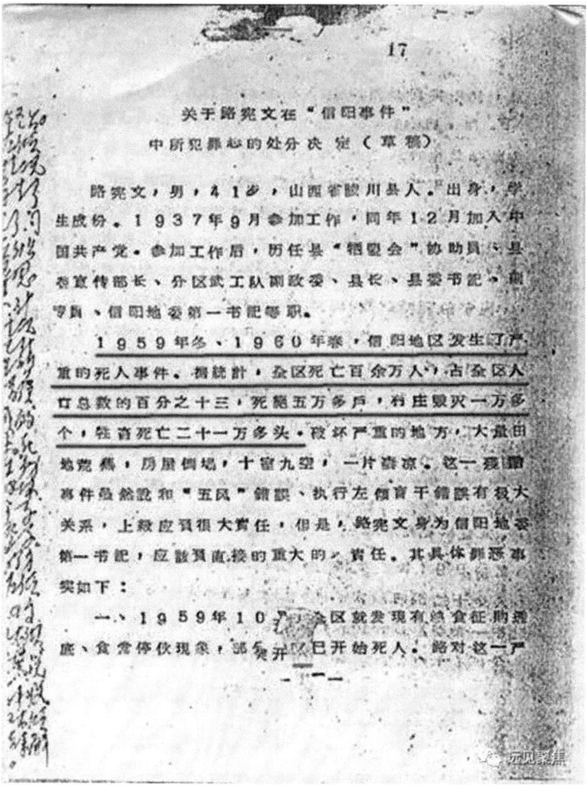

17

关于路宪文在"信阳事件"
中所犯罪恶的处分决定（草稿）

路宪文，男，41岁，山西省陵川县人。出身，学生成份。1937年9月参加工作，同年12月加入中国共产党。参加工作后，历任县"牺盟会"协助员、县委宣传部长、分区武工队副政委、县长、县委书记、副专员、信阳地委第一书记等职。

1959年冬、1960年春，信阳地区发生了严重的死人事件。据统计，全区死亡百余万人，占全区人口总数的百分之十三，死绝五万多户，村庄毁灭一万多个，牲畜死亡二十一万多头。破坏严重的地方，大量田地荒芜，房屋倒塌，十室九空，一片荒凉。这一严重事件虽然说和"五风"错误、执行左倾盲干错误有极大关系，上级应负很大责任，但是，路宪文身为信阳地委第一书记，应该负直接的重大的责任。其具体罪恶事实如下：

一、1959年10月，全区就发现有粮食征购过底、食堂停伙现象，部分地区已开始死人。路对这一严

—1—

附錄一

關於路憲文在「信陽事件」中所犯罪惡的處分決定（草稿）

路憲文，男，四十一歲，山西省陵川縣人。出身，學生成分。一九三七年九月參加工作，同年十二月加入中國共產黨。參加工作後，歷任縣「犧盟會」協助員、縣委宣傳部長、分區武工隊副政委、縣長、縣委書記、副專員、信陽地委第一書記等職。

一九五九年冬、一九六〇年春，信陽地區發生了嚴重的死人事件。據統計，全區死亡百餘萬人，占全區人口總數的百分之十三，死絕五萬多戶，村莊毀滅一萬多個，牲畜死亡二十一萬多頭。破壞嚴重的地方，大量田地荒蕪，房屋倒塌，十室九空，一片淒涼。這一殘酷事件雖然說和「五風」錯誤、執行左傾盲幹有極大關係，上級應負很大責任，但是，路憲文身為信陽地委第一書記，應該負直接的重大的責任。其具體罪惡事實如下：

一、一九五九年十月，全區就發現有糧食徵購透底、食堂停夥現象，部分地區已開始死人。路對這一嚴重情況不但不加正視，不向上級反映真實情況，反而繼續開展所謂反瞞產鬥爭，支持弄虛作假，縱容違法亂紀，推廣假現場會的經驗，批判打擊反映真實情況的同志。在路的這種極端錯誤的指示下，於十一月份在全區範圍內普遍發生了農民非正常死亡的嚴重現象。一九五九年十月下旬，路派原辦公室主任王秉林帶工作組到雞公山公社搞社會主義教育、整黨、整社重點。王去後即發現全社鬧糧情況較普遍，謝橋等大隊從國慶節開始即斷糧停炊，十一月初發生水腫病死人。王於十一月八日、十五日兩次向路彙報了這一嚴重情況，並要求解決糧食問題。但是，路兩次都拒絕給糧，並且批評王秉林同志思想右傾，工作不深入，叫工作組「硬頂」，並說：「要和群眾實行『三同』，群眾三天不吃，你們也三天不吃，看他們拿糧不拿？」要工作組「堅決突開」，一定要搞出糧食來。十六日工作組執行路的「硬頂」指示，到十九日已頂不下去，死人情況急劇發展，謝橋大隊即死二十多人。十二月初因雞公山還未突開，路便讓信陽縣委第一書記徐國梁同志親自前去突開。徐國梁同志召開了雞公山反瞞產搞出糧食的假現場會後，路就讓王秉林同志兩次給各縣傳播雞公山反瞞產假現場會的經驗。經驗中強調要頂住「叫喊缺糧、部分食堂停伙、人口外流」的現象，就是在反瞞產中幹部要過「三關」，後來被原羅山縣委第一書記許文波發展為幹部過「五關」（加造謠關和不生產關）。十二月十九日到二十三日路又讓王秉林同志主持召開了十三個縣六十六個公社，七百三十多人參加的反瞞產假現場會議。這就迫使全區在群眾口糧極少的情況下，還大搞反瞞產，各縣先後召開了假現場會四百七十四次，擠光了群眾的口糧。

當群眾因食堂停夥已開始發生非正常死亡的時候，路還推廣了確山縣所謂反瞞產萬人大會的錯誤經驗。一九五九年十一月二十四日至二十六日確山召開了萬人反瞞產大會，會上採取強迫命令違法亂紀辦法，逼著幹部群眾報出糧食三千五百萬斤。二十五日路到確山，二十六日聽了原確山縣委第一書記邵魯明的彙報。邵向路彙報了號召交紅心反對交黑心的經驗（實際上是批判鬥打），路聽後不僅不加制止，反而大加讚揚，要邵魯明同志在電話會上介紹經驗，積極向全區推廣。於是全區各縣相繼召開了五十二次萬人、雙萬人大會，到處鬥、逼幹部和群眾，直到把全區縣口糧擠光收淨。

路還推廣了原羅山縣委第一書記、階級異己分子許文波組織五類分子反瞞產、預備黨員轉正反瞞產的反動經驗。一九五九年十一月六日在地委召開的「突破落後，搞出糧食徵購入庫」的電話會議上，羅山縣許文波彙報了五條經驗，其中一條就是集中五類分子在縣訓練，以搞評比為名，讓他們報隊裡瞞產私分糧食。路聽後當即表揚了羅山的做法，並派專署糧食局長潘耕同志於十一月七日到羅山召開了光山、潢川、正陽、息縣、淮濱等五個所謂落後縣的會議。讓許文波在會上介紹了羅山集中五類分子反瞞產的經驗，實際上是向農民進行階級報復。十一月九口潘幼耕同志回信陽把這些情況一一向路做了彙報，路雖提出集中五類分子搞糧，不能讓五類分子搞幹部的意見，但實際上仍然同意和推廣了這個組織五類分子向群眾逼糧（實際上也搞了幹部），對群眾進行階級報復的經驗。一九六二年五月二十六日路憲文自己檢討說：「開五類分子會議反瞞產是一種反動的做法。我不加警惕地推廣了這一經驗，說明我的思想已經發展到了荒謬絕倫的程度。當時我的思想上視糧食為珠寶，只要搞了糧食就能解決問題，發展到不講政策、不講方法、不擇手段的嚴重程度。」這以後，正陽集中五類分子九百四十四人，潢川集中五類分子七百多人準備反瞞產，後被河南省公安廳發覺後制止，所以，沒有造成更嚴重的後果。

如上所述，路千方百計、不擇手段搞反瞞產，以致擠光群眾口糧，食堂停伙，這是造成信陽地區人口大量死亡的直接原因。

二、信陽地區在反右傾和反瞞產鬥爭中，違法亂紀現象非常嚴重，摧殘農民的手段，實難容忍，好多農民被打殘直至被活活打死。路憲文一九五九年九月在省三級幹部會上親自主持小組會鬥爭推搡平輿縣委書記處書記兼縣長曹銘同志，是一九五九年冬、一九六〇年春全區發生嚴重違法亂紀現象的開端。當時，平輿縣徵購任務沒有完成，路認為是曹存在有右傾思想的結果，讓曹參加省三級幹部反右傾會議，反曹的右傾。開始小組會鬥爭曹銘時，大家準備發言提綱，採取說理鬥爭的形式。但路認為不緊張，即專門向大家動員說：「這樣鬥爭不嚴肅、不緊張，不像個鬥爭樣子。」這以後，鬥爭會就出現了一哄而上、拍桌子，向曹指手劃腳的情況。九月十四日下午，路親自主持小組會，曹檢討，大家認為交代不好，當時有潢川縣委第一書記梁德柱、汝南縣委第一書記傅良太、羅山縣委第一書記許文波、固始縣委第一書記楊守績、光山縣委第一書記馬龍山等人一哄而上你推我搡，梁德柱還打了曹一下，馬龍山按曹的頭，有人還抽走曹的椅子，罰曹站著，發生了嚴重的違法亂紀現象。路對這種違法亂紀現象不僅不嚴加制止，反而拍著桌子逼曹交代。十六日晚有人說曹翻案，大家在河南飯店走廊裡鬥爭起來，又推搡一陣，路坐在門口也不加制止。這一嚴重違法亂紀行為，路隱瞞真實情況，沒有向省委報告。在路的影響下，上行下效，全區在反右傾和反瞞產中，普遍發生了打人等違法亂紀現象。路對全區所發生這樣普遍嚴重的違法亂紀現象，仍然未加嚴肅制止，反而強調要保護幹部積極性，不要單純批評幹部，並說：「群眾運動總是要死些人的。」一同年十二月商城縣委書記處書記張念仲，為了掩蓋吃人肉的真相，叫公安局長王志剛故意強逼群眾吃人肉，造成慘案。一九六〇年元月十一日，在潢川召開的縣委書記會議上，商城縣委第一書記王漢卿做了彙報，路也未表示態度。由於路對違法亂紀行為採取了縱容態度，因此，全區在反瞞產和反右傾中幾乎逢會必鬥，逢鬥必打，打人成風，竟成合法。階級異已分子、反、壞分子更趁機階級報復，殘害群眾。據統計，全區被打致死群眾達六萬七千餘人，被打致殘三萬四千餘人。打害群眾的酷刑在幾十種以上，如吊樑、跪磚、砸牙、剪耳朵、刺手、縫嘴、火燒、鐵烙、火葬、活埋等等，真是殘忍毒辣，駭人聽聞。原光山縣委第一書記、蛻化變質分子馬龍山就在這種情況下，活活打死了縣委書記處書記張福洪同志。路對張福洪的死，沒認真查處，使這一冤案長期不能處理。

三、一九五九年冬、一九六〇年春，信陽地區發生了這樣嚴重的大慘案，在省委未追查之前，路在此前後從未向上級反映真實情況，而採取掩蓋真相，封鎖消息，違抗檢查的錯誤行為，使這一慘案持續半年之久。

一九六〇年元月十二日，路從息縣出發經新蔡、平輿到汝南開會，看到沿路有些榆樹樹皮被群眾剝吃了，路到新蔡、平輿停車時叫新蔡縣委書記處書記巨慶彥同志、平輿縣委第一書記弓治英同志趕快通知下邊把剝了皮的榆樹砍掉。一九六〇年二月，路從省開會回來經過信陽縣長臺關車站，見到淮河南邊鐵路兩旁，有的樹皮被剝光。路就叫信陽縣委書記處書記余伴勤同志派人檢查，把樹砍掉。一九六〇年春，路和省委楊蔚屏書記從新縣到光山，經過潑河南邊的張傲，見有倒塌的房子。到光山，一見馬龍山便說：「你們那裡的壞房子不扒掉放在那裡展覽嗎？」馬龍山隨即通知把壞房子扒掉了。一九五九年十二月二日，路從潢川回信陽的路上見到死屍，他指示潢川、光山、羅山三縣立即加以掩埋。

路對死人數字更採取了報少不報多的隱瞞態度。一九六〇年元月，公安處韓仁秉根據各縣公安局統計向地委書記處書記王達夫同志彙報，一九五九年死人二十三萬，其中浮腫病死八萬人。王叫公安處弄清情況後再報（實際上是不同意報這個死人數字），路同意王的意見，讓重新統計十九萬人後，才上報省公安廳。一九六〇年四月，省委催要信陽地區死人情況，路在給省委的書面報告中，只報十一月以來（信陽地區大量死人就是集中在這一段時間），「全區發生浮腫病、紫疳病和其他疫病累計五十九萬六千一百七十六人次，死亡七萬一千六百五十八人。」一九六〇年元月十一日，在潢川召開的淮南各縣縣委第一書記會議上，固始楊守績向路說了死人數字，路說：「死人數字要進一步核實，不要犯擴大化的錯誤，你們應把他們分開說明，有正常死的，有病死的，有些老年人死是難免的。」一九六〇年二月省五級幹部會議上，楊守績向路彙報固始死兩萬多人，路說：「會有那麼多？再審查一下劃劃界限。」一九六〇年元月，省委派工作組了解生活安排情況，發現死人並加檢查。在檢查潢川縣死人問題時，梁德柱同志採取抗拒態度，曾說過「省裡來的不知是否黨團員，不能給他們說死人數字。」元月十一日，路在潢川聽梁說這話後，當著馬龍山、楊守績等人面前，支持梁的說法，並說：「省裡來的不知是否黨團員，給他們說有什麼好處？」省工作組張富同志，對梁德柱抗拒檢查很有意見，路不但不批評梁，反說：「張富同志態度不好。」省工作組陳志騤同志（省糧食廳處長）檢查發現雞公山現場會是假的，而且那裡水腫病死人嚴重，向原地委書記處書記王達夫同志做了彙報，王向路說後，路竟說：「陳有情緒，思想右傾。」一九六〇年春，中央監委李堅同志檢查信陽地區死人問題，路曾散佈不滿情緒。李堅同志臨走前，找路交換意見，路藉口沒時間，拒絕不談。

一九六〇年五、六月間地委召開擴大會議時，有一天夜裡路把梁德柱同志和馬龍山留下，問死人情況。梁說：「潢川沒死那麼多（當時說死人五萬五千人），這是省檢查組，從原來人口減掉現有人口得出來的，原來人口也有虛假。」路即對梁、馬說：「你們再搞一下，不叫省檢查組知道，咱心裡也要有個底。」更嚴重的是路還壓制民主，非法追查反映真實情況的人。光山縣白雀公社民校教師李玉倫，匿名向信陽地委寫信，反映群眾生活問題，批評路對農村情況的分析不切實。路曾指令馬龍山和白雀公社書記黃文儒，追查寫信人，經查檔案一千六百五十份，對筆跡六千多份，結果查出來是李玉倫，將李扣押二十多天。專署建築工程局黨員幹部邢貴良同志，匿名向中央、省委反映信陽地區外流、死亡情況。路指示公安處偵查破案，查出來，對邢進行了批判鬥爭，並督促該局將邢開除黨籍，下放勞動（後因信陽問題蓋子揭開，未遂）。

路憲文對待其所犯錯誤和罪惡的態度是不夠老實的，信陽地區死人問題，先後經中央、省委八次檢查，以及有關負責同志耐心教育幫助，但仍未澈底檢查。省委宣佈將其「撤職查辦，管教反省」時，仍不老實認罪，澈底悔改。直到經過群眾揭發鬥爭，在大量事實面前才低頭認罪，初步做了檢討。路憲文所以犯上述嚴重錯誤和罪行，絕不是偶然的。路長期以來，存在有名譽、地位思想，特別是一九五八年以來，驕傲自滿情緒比較突出，虛報浮誇，弄虛作假，謊報成績，騙取榮譽，甚至不擇手段，縱容違法亂紀，利用五類分子搞反瞞產來完成徵購任務；直至發現群眾生活有嚴重問題，大量腫病死人的時候，仍念念憐惜其名利地位，怕否定自己謊報的成績，怕失去騙得的榮譽，怕揭露自己的錯誤，以致在十二月底，省委指示撥糧以前，見死不救，不准群眾外流逃荒，不准群眾殺牛充飢，斷絕群眾一切生路，置群眾於死地；慘案暴露後，又扒房砍樹，掩埋屍體，追查寫信反映情況的人，掩蓋罪行，封鎖消息，甚至對中央、省委的檢查採取逃避和對抗的態度。所有這些事實證明，路憲文已經從驕傲自滿、貪名利、圖榮譽的嚴重個人主義，發展成為一個政治上思想上完全叛變無產階級立場，墮落成為一個蛻化變質分子，在信陽地區犯下了嚴重罪行。但考慮路在參加工作後，在黨的領導下還做了不少工作，且在一九五九年十二月底以後，還執行了省委的一些指示，向下撥了一些糧食；一九六〇年春第二次下鄉時，見到路上浮腫病人也進行了一些搶救治療工作。最近期間，在同志們的幫助下，表示願意檢討，低頭認罪，還有回頭之意。經地委常委於一九六二年七月六日研究決定，給予路憲文開除黨籍的處分，並建議政府判處適當徒刑，以平民憤。

中共信陽地委

一九六二年七月十日

附錄二

信陽地區商城縣公安局長王志剛的認罪書

自我檢查

王志剛，男，三十八歲，貧農、農民出身，原籍河北省威縣寺莊村人，家有祖母、三個弟弟，二個妹妹，一個弟媳，一個侄子，愛人，四個小孩共十四口人，愛人郝忠蓮，現在商城城關糧管所工作，共產黨員。沒有重要社會關係。

個人簡歷：一九二三年三月二十八日生，一九三〇年至一九三一年上小學，一九三一年至三八年在家種地，一九三八年至一九三九年初在威縣大隊任通訊員，四五個月回家種地，一九四〇年五月至一九四二年三月在廣宗縣大隊任通訊員（因負傷回家）在家養病，一九四二年六月至四二年？月在本區隊任副班長，後被開除，一九四二年九月賣壯丁到威縣偽警察局任警士至一九四四年元月止（已有結論）回家生產。一九四四年四月參加四分區補充營後部二縱五旅十五團團部任通訊員，一九四六年任通訊員副班長，一九四七年調到旅部教導隊學習，一九四八年任商城指揮部通訊排長一九四九年任商城縣公安隊長，一九五〇年任商城縣公安局城關派出所所長，一九五二年任商城縣公安局治安股長，一九五五年四月任商城縣公安局局長，一九六〇年七月調信陽平橋鋼鐵廠任保衛科長，至一九六〇年十二月十二號。一九四六年六月入黨，至被捕為止。

一年多來，在黨和領導的長期教育下，特別是在黨的政策寬大的感召下，經過學習、反省深深地認識到：我在一九五九年冬到一九六〇年春採取了一切毒辣的手段來殘害人民，給黨造下了不可挽救的嚴重損失，自己犯下了嚴重的罪行。其具體事實交代如下：

一、擴大了敵我矛盾

由於我存在嚴重的主觀主義和官僚主義，錯誤地估計了當時情況，而又積極地執行張念仲、王漢卿的錯誤指示，就把一些沒有飯吃、在快要餓死的情況下就殺牛吃（我卻說殺牛就是敵人）或者偷點東西的基本群眾，給以扣押、逮捕。從一九五九年冬到六〇年春共扣押所謂殺牛犯、破壞屍體犯、小偷小盜等八百多名（詳數記不清），僅殺牛一項我親自批准扣押的有七十多人。一九五九年十一月下旬至十二月中旬二十餘天內，在雙鋪管理區就親自批准扣押四十多人，特別嚴重的是在雙鋪管理區一次叫民警解回八人（吃人肉的四人，殺牛的四人），走在路上就死了二人，對小偷小盜我親自批准扣押的更不計其數了（詳數我不清楚）。

一九五九年十一月下旬，我叫民警到雙鋪管理區帶所謂破壞屍體犯、殺牛犯時，民警給我說，過河要每人給二角撐船錢，我說你們回來時，要是在（再——編者）叫你們給二角錢，你們把他帶走罰他，如不要就算了，結果將撐船的代（帶——編者）縣扣押幾天才放回去。

二、由於我採取了亂捕亂押，造成了獄內大量死人

自一九五九年冬至六〇年五月止，統計共死二百八十五名，又經過清案死了四百多人（詳數不清）。我在張念仲的錯誤指示下，降低了犯人的吃糧標準，即已決犯吃三十三斤降到二十八斤，未決犯吃二十八斤降到二十二斤（從五九年十月份起）。另一方面就是沒有採取對生病的犯人給以大力治療，並給吳家聲說，快要死的人不給他好藥吃，吃了也浪費，把好藥可給輕病號吃。其三，為了隱瞞死人問題就採取了三不算。即拘留的死了不算，正常死亡的不算，保外就醫死在監獄外的不算。隱瞞不報欺騙上級。我到公安處開會已死了八百九十人了，公安處問我監獄死了多少人，我只報死了三十多人，仍繼續隱瞞。由於我採取了上述毒辣的殘害人民的措施，才造成了監內大量死人，給黨和人民帶來了不可估量的嚴重損失。

三、破壞屍體和張國喜吃人肉問題

一九五九年十一月下旬，張念仲教我給他一塊到原上石橋鄉雙鋪管理區去工作，主要是破所謂吃人肉案件。我並帶領汪平凡、梁祁祖、張世均、何治國、黃體修等人，對吃人肉的人進行偵察，我共親自偵察吃人肉的事件四起，扣押四人，其四人都死在獄內。嚴重地造成了他們的家庭破產人口死亡。特別是在一九五九年十一月下旬，張畈大隊社員張國喜（三十多歲中農成分），將他侄子的心肝挖回家煮吃了，大隊給張念仲報告後，張要我去進行偵察。我即帶領汪平凡前去張畈了解。

經了解，張國喜確實在埋他侄子時帶一口菜刀將心、肝割下來拿回家吃了。回管理區給張念仲彙報，當彙報到張國喜確實把他侄子的心、肝吃了時，張念仲問我：「你相

信否？」我說：「確實是吃了，別人也看見吃了。」張念仲說人肉根本就不能吃，我說能吃（因我見過吃人肉的）。張念仲說：「我就不相信人肉能吃，像你這種思想，就能偵破破壞屍體案了？」我說：「我要向你彙報真實情況。」張念仲說：「我就不相信你的真實情況，你什麼真實情況！我說你思想有問題。我就是不相信人肉能吃，亙古以來也沒有聽說過人肉能吃，這完全是敵人造謠破壞！他說人肉能吃，你去監督他吃不吃，非確實他不可。」我說：「他要是吃了怎麼辦呢？」張念仲說：「那你不能定案，不確定不行，還是不能吃，說人肉能吃就是破壞，非法辦他不可，你去找塊人肉看著他吃。」就這樣，我又和汪平凡回到張畈大隊，找到張國喜，問他人肉能吃吧，他說人肉能吃，我說：「人肉能吃，叫我看著你吃。」張說：「我不吃了。」我說：「你不吃不行，你先吃的不是人肉，說吃人肉你是有意造謠破壞，讓我們看著吃，才能算真的。」張仍然不吃。我說：「你不吃不行，不吃就法辦你。」後來張說：「我哪有人肉呢？」我說：「不用你管，到你家拿把菜刀來。」張拿了一把菜刀給汪平凡，我二人帶著張到了他侄子埋的地方，把墳扒開一點，扒出一條腿，屍體已經腐臭，汪平凡將腿肚子割了一塊（有五六兩），在河裡洗了洗，拿回他家，由汪平凡跟著他炒熟（我在大隊部等著），張國喜拿到大隊部吃的。吃了不到半小時，張叫喚說不好受要吐，當時我說：「人肉好吃為什麼吃了吐呢？你以前吃的不是人肉吧？故意破壞說人肉能吃。」張說：「以前也是人肉，是新鮮的，我不是破壞，我要吐。」我說：「不准你吐，吐了也得吃了。」結果張就吐了，躺在地上叫喚不好受。我就叫人把他架回他家。我就和汪平凡回管理區給張念仲將上述情況彙報了，張念仲說：「怎麼樣，我說人肉不能吃，就是不能吃，為什麼吃了叫喚不好受呢？說人肉能吃，這完全是破壞，非法辦他不可。將他帶來了沒有？」我說：「他病了不能來。」張念仲說：「病了也不行，把他弄來。」我就給朱德田（縣工會主席）打電話說，叫他第二天將張國喜帶管理區，第三天就送縣監獄了，後死在監獄。由於張國喜的被捕，也造成了他的父母因無吃想兒，先後也死，其妻、女兒也流離失所，造成了他們的家庭破產。這是嚴重的損失，是不堪設想的，也我給人民造下的重大罪惡。

四、所謂大辦勞動教養

我積極地堅決地執行了王漢卿、張念仲的錯誤指示，大辦了所謂勞動教養。一九五九年十一月三十號召開的商城縣常委擴大會議，責成公安局對五類分子集中改造。十二月一號張念仲回雙鋪管理區，張給我說：「縣常委決定責成公安局對五類分子集中改造，我看應該在上石橋大搞他一下，把五類分子和殺牛的、小偷小盜的，集中在上石橋，由你負責，白天叫他們勞動，夜晚學習。」當時我不同意以鄉為單位，我說：「人太多，不好管」等等，我說以管理區為單位好。張念仲說：「你去給阮書記（即阮坐）研究吧。」阮也同意以管理區為單位好。十二月三、四號之際，我回城開了政法黨組會，專門研究了大辦勞動教養問題。參加會議的有焦希明、李象賢、陶敬恆等人。研究的結果是上石橋鄉、中鋪鄉公路以北，豐集鄉公路以北都辦勞動教養，以管理區為單位。中鋪公路以南豐集鄉公路以南達權店，楊橋、長竹園、餘集等鄉不辦勞動教養，可以評查。以雙鋪管理區為重點由我負責。我回管理區後，將政法黨分組意見給張念仲彙報了，張也同意，以雙鋪管理區為重點，由我負責。後來我和阮坐商議五類分子名單、住的地點、應帶的東西（如勞動工具口糧等等）、抽調具體負責看管人員等，由阮坐召開了各大隊支部書記電話會議，將上述問題寫了報告和報到的時間等。全管理區應報到五類分子二百多名，除有病外還應報到一百二十名，超過規定報到期的三天才報到了四十多名，我就做了報告，下午我就回縣到信陽公安處開會去了，以後我始終也在沒有到雙鋪去了，當時交給侯振幹、雙鋪大？大隊團支書艾青山二人負責。

由於我採取了這種毒辣的措施，不管他們的死活硬集中，結果，在集中報到的第二天就死了一人，第三天死了二人，以後集中多少人，死了多少人，以及在辦勞動教養期間的違法亂紀等，我就不詳細了。總之，是我積極的執行了王漢卿、張念仲的錯誤指示，給黨和人民造下了這樣慘重的損失，我也應該負主要責任的。

五、我積極的堅決的執行了公安處錯誤的佈置所謂大收盲流人口的指示

一九五九年十二月三、四號我回縣開會，五、六號聽了公安處的電話報告，向公安處長彙報了盲流人口工作狀況，當時批評商城行動得不好，沒有引起領導重視等，又佈置了下步的工作。他要求在三天內將盲流人口收光收淨，保證做到本地不外流、外地不過往、來一個收一個的要求，措施是向群眾進行外流的害處的教育，嚴格控制五類分子的破壞，對交通要道、邊沿結合部、複雜集鎮、常發生問題的地區飯店等，要專門設立崗卡。並做到四就。四就即就地收容、就地審查、就地勞動、就地處理。各縣要成立專門組織，確定專人負責，縣成立收容所，鄉成立收容站，收容人口吃糧每人每天六兩，由縣報銷，最後說這是地委書記的指示，要馬上給書記彙報，馬上佈置。我第二天就給王漢卿將上述報告進行了彙報，王漢卿說：「當前還有很多人口在外邊流浪著。這些人大部分是五類分子，遊手好閒的懶漢，他們對社會、生產都影響很大，根據地委指示我們要堅決執行，三天內一定要把盲流人口收光收淨，對收容人員要嚴格審查，從中發現敵人給以打擊。對收容人員吃糧問題按每人每天六兩實報實銷，由縣解決。你按照地委、公安處的指示馬上佈置各鄉立即行動。」我當天夜裡召開了各鄉政法部長、政法幹部電話會議，將地、縣委的指示進行了貫徹，我

又積極地堅決地做了強調，我說各鄉政法部長要切實做好這一工作，各鄉對各大隊要指定專員負責，堅決在三天內收光收淨，如果發現哪個鄉大隊有盲流人口一定要追究責任，保證做到本地不外流、外地不過往，收容人員每人每天六兩糧食，由縣解決等。佈置後各鄉大隊都立即行動了。從五九年十二月上旬到六〇年三月止，全縣共收容三千多人（不夠精確）。更嚴重的是佈置後的第二天我到派出所去，看到街上人很多，城關沒有行動，我回公安局給城關鎮委副書記戴雲霞打電話說：「你們有些右傾，如不解決，你們怎能搞好這一工作？你們不要怕，就是把進城買賣東西的收起來審查後可以再放嗎，給你們怕也強得多嗎，不然就達不到收光收淨（此處字跡不清）收容。」我佈置後城關都行動了，僅三天的時間收容了二千三百人，以致造成了鄉裡的群眾不敢進城買賣東西，街斷人稀的悲慘局面。特別嚴重的是造成了被收容的群眾的死亡。僅城關收容所就死了二十多人，其他鄉有的更為嚴重（因我沒有統計，究竟死了多少人我不清楚，可按原統計和檔案材料為準）。總之，由於我積極地採取了這一殘害人民的措施，給人民造下的苦難、損失是不可估量的。

以上我所交代的罪惡事實我是要完全負責的，不過對各種數字交代是不具體的，因為我事前事後都沒有統計，所以也很難交代詳細數字。無論是在逮捕、扣押、集訓、收盲流等有多少人其中冤獄、死亡、錯案等數字的統計，可以依據我親自批准和檔案材料為準，我絕不推託責任。

六、我在過去工作中也存在著嚴重的個人主義、主觀主義和官僚主義享樂腐化思想給黨給人民也造成了嚴重的損失

一九五七年某月城關糧管所被盜八百多元，雖在案發時自己沒在家，沒有參加現場勘查，確定案情，事後由楊振昌，牛保印掌握偵查，可是在牛保印調縣委會後即交給我掌握偵查，由於自己存

在有嚴重的官僚主義、主觀主義，沒有深入到實際工作中去，偏聽偏信偵查人員的彙報，又沒有證據，主觀臆斷地將營業員易林霞逮捕法辦，結果問題也沒有弄清，使易被扣押二年之久，後不得不釋放，於六〇年八月才放出，給黨造下了嚴重的損失。同時在偵查易的過程中，又懷疑其保姆余陳氏有問題，又將余陳氏拘留年餘，這都是我的官僚主義、主觀主義給黨給人民造成的嚴重後果。

一九五八年二月給公安局辦事員胡香的愛人王畢化發生了兩性關係共六次，直至一九六〇年三月為止共保持關係達二年之久。具體實施已有系統檢查。

由於我存在著嚴重的官僚主義、個人主義、主觀主義，在工作上也是存在著嚴重的浮誇作風，欺上壓下。一九五九年在四月、五月，開展安全運動和十天運動以來，是報喜不報憂，爭紅旗，爭名譽，如六〇年元月份發生十三起火災，只叫報六起，其他七起以沒有造成損失或損失不大為由不叫上報。又如上石橋鄉財政所被盜公債二百多元，因無現場為理由不承認是案件。監獄大量死人不報也是為了顯示成績。我的浮誇虛報是極為嚴重的，事例是不勝枚舉的。總之，有利於自己事情的就多說多報，不利自己的就少報不報、少說不說，採取這樣無恥的手段騙上級的相信，其結果給黨造下的損失是不堪設想的。

七、在多吃多占方面和鋪張浪費方面

一九五九年過年買勞改股犯人的豬肉三斤半、油五斤、粉條二斤、羊油三斤、碎米二十斤磨成麵，沒給糧票，錢都給了。

向劉先華敲要糧票四十五斤，其中給王畢化十五斤，下餘自己家中用了，我又向占中利敲要糧票四十斤，自己用了，臨調走時又敲要二十斤。

在浪費方面，一九六〇年六月份批准民警隊買球衣三百元，成立政法業餘劇團買衣服、製旗二百多元，買照相器材等共浪費一千餘元。

總之，從上述我所給黨給人民造下了嚴重的災難，我已經成了人民的罪人，我的所作所為已經完全失去了人性，根本就談不上一個共產黨員、一個國家幹部所做的事，也是我個人存在著嚴重的個人主義的結果。前冬去春，群眾在無吃無穿、快要餓死的時候，為了維持自己的生命而殺牛吃，偷點東西吃，更慘痛的是發現普遍地吃人肉，自己也知道，也看見過，不僅不同情，不向上級反映，反而還附和張念仲、王漢卿的所謂殺牛就是破壞、吃人肉就是有特務活動，而自己又更積極地採取一切（此處不清——編者）殘害人民（此處不清——編者），人民的生命受到了嚴重的摧殘，造成了妻離子散、家破人亡，有的斷煙火，剩下老弱無人照管，這種局面是多麼地悲慘，是令人難忍。我所給人民給黨造成的這樣重大的罪惡也是不能容忍的，這也完全證明我已經墮落到什麼程度，已經變成了人民的敵人，黨為了挽救我給黨造成的損失，依法逮捕我也是正確的，要求黨還應當給最嚴厲的懲處，以便澈底地挽回黨在群眾中的影響。

檢查人　王志剛

一九六二年元月七日

史地傳記類　PC0996　目擊中國26

中國出了紅太陽

作　　者 / 巴山草民
責任編輯 / 尹懷君
圖文排版 / 楊家齊
封面設計 / 王嵩賀

發 行 人 / 宋政坤
法律顧問 / 毛國樑　律師
出版發行 / 秀威資訊科技股份有限公司
114台北市內湖區瑞光路76巷65號1樓
電話：+886-2-2796-3638　傳真：+886-2-2796-1377
http://www.showwe.com.tw
劃撥帳號 / 19563868　戶名：秀威資訊科技股份有限公司
讀者服務信箱：service@showwe.com.tw
展售門市 / 國家書店（松江門市）
104台北市中山區松江路209號1樓
電話：+886-2-2518-0207　傳真：+886-2-2518-0778
網路訂購 / 秀威網路書店：https://store.showwe.tw
國家網路書店：https://www.govbooks.com.tw

2021年2月　BOD一版
定價：390元

國家圖書館出版品預行編目

中國出了紅太陽 / 巴山草民著. -- 一版. -- 臺北
市 : 秀威資訊科技股份有限公司, 2021.02
面；　公分. -- (語言文學類 ; PC0996) (目
擊中國 ; 26)
BOD版
ISBN 978-986-326-882-6(平裝)

855　　　　109021980

讀者回函卡

感謝您購買本書，為提升服務品質，請填妥以下資料，將讀者回函卡直接寄回或傳真本公司，收到您的寶貴意見後，我們會收藏記錄及檢討，謝謝！

如您需要了解本公司最新出版書目、購書優惠或企劃活動，歡迎您上網查詢或下載相關資料：http:// www.showwe.com.tw

您購買的書名：______________________________

出生日期：________年________月________日

學歷：□高中（含）以下　□大專　□研究所（含）以上

職業：□製造業　□金融業　□資訊業　□軍警　□傳播業　□自由業

□服務業　□公務員　□教職　□學生　□家管　□其它_____

購書地點：□網路書店　□實體書店　□書展　□郵購　□贈閱　□其他

您從何得知本書的消息？

□網路書店　□實體書店　□網路搜尋　□電子報　□書訊　□雜誌

□傳播媒體　□親友推薦　□網站推薦　□部落格　□其他__________

您對本書的評價：（請填代號　1.非常滿意　2.滿意　3.尚可　4.再改進）

封面設計____　版面編排____　內容____　文／譯筆____　價格____

讀完書後您覺得：

□很有收穫　□有收穫　□收穫不多　□沒收穫

對我們的建議：______________________________

____

____

____

請貼
郵票

11466
台北市內湖區瑞光路 76 巷 65 號 1 樓
秀威資訊科技股份有限公司 收
BOD 數位出版事業部

（請沿線對折寄回，謝謝！）

姓　名：____________ 年齡：________ 性別：□女 □男

郵遞區號：□□□□□

地　址：____________________________

聯絡電話：(日) ______________ (夜) ______________

E-mail：____________________________